# 最後一班慢車

The Last Train Home

最後一班慢車，車上空無一人。

李柏青

# 目錄

# 《最後一班慢車》自序

這本集子收錄了我過去十年間幾篇比較滿意的短篇作品，包括五篇還不成系列的「疑難雜症事務所」事件簿，與兩篇獨立的短篇。

我始終認為寫短篇推理是一件爽快的事，有個好的核心謎題，適當的敘事架構，再穿插些有趣的人物、支線，萬來字、幾個星期間便可見頭見尾，讀者讀來也不費太多心力，一杯咖啡之間便可以解開謎團，如同投打直球對決，要嘛長打，要嘛三振，都圖個痛快。

這本集子中多數作品都曾發表於《推理雜誌》，這本由林佛兒先生創刊、自一九八四年至二〇〇八年橫亙二十多年的雜誌是臺灣推理創作的指標，如彭佳嶼的燈塔般，默默照耀著漆黑的淡水洋。我永遠記得第一次看見自己的作品用鉛字刊印在雜誌上的那種感動，像是達成了寫作生涯中的某個里程碑一般。藉著本書出版，謹在此向《推理雜誌》與林佛兒先生致上無限敬意。

以下就收錄的每一篇作品做個簡短的花絮介紹。如同我很喜歡的比喻，寫作就是用文字築起一個小籠子，在不停流逝的生命中捕捉浮光片影，將之鎖住、凍結，留待日後回味品嘗；

現在回頭讀這些數年前的作品，都還能感覺到那些時光中所發散的溫度，茲為文以誌，並與各位分享。

## 〈最後一班慢車〉

這篇作品發表於二〇〇六年十二月推理雜誌266期，發表後，在當時推理圈中引起了小小的好評，可以說是我早期作品中比較成功的一篇。

這背後還有些故事。約莫是二〇〇五年時，我以這篇作品參加了臺大文學獎，一路晉級決選，到最後評審現場講評時，才以一票被阻於得獎名單門外。即便如此，這篇小說也得到了李昂與蘇偉貞兩位老師相當的評論。蘇偉貞老師就剖析了許多「意象」，例如小孩子所代表光明的意象、火車象徵了無法停止的人生來回等等（其實我很想舉手告訴她根本沒這回事，小孩子就是小孩子，火車也只是因為我是鐵道迷而已）。李昂老師雖然自始至終沒投票給我，但她也表示對這篇作品印象，她直言說這是很好的大眾小說，但並不適合純文學為主的文學獎；她稱讚整個故事架構的編排，不過認為細節描寫部分還要加強，她建議我去看王家衛的《2046》，尤其是鞏俐抹去口紅那段，她說男女情愛是再通俗不過的東西，但是表現手法不一樣，整個層次就會有差。

我因此去看了《2046》，看了一次看不大懂，最後買了DVD回家，看了八年終於有些體悟。這讓我瞭解，我不是那種天才作家，天生有個七竅玲瓏心，某些事情還是得靠年歲沉澱，才感覺得到，才寫得出來。

## 〈赤雲迷情〉

這篇作品發表於二〇〇六年六月推理雜誌260期，是我第一篇刊載在推雜上的作品。

大約是二〇〇五年寒假，我和幾位朋友隨救國團去爬玉山，在排雲山莊過了一夜，可惜最後大雪封山，沒完成登頂。不過在大雪、冰凍、連水都沒有的山莊過夜是個很有趣的體驗，那完全不是推理小說中「暴風雨山莊」的想像，是幾十個人擠在不通風的大通鋪上，沒有床單、被褥，冰凍的木板床可以穿刺過Gore-tex的防寒衣，上個廁所都會被天花板上滴下來的冰水凍得哇哇叫。回家之後，我就寫了這篇〈赤雲迷情〉。

我給這篇故事的定位是「短小、節奏明快」，孤峰斗室、二女一男、瞬間迸發的殺意和懷疑，那是一種特別的謀殺氛圍，在高山上才感受得到。

## 〈聖光中的真相〉

這篇作品發表於二〇〇六年九月推理雜誌263期，不過以創作時點來說，〈聖光中的真相〉是整本集子中最早完成的作品。

這是「疑難雜症事務所」系列的第一篇作品，這個系列最初的構想是走搞笑的古典推理，由嘴賤、個性機車的私家偵探小范，與低級搞笑的記者胖子組成搭檔，案件則是非謀殺的日常之謎。當然，從後面幾篇作品可以看出，這個最初的設定目的並未達成。

由於是很年輕的作品，〈聖光中的真相〉的最初版本有太多「用力搞笑」的斧鑿痕跡，髒話、冷笑話、低級笑話，讀起來恐怕不怎麼舒服。收錄在此的版本已經經過潤飾改寫，刪掉太低級的段落，也讓人物對話、個性稍微圓潤世故一些，與後面同系列的作品不要差異太大。

## 〈十二字批言〉

這篇作品發表於二〇〇六年十月推理雜誌264期，是所有作品中最輕薄短小的一篇。

故事以「安樂椅神探」的形式進行，是當時的一種新嘗試。核心則是在於十二字批言：「橫豎八，腰無肉，米自走，人皆說。」，或許各位讀者可以想一想這批言背後的意義。

## 〈紅花樓之謎〉

這篇作品獲得二〇〇六年第一屆浮文誌新人文學獎佳作，是我與尖端出版社結緣的開始，也是這本集子成書的遠因。

同屬於「疑難雜症事務所」系列，〈紅花樓〉路線已經有明顯變化，第一，我開始用胖子的第一人稱寫故事，第二，胖子的個性也變得沉穩一點，看起來不再那麼低能。這或許和我逐漸變老、變胖有關。

另外，這篇是我的「福爾摩斯練習題」的第一篇作品，當初的計畫是，以六篇我最喜歡的福爾摩斯短篇的概念為基礎，用疑難雜症事務所的方式加以發揮；希望可以在臺灣本土的背景下，重新塑造古典謎題。

做為第一篇嘗試，〈紅花樓之謎〉在改寫與原創的比重可能有些失衡，讀者或許可以很容易看出這是在「練習」哪篇作品，這是不盡成功之處；不過核心謎題仍然是小弟自己的想法，倒不是借來的。

## 〈空手而歸的賊〉

這篇作品獲得二〇〇八年浮文誌新人文學獎貳獎，同樣是「疑難雜症事務所」系列，同樣是「福爾摩斯練習題」，但〈空手而歸的賊〉原創性要高些，故事中攙入傳奇冒險元素，希望讀起來更輕快一點。

這篇作品曾公開於尖端出版社浮文字的網站，同時公開的還有決選評審九把刀的評語，詳細內容現在無法逐字覆述，只記得評審稱讚此作節奏保持得很好，讓讀者在閱讀過程中，不會被繁複的推理給壓垮。

我會記得這句評語，當然是因為我很喜歡，控制故事的節奏一直是我努力的目標。

## 〈一聲槍響〉

這篇作品是二〇一一年臺灣推理作家協會會內賽的參賽作品，最後經會員互選被選為首獎。

臺灣推理作家協會的會內賽（我們戲稱「華山論劍」）限會員參加，由主辦人出一道題目，參賽者依此創作一篇三萬字以內的短篇小說，再由參賽會員互相評分，選出首獎。那一年會內賽的主題是「安樂椅神探」，能和一群同好一起寫作、讀作品、互相討論，應該是加入協會最有意義的事吧。

〈一聲槍響〉同樣是「疑難雜症事務所」系列，但在這篇故事中只有偵探小范，助手胖子並未登場，故事內容涉及黑道中的謀殺案，也已經不單純「疑難雜症」而已。我試圖用不同的敘事方法，呈現不一樣的情感。

這篇短篇集的面世，首先要感謝尖端出版社，也要感謝辛苦的編輯呂尚燁先生在整個出版過程中協助。自從推理雜誌休刊後，短篇推理越來越難找到發表的空間，也限制了作者們創作的動機；但就我個人而言，短篇推理小說無論在創作或閱讀上，依然樂趣十足，希望期刊、報紙，以及讀者都能給短篇大眾小說更多機會，刺激更多好作品誕生。

李柏青

# 最後一班慢車

# 一

我睜開眼，看見晃動的燈光，冷汗沿著鬢角凝在下顎，我打了個冷顫，汗水滴下，濡溼了前襟。

那是個惡夢。

我伸了個懶腰，抹去黏膩的眼屎，伸手在口袋裡掏了半天，掏出一塊皺巴巴的毛巾，隨便揩了揩臉，臉上傳來沙沙的聲音，那是鬍碴。

我不記得上次刮鬍是什麼時候，應該是一個星期前，或是兩個星期。

這是彰化北上的最後一班慢車，在黑暗中搖搖晃晃地行駛著，窗外農田與鄉鎮景致不斷交錯……我不清楚列車現在行經何村何里，畢竟那不重要。

十年來，我坐同一班慢車，在黑夜中蠕行，我知道何處上車，也知道何處離開，雖然我已經忘記那些車站的名字。

但有些事我記得，我總做同一個惡夢。

夢中，有我熟悉的兩張臉龐，我的妻子、我的母親，她們微微地笑著，僅是兩張飄浮在空中的笑臉，沒有身體，甚至連頭顱都沒有，她們笑得安詳自然，彷彿我是個好丈夫、好兒子，值得她們這般的笑容。我驚惶地逃跑，跳上一班慢車，看著車門關起，重重地喘了口氣。

「爸爸。」熟悉的聲音在身後響起，我一回頭，看見小文就坐在椅子上，他依然乖巧可愛，我在他身旁坐下，摸了摸他的頭，問：「你跑去哪裡了？爸爸都找不到你。」

小文仰起小臉，說：「我一直都在那裡，只是爸爸沒找我而已。」

我用力捏了捏他的臉，笑說：「你這小鬼，爸爸一直在找你，你……」話還沒說完，小文一張臉，竟被我扯了下來。

一時之間，車廂不見了，一株老榕繁茂的枝蔭遮蓋了空間，樹鬚從空中垂掛至地面，像牢籠一般，將我困在其中。

「爸爸，小文好痛。」那張被扯下來的臉哭著，那沒有臉的身體也哭著。我嚇得將臉甩向盤根錯節的老榕，卻看見那臉與身體如巧克力般溶化，滲入樹根，然後在每一吋枝椏上生出嘴巴，紛紛哭喊：「爸爸，小文好痛。」

我抱著頭往回逃跑，枝葉與樹鬚卻隨著小文的哭喊聲蠕動，將我絆倒，將我捲入其中，遮住了我的竅孔，我不能呼吸，無法知覺，只感覺無數的小嘴在我身旁張闔，一次又一次重複著：「爸爸，小文好痛……」

「怎樣？做夢喔？呷菸？」一個粗豪的聲音將我帶回現實世界，我下意識地摸了摸身旁的位子。

那位子是空的。

# 二

一名高胖的中年男子在我旁邊坐下，咧開嘴，右頰上一道長長的疤痕輕輕抽動著，我注意到他下排牙齒鑲了三顆金牙。他將一包黃長壽推到我面前。

「不用了，謝謝。我不抽菸。」我擠出一絲微笑，拒絕了他。

車上沒有別人。那男人穿著一件深色襯衫，上頭兩枚釦子鬆開，一尊玉觀音垂在他厚實的胸口；下半身一條卡其褲，搭著雙白皮鞋，鞋面擦得雪亮；他腕上掛著勞力士的滿天星，左手中指戴了只巨大的戒指，在昏暗的燈光下光澤不減，可能是玉，也可能翡翠。

「看你一直流沁汗，呷一下菸較好啦！」他伸了伸下巴，將菸盒又硬塞過來一點。

我和許多這種人打過交道，他們熱情豪爽，總是又菸又酒地向你迎來，當你堅拒到底時，他們會惱羞成怒，覺得你在削他們面子。

「多謝。」我抽出一支菸，叼在脣間，由他幫我點上，深深吸了一口，只覺得喉嚨肌肉快速收縮，逼得我劇烈地咳嗽起來。

這也難怪，我該有二十年沒碰過菸了。當年坐在電腦前面，一天常常就是兩三包的濃菸，和客戶應酬，菸酒自然也少不了；不過自從妻子有了小文後，我便再也沒碰過菸了，連酒也少碰；妻子總嬌嗔地埋怨說：「當初我叫你戒菸，你死都不戒，現在這小子都還沒出生，你就這麼自動自發……」

我笑了笑。我當然知道二手菸對胎兒不好。

「沒在呷菸就別硬呷，哈哈……看你這款型，我還以為你應該有在呷菸咧。」他乾笑兩聲，仰靠在椅背上，雙臂很自然地向外展開，將我包圍在其中。

我這款型？我現在應該是什麼樣呢？一個滿臉鬍碴，穿著破爛襯衫的中年男子？一個一文不值、連菸都抽不起的窮光蛋？

「這麼晚坐車？要去哪？」那男人抽了口菸，問道。

「沒去哪……你咧？」我莫名其妙地回答。我注意到他右邊腋下夾著一只黑色的絨布袋，袋口用繩子束緊，似乎是很要緊的事物。

「追分。」那男人又抽了口菸，伸手抹了抹油膩的臉頰。

「追分，好地方。」

「你是做什麼的？跑業務的？修車？」

「我寫程式的。」

「電腦的？」

「嗯。」

「電腦遊戲？」

「做生意用的軟體。」我不想提到什麼私密金鑰、公開金鑰、加密技術，一般人不會懂，我也不想多費口舌解釋。

「嗯，電腦工程師……錢賺不少喔？」他試探性地問著。

「馬馬虎虎。」

「一個月有多少？幾十萬有沒？」

「沒那麼多。」

他笑了笑，露出一副「我想也是」的表情。他翹起二郎腿，左手的戒指在褲管輕輕擦拭著。我不知道這是習慣動作，還是存心炫耀。

「工程師啊，你怎會這麼晚在坐慢車？還是說要去找細姨……不敢開車去？」那男人顯然放棄了「錢」這個他最有興趣的話題，改扯到私生活上。

「我去看我母親，她住在二水。」

「去看媽媽怎麼會沒有攜妻兒出來？兄弟，我是過來人，像你這樣，一定是去風流！」他饒有趣味地看著我，等我給他肯定的答案。

我勉強笑了笑，沒有應話。

妻？母親？細姨？那是好久以前的事了。

## 三

那年我從美國回來，和三個朋友租了間小工作室，整天窩在裡面寫程式，不過當時臺灣的網路體質還不健全，連駭客都沒幾個，這種網路安全系統當然更沒有市場。我前前後後成立了三間公司，每間壽命大約是半年，合夥人來來去去換了幾個，工作室也越換越小間，當時我曾一度三個月完全接不到訂單，只能靠補習班教電腦打工的薪水，買整箱的泡麵度日。這樣的日子過了三年，民國八十年起，政府開始大力推動網際網路系統，資策會斥資一億推動「資訊社會」計畫，成立 SEEDNet 網路，重點補助網路相關廠商。當時我並沒有抱任何希望，畢竟我的公司沒有名氣，也沒有政界背景，純粹就是一間瀰漫著菸與咖啡味道的房間，幾臺電腦，幾個熱血但頹廢的青年而已。

但很奇蹟的，我們公司獲選為「網路安全」類別唯一的受補助公司，獲得新臺幣一千萬的政府挹注。以真正的企業規模來看，這筆錢不多，但在草創階段，這份天上掉下來的禮物大大地改變了我的一生，我們在敦化北路的精華地段租了新的辦公室，花錢設計時尚的企業 logo，印在名片和產品目錄上；我們參加國內外各大展覽，低價搶進各種標案，將我們的產品塑造為一種尖端科技、乃至科幻小說中才有的產物。這些行銷的努力很快見效，許多政府機關與企業開始使用我們的產品，到八十五年底，我們已經占據三成的臺灣網路安全市場，並且還在成長，網路世界不斷地擴大，我在虛擬的土地上，建造我的王國。

八十七年底公司上櫃後，我就很少坐在電腦前面，取而代之的是高爾夫球場、酒店與夜總會。我花了一些時間適應這種生活，換掉領口發毛的 T-shirt，改穿 Armani 的黑色西裝，口袋裡裝上幾根美金計價的 Cohiba 雪茄，抽的時候用 Dunhill 的打火機點燃；每回應酬時先開兩瓶八五年的勃艮地紅酒，參加宴會時帶不同的女伴。與其他企業主相比，我實在年輕的不像話，我必須盡可能用一些手段，讓自己看起來稱頭一點。

而我也很享受這樣的生活。

對於徘徊在眾多女人之間的我來說，結婚並沒有什麼吸引力，我最終選擇了我的妻子，並不是她有什麼過人之處，純粹是小文的緣故。當然，我並不是那種會奉子成婚的保守人物，我大可找個醫生將胎兒拿掉，花個幾十萬了事，繼續當個上流社會的「青年才俊」，但我並沒有這麼做。從得知將成為父親的那一刻起，我戒菸戒酒，斷絕和其他女人的關係，辦了一場盛大的婚禮，還在市郊買了棟新屋，等待新生兒的降臨。

一種將為人父的使命感，讓我改頭換面。

小文是個聰明的男孩，打從他出生起，我便相信他會繼承我的一切，而且超越我之上。我親自教他數學、音樂，陪他打棒球、讀故事書，他做錯事時我會聲色俱厲的處罰他，有好表現時我也從不吝惜獎勵；我要他不只在學業上，在才藝、領導能力甚至品德上，都超越同儕。我常告訴他：「自古以來只有神是完美的，人不可能完美，不過我要你當一個最接近完美的人，你不要讓爸爸失望，好不好？」

小文總是似懂非懂地點點頭。

確實，小文從來沒讓我失望，他不僅功課表現良好，連續三年當選學校模範生，參加棒球隊，在全國書法比賽中得獎。他活潑伶俐又溫和禮貌，所有長輩都對他讚譽有加，我喜歡將他帶在身邊，出席各種場合，當別人捏捏小文的臉，說：「好乖、好可愛的小孩？你兒子？」我便感到無比的光榮與驕傲。

我有錢，也有地位，但是這一切比不上一個完美的兒子。雖然有時候我承認我對他要求嚴厲了一點，但我不要小文重蹈我的覆轍；我希望小文正直、勇敢、誠實，是個頂天立地的大丈夫，而不要像我這個當父親的一樣，有著物質上的成就，卻有一身墮落的靈魂。

小文三年級那年，妻子被診斷患了憂鬱症，醫生表示是由於長期的壓力所導致。妻子必須長期服用抗憂鬱的藥物，接受精神治療，我和她分了房，也盡量少帶她出門。她也捨棄了原本的衣服和化妝品，總是一件長袍，素著臉，獨自躲在房內坐禪唸佛。在那些日子裡，小文成了我和她所僅剩的交集，只有在小文面前，她才會回復一個妻子、一個母親、一個女人的樣子。

那時，我遇見了阿玉。

母親住在鄉下，每逢週末，我便會帶小文回去看阿媽。起初是開車回去，自從一次坐慢車之後，小文便愛上了那種悠閒的感覺，我也順著他成為臺鐵的忠實顧客。我們總搭星期天下午的慢車，回到二水鄉下，等母親就寢之後，再搭最後一班慢車北上。

小文喜歡鄉下，他可以在庭院中玩泥巴，可以在田埂間騎腳踏車，可以到小溪中抓魚，還可以採桑葉回去餵他的蠶寶寶。對於整日封閉在水泥叢林的他來說，鄉村是一個巨大的遊樂間。

但對我而言，回家卻有另一種動機。阿玉就住在我們祖厝的後頭，早些年見過幾次，知道她先生在東南亞做生意，但一直不甚熟稔，直到某次全莊吃大拜拜，阿玉和我同桌，彼此才多聊了些。我一直好奇她為什麼叫阿玉，畢竟她的名字中沒有玉字，她笑了笑，說這是祕密。

我一直很小心地處理我和阿玉之間的關係，我不想傷害任何人，尤其是我的兒子，最終我想出了一個方法。母親長期以來一直患有心臟方面的毛病，總是八點左右便先就寢，而最後一班慢車卻是在九點半左右開車，於是我便在晚餐後，先扶著母親進房，然後告訴小文，爸爸要幫阿媽看病，叫他在客廳好好看電視，不要進來吵阿媽。待母親睡著後，我便從後門偷偷溜出去，直接到阿玉家去。

這樣的關係維持了一年。

我始終感到慚愧，以重病的老母和天真無邪的兒子為我的不貞做掩護；但肉體上的慾望總是掩蓋了道德理智，我只能一次又一次擺盪在「激情—空虛—愧疚」的循環中。這是我生命中無法克服的缺陷，而我已經沒有填補的機會，無論如何，我的兒子不能重蹈覆轍。

# 四

火車喀搭喀搭地前進著，那男人將菸屁股從窗戶彈出，又點了另一支菸。

「你曾經風光過，」他摸了摸下巴，說：「我看得出來，我看人向來很準，但是你現在落魄失志，你的眼睛裡沒有光彩，不是風光的樣子……發生什麼事情，讓你變成這樣子？」

「事情很久了……」我原本打算繼續沉默下去，但卻忍不住蹦出這句話。

他坐直身子，說：「兄弟，我會遇到你，這是天意。人生不如意的事十有八九，天下沒人一輩子順遂的……像你，有手有腳，又是弄電腦的，命已經很好了，若是有一點不順利，那也是天在考驗你，像你這樣落魄，就是禁不起考驗，對不起父母，也對不起菩薩。」他一口氣說了一大串，手上的菸頭在我眼前晃來晃去的。

「哈哈，你真的是說笑，」我苦笑一聲，「你不會懂的，你怎麼會懂，我遇到的事情，帶走了我的一切，這是上天給我的考驗？哈哈，天公為什麼不直接帶我走算了，哈哈……哈哈哈……」

我十幾年沒笑過了，現在卻因這男人的一席話，禁不住地瘋狂大笑起來。考驗嗎？還是報應？天為什麼不讓我走，而讓我苟延殘喘這十幾年呢？哈哈哈哈……天……？

「兄弟啊，我是粗魯人，書讀得不多，也不懂什麼電腦，要說我說不過你，只是我也落魄過，但我站了起來，站起來拚才會有希望。我十幾年前離開臺灣，去大陸做生意，今天是我第一次回來，菩薩要我回來感謝當初幫助我的貴人，也要我幫助一個失志的人，我就回來了，沒啥好怕的，對不對？」他手撫著胸前的玉菩薩，喃喃地說：「……沒啥好怕的，師父說我這次回來會有血光之災，但我還是回來了，我會遇到你，這也是天意，天意難違啊。」

我大聲說道：「天意？這是天意？如果真的有天？那叫它告訴我小文在哪裡啊？在哪裡啊？叫天告訴我十五年前那天發生了什麼事？告訴我要折磨我到什麼時候？」

我將手上一疊海報向窗外擲出去，白色的紙張在夜空中四散，像荒野中無主孤魂。我坐回位置，覺得全身虛脫，周遭的一切都鬆鬆散散，不盡真實，但十五年前的那天，卻是歷歷在目。

# 五

那個星期日，我如往常一般，帶小文回老家。他在院子裡，用我剛送給他的瑞士小刀，想切一些木材回去當美勞材料；瑞士刀本來就不鋒利，用來切割木料根本不可能，他一急之下，不小心手滑，在自己左手上劃了一道長長的傷口。

小文也不喊疼，他只是安靜地跑進屋，搖了搖正在跟阿玉聊天的我，說：「爸爸，我受傷了。」

我看了看傷口，雖然很長，但不深，當下也就隨便說兩句「以後小心點」、「不要隨便玩刀子」之類的話，找出醫藥箱幫他包紮。

若是平時，我可能會好好地責罵一番，但阿玉就在一旁。那天阿玉搽了點淡妝，穿著一件無袖針織上衣。肉顫顫的臂膀和因針織線修飾顯得格外豐滿的胸部，讓我忘了父親應有的職責。

「唉呦，怎麼會流血啊，」母親從外面進來，一看到孫子流血，馬上就是一陣大驚小怪的驚呼。

「阿媽，沒事啦，流一點點血而已。」小文反而去安慰阿媽。

「小心一點咧，現在七月中，不乾淨的東西比較多。」

「阿媽，不會啦。」小文笑著說。

「啊，我想到了，來……」母親轉身進房，過了一會兒拿出一只玉珮，掛在小文頸子上，說：「這是你阿公留下來的玉，聽說辟邪很有用，小文掛著，保庇小文平安大漢。」

那玉珮本身光澤黯淡，邊緣上布滿黃斑，再加上日子久遠，看起來有些陳舊髒汙。我叫小文向阿媽道謝，心裡卻想，絕對不准小文戴這種東西出門。

阿玉留下和我們一起吃晚飯，飯後，她將碗盤洗過，對我拋了個媚眼，就先回自己家去。我只覺得心癢難搔，當下扶起母親說：「媽，要睏了，較早睏對身體較好。」

母親在我的攙扶下進房，躺上床，對我說：「阿忠啊，我最近頭都會暈暈的，好像血壓太高，你幫我量一下吧。」

我當時心裡只想著阿玉的臨去秋波，對母親的要求聽若罔聞，我將生活費塞進她胸前口袋裡，隨便應了句：「另天啦，你只是睏太少了，早點睏，睏飽了就沒事了。」

那夜阿玉確實是特別迷人，如絲的媚眼，甜膩的呻吟、幾個熟練的動作，一切都令我無法抗拒。我那時早忘記身為父親、丈夫應守的倫常，任由慾望傾洩，像路邊發情的公狗。

事後，我捧著她的臉吻了又吻，低聲和她調笑，她撫弄著我的下體，直說要再來一次，我笑著將她哄開，時間差不多了，我的體力也不能再應付這個騷貨。我跳下床，穿上衣服，這時一個男人忽然從外面闖入，二話不說便往我身上撲來。

我將那人推開，他又黑又瘦，滿頭亂髮，活像個難民。他再一次向我撲來，我一拳將他摺倒在地，順勢踹了他一腳，他捲起身體，似乎十分痛苦。

阿玉擋到我面前，高聲叫道：「不要打了，他……他是我丈夫。」

「他是你丈夫？」這種破爛貨色就是阿玉的老公，我不禁啞然失笑。

那人站起身，又要向我撲來，阿玉將他擋住，只聽他胡言亂語地大罵一陣，又一巴掌甩在阿玉臉上。我抓住他的手，將他往牆上甩去，然後擋在阿玉前面，大聲說：「幹你娘咧，你是什麼東西，也敢動手動腳……不看看自己生成什麼樣子，你這種垃圾，老婆跟人家跑是應該的，幹……跟我鬧……去吃屎吧！」

那人茫然地看著我，又看看瑟縮在我身後的阿玉，眼中透出一種難以言喻的絕望，他將梳妝檯上的東西全掃到了地上，一語不發，轉身走了出去。

我望著滿地狼藉，望著不斷啜泣的阿玉，心中突然感到一陣噁心。我從皮包裡掏出一疊鈔票，放在阿玉面前，低聲說：「你老公回來了，這些錢就當給妳的補償，以後我們就沒有關係了，我不會再來找妳，妳也別找我。」

阿玉沒說什麼，只是不停哭泣。

我回到母親家裡，看見小文坐在客廳看電視。我走到他身邊，搖搖他肩膀，說：「走，回家了。」

小文抬起頭，小臉顯得有些蒼白，他說：「阿媽好像不太舒服。」

「太晚了，回去了，要不然媽媽會擔心的。」

「可是阿媽……」

「我說回去！」我怒斥一聲，小文嚇得跳起身，將包包拿了，隨我走去車站。

在車上，我不發一語，小文坐在一旁，默默地玩著瑞士刀。我將頭埋在雙臂之中，想著這一年來和阿玉的來往，想著她豐嫩的軀體，想著靈慾之間掙扎，想著今晚的難堪，心中紛雜，不知如何自處。火車行進的喀答聲中，所有的思緒凝成一股強烈的睡意，慢慢淹過了腦袋，我稍一掙扎，便陷入夢鄉。

事後我常常在想，當時為何會睡著呢？我的體力一向很好，作息也正常，除非正規時間躺在床上，否則很難令我入睡。但那晚我卻在最後一班慢車上睡著，而且還睡得很沉，這真的是天意嗎？是命中劫數，避之不去？

我清醒時，列車已經到終站，車上一個人也沒有，我伸個懶腰，緩緩地起身走出車廂，正往月臺出口走去，腦袋忽然像被什麼擊中一樣。小文呢？小文哪兒去了？

那天起，我就再也沒有見過小文了，他沒有回家，沒有在終站出站，他應該是在慢車途中某站下了車，但我走遍了大小車站，卻沒有人看過那樣一個小男孩。我向警方報案、向兒童福利機構請求幫助、花大錢在報上登尋人廣告、請徵信社幫忙尋人，但小文卻像自空氣中蒸發一般，毫無影蹤。

這是考驗？或是報應？

## 六

「我不知道你遇到的困難是什麼，」那男人吐出煙霧，說：「但我相信沒有什麼大不了的，你遇到的不會比我經歷過的嚴重。」

「家破人亡，」我將頭向後仰，半顆腦袋倚在窗外，對面若有列車過來，該把我的腦袋撞成粉碎，「我什麼都沒有了，還能說什麼？」

小文失蹤當晚，我打通電話回母親家，但始終無人接聽，我慌忙招計程車趕回去，卻見到母親面色蒼白地躺在床上，氣若遊絲。半夜，母親過世在醫院裡，死因是高血壓引起的心臟衰竭。

我在一晚之間，痛失愛子，痛失慈母。接踵而來的噩耗，幾乎令我崩潰。

我勉強支撐住自己的身體，努力尋找小文的下落，但妻子卻無法承受，她的憂鬱症變本加厲，她丟掉所有的藥物，將自己鎖在房內，鎮日看著小文的相片發呆；三個月後，她在房中用絲襪上吊。

嘿，家破人亡。

火車喀答喀答的聲音在我耳邊徘徊……十五年了，若小文還在，該上大學了吧。我本該是個光榮的父親，看著自己的兒子文武全才，大步跨進一流的學校，但如今……我孑然一身，伴隨我的，只有火車的行進聲，和一疊撕了又貼的海報。

「先生，我跟你說，不管你遇到什麼困難，絕對沒有理由讓你落魄成現在這樣，你看我，我曾經是比你更落魄、更失志的垃圾，但現在我是什麼樣子？你看，我現在是什麼樣子？」說著將手指伸到我面前，張牙舞爪地炫耀著。

我沒有理會他。錐心刺骨的回憶糾結我的思緒，十五年了，十五年來我不斷來回在這條鐵路上，在每個車站間徘徊；我不斷地貼尋人海報，不斷地詢問往來的旅人，被人當神經病般地嘲弄；我將身上每一分錢捐給大大小小的寺廟，拜託各式各樣的神棍，祈求一絲神蹟降臨。一天奔波後，我坐這最後一班慢車，在車上沉沉的睡去，再被同樣的惡夢嚇醒。

或許我已知道永遠找不到小文，或許我的奔波、自我墮落只是為了減輕心底的罪惡，而或許那一再出現的惡夢，象徵著永遠走不出的罪惡迴圈，我身陷其中，越是贖罪，越被枷鎖所束縛。

「先生，我知道我這樣說教很討人厭，我原本也不是這樣雞婆的人，但我是過來人，我知道人生的苦處，今天會和你在這邊見面，算是有緣，菩薩要我一定要幫助你，我將我的故事說給你聽，希望你聽完之後能大徹大悟，阿彌陀佛！」那男人雙手合十，置於胸口的玉菩薩之前。

我撇過頭去，只盼望追分快點到，逐去這麻煩的瘟神。

那男人清了清喉嚨，遙望窗外，似是追尋一個古老的記憶，他緩緩地說：「這是十五、六年前的故事。我們家是彰化人，從我阿公開始，就是在做玉的生意，生意做久了，反倒沒人知道我們的名字，大家管我爸叫玉叔，叫我玉弟。我和我爸每年有十個月都在大陸、緬甸、東南亞找玉……玉這種生意你也知道，一半是合法進口，一半是走私，真的有賺錢的，都是走私進來的玉。那年我剛娶妻，意氣風發，決心更打拚一點，想存錢買車買房。我和我阿爸那年去了喀邦……在緬甸北部，那邊山區有最好的緬甸玉；我們兩人從泰國進到緬甸，然後到了喀邦市，和那邊的中國人碰頭，我們說要進山區，他們都勸我們不要進去，他們說山區最近土匪猖狂，生意人都沒人敢進去。但我爸就是那種脾氣，既然都來了，怎麼可以就這樣放棄？最後我們租了輛車，自己進山去。

「喀邦的山區都是喀邦人，沒有中國人，我們在山裡面待了三個多月，走了十幾個村買玉，我們很小心，不在一個地方停太久，免得受到注意。最後我們買了四百多萬臺幣的玉……拿回臺灣價格可能要翻個兩番。我們把貨給收拾好，開車下山，一切都很順利，我們順著公路往南邊開，過了一個隘口，進到山坳，再過去就是有中國人的城鎮。

「但是就在這個時候，突然聽到『碰』的一聲，車子兩個前輪都破了；我下車檢查，發現路面上到處都是鋼釘，我趕緊對我爸大叫：『阿爸，有土匪，快走！』

「但是這時候已經來不及了，路邊草叢裡跑出十幾個人，都拿著槍，二話不說就將我們兩個押在車上，他們將車上所有的玉都給翻出來，我爸才要說幾句話，就被他們揍得鼻青臉腫。一個首領樣子的人走了過來，用國語問我們是哪裡來的，我們說是臺灣，他罵了幾句髒話，又叫人把我們狠狠打了一頓，他說他最討厭國民黨，只要是臺灣來的人都是爛貨……他們打了我們至少半個小時，我的肋骨和小腿都被打斷了，那個首領拿了一把槍給我，他叫我殺掉我阿爸，說只要我照做，他就會饒我一條生路。」

他的表情突然扭曲起來，咬合肌鼓漲，隔了一陣子，才繼續說：「你知道那是什麼樣的情形？我拿著槍，看見我阿爸滿臉是血，滿口的牙齒都被打掉了，他半暈半醒，跪在我面前，我將槍口指著他的頭，旁邊那群土匪在笑、在鼓掌……哈哈，這種事我一世人都忘不掉……哈哈……」他又點了支菸，深吸一口，吐出一個煙圈，說：「……最後我做了，我看到我爸的腦漿混著血噴了出來，看到他倒在我腳邊，聽到那些人大聲叫好，那個首領把我的槍搶回去，在我臉上吐了口口水，又補了幾腳，一群人就這樣走了……留下我一個人，抱著我阿爸，痛哭……大聲痛哭……」

我將頭側回來，聽著他的故事，他的表情恢復正常，嘆了口氣，繼續說：「那個時候我什麼都沒有了，我用爬的爬回城裡，乞求有人上山將我爸的屍體給帶下來，但緬甸那個地方就是這樣，沒有錢，什麼都不用說……我在城市裡流浪了一個月，等腳傷好一點，才回去山裡；我在山邊草叢裡找到阿爸，只剩下一些白骨了，我把骨頭化了，想帶回臺灣安葬……我想要回臺灣，但是我沒有護照，而且殺了人，也不敢去找臺灣的代表處；後來我跑進大陸，先在雲南，一路搭黑車，到了福建，那邊臺灣人多……我在廈門流浪了一年，攢了點錢，找到了一個蛇頭，他說他可以送我回臺灣。

「我還記得，那天風浪很大，一條漁船擠了十幾個人，船艙裡到處都是嘔吐、屎尿，像豬寮一樣……但我想到可以回家，什麼都不管，我可以感覺到，船開過海峽，離臺灣越來越近，我想到我妻……只要回家，什麼都可以解決，哈哈，我太天真，不過當時我是這樣想的……船開的第二天晚上，離臺灣應該已經近了，我半睡半醒的時候，突然聽到船艙外面有人在大叫，然後聽到遠處有人用擴音器大聲對我們說話，幾道強光透過木板的間隙透了進來。

「兩個船員拿槍衝了進來，叫我們通通出去，我可以看到海上有海巡署的船，那幾個蛇頭大聲亂罵，要我們全都跳到海裡去，一個人出來抗議，蛇頭一槍就打爆他的腦袋……其他人都嚇呆了，只好一個一個跳下去，有個女孩子哭著不敢跳的，那些人就抓住她的頭髮硬把她甩到海裡……」

他的表情又再度扭曲，他說：「那晚風浪很大，海水很冰、很鹹，我一跳進海裡，什麼都看不見，只覺得海水一直把我往遠方帶過去，我用力游著，讓自己浮在水面上，想讓人看到我把我撈上去，但一直等不到人來救我，我的鼻子不斷地吸進海水，手腳也越來越冷，最後我放棄了……當時我想，我沒有死在緬甸的山上，卻要死在臺灣的海裡，這樣也是落地歸根啦……哈哈……

「……等我醒來，我躺在一個海灘上，那是臺灣的海灘，到處都是垃圾……我全身痛到不行，肚子又餓，勉強站起走了一段距離，看見一間小店，那老闆怕我是偷渡客，用臺灣話跟我講話……我點了一份蚵仔煎、一份炒米粉，又叫了一碗虱目魚湯，狼吞虎嚥地吃著，我已經太久沒吃過這樣的東西了……但我身上一毛錢都沒有，我一吃完馬上就往外跑，我聽到店老闆在後面大叫，好像還有其他人在追我，我跑過一個彎道，看到一個水泥管，趕緊躲進去……我喘得很凶，全身骨頭就像要散了，當時我只想……回家……回家……回家……」

他又吐出一口煙圈，繼續說：「……最後回到彰化，那是晚上，我走在熟悉的街道上，心跳越來越快，我希望回到我的床上躺下，希望我的妻為我煮一碗湯，希望開罐啤酒，坐在電視前面嗑瓜子。我的胸口發熱，越走越快，走到我家門口，一進門，還沒出聲，卻聽到有人在講話，是個男人，他說：『阿玉，我今天怎麼樣？和妳老公比起來怎麼樣？』我老婆說：『你那麼愛跟他比幹麼？』那男人說：『比比看嘛，那妳打個分數怎麼樣？』我老婆說：『好啦，九十分。』

「我知道我沒有走錯房子，我叫玉弟，我老婆人家就叫她阿玉，當時我腦袋一片空白，我活著回來就是為了阿玉，但她竟然……我再也忍不住了，大罵一聲『幹』就衝出去，把那個姦夫給扯下床來，好好給了他幾拳……那個人長得怎樣我記不太得了，只記得高高瘦瘦的，一副斯文樣……我餓太久了，沒氣力，被他一拳打倒在地上，阿玉還擋到我前面……我想好好教訓她，還被那個姦夫推開；他大聲罵我是垃圾，說我這種樣子老婆跟人家跑是應該……我倒在牆邊，看到我老婆躲在他後面，一瞬間，腦袋空空的……我才真的知道，我真的什麼都沒有了，什麼都不剩……我踢翻了梳妝檯，轉頭就出去。」

## 七

那男人抽了口菸，轉頭看著我驚訝的臉，他笑了笑，嘴中的金牙射出一道金光，他認出我了？不，他沒有，他繼續說：「我不知道你的故事是怎麼樣，但你聽到這裡，難道你還會說你是最悲慘的？你還會說你的困難沒辦法克服？我那種處境都走過來了，何況是你？你也應該清醒，天底下沒有不能解決的事情。」

我望著他全身珠光寶氣，心中感到一絲妒忌，我問：「那……那你是怎麼走過來的？靠菩薩嗎？」

他將原本挾在腋下的黑色絨布袋放到腿上，說：「對，靠菩薩，靠菩薩給我的貴人，我這次回來，就是為了這件事……」他頓了頓，又說：「……那天我跑出來，一直往樹林裡跑，最後到鐵支路邊……我想要自殺，我殺了我阿爸，在外面受苦這麼多年，早就撐不住了。一直讓我活下來的理由，就是放不下我的妻，但看到剛剛那樣，我實在沒有理由再活下去，我在鐵軌上躺著，但又覺得害怕，一下子又站起來，就這樣子，我看了三班車從我前面過去，我跪在地上放聲大哭……因為我連死的勇氣都沒有……」

他一面解著絨布袋口的繩子，一面說：「就在這個時候，有人從後面拍拍我的肩膀，說：『叔叔，你不要哭。』

「我回頭一看，是個小男孩，大概國小三、四年級，生得白白淨淨……很可愛，他又拍了拍我的肩膀說：『叔叔，有什麼事我可以幫你，不可以哭，越哭會越衰的。』

「我抱著那孩子，越哭越凶，他還拍拍我的頭，安慰我……嘿，現在想起來很可笑，不過我那時候真是脆弱，有個人安慰讓我整個發洩出來……我哭了不知道多久才冷靜下來，覺得臉頰邊涼涼的，抬起頭來，原來那孩子胸口掛了一個玉珮……

「先生，就是那塊玉改變了我的人生，那是新疆和闐玉，羊脂級的白玉攙上一點綠豆黃，那是稀品，全世界數量不到一千顆，更何況是雕成玉珮？那個玉珮看起來也有點歷史，八成是以前皇帝的古玩，這種東西在市場上少說可以賣個五、六百萬……我盯著那塊玉發呆，覺得全身的血液都沸騰起來，我們家世代做玉的生意，看到這種好貨，不拿到手就不痛快，我正在想說要怎麼拿到這塊玉，那孩子卻先開口問我說：『叔叔你肚子餓嗎？』我看看自己的肚子，腸胃攪動的聲音大到連別人都聽得見，我點點頭，問他說：『弟弟，你可不可以借叔叔三十塊，讓我去買點吃的。』那孩子很乖的點了點頭，掏出一些零錢給我，又拿出一包餅乾，說：『叔叔，如果你肚子餓，可以先吃我這些餅乾。』

「當時我感動得眼淚都快掉出來了，我接過餅乾，三兩下就把東西吃掉，覺得身體好了一點，我看著那個孩子，心想他一定是天上派下來的天使，於是我問他：『弟弟，這麼晚了，你在這邊幹什麼？』他說：『我要回去找阿媽，阿媽生病了，你可以帶我去嗎？』

「我問清楚他阿媽住的地方，原來就住在我家隔壁，那時候我有精神多了，心想回去也好，回去把事情講清楚，那房子好歹也是我的，總要把自己的東西討回來……我陪那孩子一起走，問他：『你怎麼會那麼晚一個人回去找阿媽，你爸爸媽媽呢？』他搖了搖頭，說：『我爸爸回去了，不管阿媽生病，我自己從火車上偷偷跑出來，我爸爸……他是一個壞人！』

「這樣的話從一個小孩子口中說出來，讓我吃了一驚，這孩子不只是有同情心，而且很早熟，我又問他：『你爸爸為什麼不管阿媽？』他說：『我爸爸跟另一個阿姨在一起，他以為我不知道，其實我早就覺得他幫阿媽看病怎麼會看那麼久，我就偷偷跟著他，發現他都從後門出去，去找阿姨……我爸爸整天就只會教我說要當個完美的人，要乖、誠實、孝順，他自己根本是個大騙子……全部都是放屁！』」

那男人停下了手上的動作，嘆口氣說：「我想也沒想到會遇到那個姦夫的兒子，先生，你說這不是天意嗎？」

我緊抿著嘴，豆大的汗珠從額頭上冒出來。這是天意！天意竟要我在十五年後知道，我在我兒子心中，是如此的低賤，如此的不堪！

那男人又說：「我帶著那孩子回到他阿媽家，走進房間，看見他阿媽在那邊呻吟，那孩子爬上床去，擔心地問：『阿媽、阿媽，妳有沒有怎樣？阿媽？』他轉頭對我說：『叔叔，你去幫我叫救護車好不好，我阿媽生病了，我去倒水給阿媽喝，快點！』說著就跑了出去。

「我沒去叫救護車，我的眼睛被一件東西吸引過去了。那個老太婆胸前的口袋裡，裝了一大疊鈔票，千元鈔票，我好久沒看到那麼多鈔票了……我屏住呼吸，偷偷地把鈔票拿了過來，數了數，有十萬元，十萬啊，對當時的我來說，是一筆天文數字，我將錢放進自己口袋裡，卻聽到那個孩子大聲叫：『把錢還給我阿媽！』我轉過頭，看見他端著水站在那邊，大聲說：『你也是壞人，快把錢還給我阿媽，要不然我要去叫警察。』

「當時我已經想不了太多，一心只想拿到錢而已，我說：『弟弟，叔叔很需要錢，不然這樣，我把錢還給你，你把你那個玉珮給我好不好？』他將水杯丟了過來，大聲罵道：『想都別想，你也是個壞蛋，我去找警察！』說完他就跑了出去。」

「然後呢？然後呢？那孩子怎麼了？」我抓住他的肩膀，急切地問。

那男人側過頭看了我一眼，似乎好奇我為什麼會突然那麼感興趣，他從絨布袋裡拿出一的東西，嘆了口氣，說：「我殺了他，我殺了那孩子，用這個。」那是一柄瑞士小刀。

他說：「我追了出去，我不能讓那孩子去報警，當時我還沒有傷害他的意思，只是想把他抓回來而已……他跑得很快，往樹林裡跑去，我追了進去，但沒看到他的人，我跑到一棵很大的榕樹下，前面是一道工廠的圍牆，沒有路了，我四周看了看，心想他應該在這附近，突然覺得臉上一痛，那孩子躲在樹上，用刀子劃了我一刀。」

他指指臉上的那道疤痕，說：「……就是這刀，而且劃得很深，差一點就要把我眼珠挖出來，我氣得追上去，將刀子搶過來，一腳把那小鬼踹倒，然後伸手掐住他的喉嚨，把他壓在樹幹上，說：『把玉給我，給我！』他的臉色慢慢發青，他掙扎地說：『你……們……都是……壞人……』」

那男人低著頭，臉上的疤痕又再度輕輕抽動著，他將瑞士刀的主刀翻出來，反覆看著，刀子在昏黃的燈光下，透出淡淡的血光。他說：「我被人欺負太久了，怨氣在那一瞬間整個爆發出來，我看不到那個孩子可愛的臉孔，只看到那群土匪、看見那個蛇頭、看見追我的老闆、看見那個睡阿玉的男人……我用刀刺穿了那孩子倔強的喉嚨，看他倒在地上掙扎，然後死去。我拿走了他的玉珮，在旁邊找到一個麻布袋，把他的屍體裝起來，塞到樹幹的空隙裡面去。之後我在市場上賣了那塊玉，籌到一點錢，跑去福建，一邊做生意一邊避風頭，一去就是十五年……十五年，很快不是嗎？」

他笑了笑，看看我，我不知我當時究竟是怎樣的表情，應該是蒼白冷靜？或是熱血激動呢？我不記得了，只記得他繼續說：「兄弟，你知道嗎，我從不後悔殺了那孩子，他是我的貴人，他不只給我一包餅乾，給了我一塊玉珮，還用他的生命讓我重新站了起來……他是那個姦夫的兒子，他代替了所有欺負我的人，向我贖罪，雖然他只是個孩子……我記得我殺了他之後，覺得……覺得自己好像換了個靈魂一樣，我看到前途一片光明，忘記了那些我所受的折磨，忘了那些失去的東西……我在大陸幫那孩子立了個祠堂，這把刀我一直留著，算是紀念；如果他知道，他的死，成就了一個人，那他應該死也瞑目吧！」

火車速度漸漸放慢，廣播用國臺客語各說了一次：追分站到了。

「上個月我太太……在大陸新娶的，她身體不大舒服，我去廟裡求籤，菩薩要我回臺灣一趟，向我的貴人表示感恩，而且說我會遇到一個需要我幫助的失意人。所以這趟我回來，一來是想去看看那孩子，燒些東西給他，另一方面，也是希望能幫助有緣人，結果我就在這裡遇見你，真是有緣！」他將那柄瑞士刀遞到我手中，拍了拍我的手背，說：「兄弟，以前的流行歌說：『一時落魄不得怨嘆，一時失志不得膽寒』，我今天把這把刀給你，希望你能像我一樣，從人生的低潮裡走出來……天無絕人之路，不管做什麼事，都要讓自己振作起來……就像我，雖然我殺了個孩子，但我現在那麼快活，這樣就值得了……你說是不是？」

他站起身，胸口的玉菩薩輕輕搖晃著，他笑著對我揮揮手，說：「兄弟，後會有期，保重！」說著轉過身去，等著車門打開。

我握緊了小文的瑞士刀，感覺到自己胸口均勻起伏著。

那男人的後頸正對著我，因為肥胖，後頸堆疊起數層肥肉。

最後一班慢車，車上空無一人。

# 赤雲迷情

# 一

宛汝對山林一向有種恐懼感，包括溼黏的森林地、不知名的植物以及懸在半空的蠕蟲。她唯一一次的登山經驗是和朋友去八通關古道健行，結果跌進咬人貓叢中，整個人腫到昏厥過去，還是消防隊緊急出動，才救了她一命。事後她發表鄭重聲明：「休想再叫我踏上海拔超過五百公尺的地方。」

現在是十一月的某個午後，一片白雲飄過希尤幹山與麟趾山的山頭，蒼翠的玉山山區，被切割成光與影的兩個世界。

宛汝屈起右膝，在剛才洛傑踩過的石塊上試探幾下，然後用盡大腿的力量，將自己向上提升了三十公分；她停了下來，靠在碎石坡上大口地喘著氣，一塊木牌立在她身旁不遠處，上頭標明：海拔三一四五公尺。

「嗨，小宛，再加把勁，爬上來就到了。」洛傑喊著。

是啊，爬上去就到了，剛才你說繞過那個山頭就到了，再剛才你又說爬完那些階梯就到了，再再剛才你又說……宛汝心中想著，但沒有表現出來，這樣的自我克制能力她自己都覺得驚訝。

「來，手給我。」洛傑將手伸向宛汝，宛汝抬起頭，與洛傑那關心的眼神正好交會，一種甜絲絲的感覺立刻壓過了心頭的抱怨。她露齒一笑，舉起右手，卻發現自己的肩關節劇痛，不由得往下滑了幾步。

洛傑雖然高大，身手卻十分矯健，他一見宛汝失足，馬上跳下碎石坡，一手摟住宛汝，另一手攀住岩壁。宛汝還沒來得及尖叫，發現自己正靠上洛傑厚實的胸膛上，不由得全身酥軟，連叫的力氣都沒有了。

這或許就是宛汝不惜打破自己登山禁令所欲換得的結果。她一個月前在父親公司的餐會上認識了洛傑，據說父親花千萬年薪才將他從麥肯錫挖角過來。席間，洛傑與宛汝談到他在洛磯山和安地斯山的登山經驗。「我在洛磯山上碰過灰熊，聽說要是一隻熊吃過人，牠就不會吃別的食物，只想吃人肉，不過那天我遇到的顯然沒吃過，牠只看了我一眼就離開了。」洛傑笑了笑，潔白的牙齒與黝黑的面容呈現強烈的對比，「……還是臺灣的山最好，高大、險峻但又充滿生命力，我每年都會回來一次，就是要去山上走走，我還記得第一次登上玉山主峰的感覺，日出、雲海，啊，在那一剎那，我才明白，臺灣最高的所在，不是臺北一〇一，而是在這裡。」洛傑啜了口紅酒，眼神飄向遠方地說。

那一刻，宛汝早將「海拔五百公尺」等話拋到九霄雲外去了。

洛傑半拖半拉地將宛汝拉上碎石坡，拍拍雙手想要站起身來，卻發現宛汝還賴在他的懷中，不禁笑了笑，喚道：「小宛，我們到了。」

宛汝一驚，跳起身來，一張臉漲成緋紅，結結巴巴地說：「我……我沒事。」

「對不起，如果我有帶登山繩，妳就不用爬得那麼辛苦了……妳的手沒事吧？是不是傷到了。」洛傑說著就要去握宛汝的右肩，宛汝本能性地一縮，馬上又覺得後悔，她說：「喔，沒……沒事，我以前有受過傷，只要一下雨就會痛，呵，老毛病了。」

「下雨……」洛傑抬頭看著天，只見雲霧從山的另一側不斷飄來，層層疊起，遮蓋了整個山區。風自谷底颳起，混雜著濃重的水氣。

「我們得走快一點，」洛傑一面說，一面將宛汝的背包扛上肩，「雨如果下起來就麻煩了……走吧，前面冷杉林彎過去就到赤雲山莊了。」

宛汝跟在洛傑身後，他們盡可能地加快腳步，但仍趕不上山區的氣候變化，才剛走進樹林，豆大的雨滴已從天而降。宛汝大叫：「Roger，我的雨衣！」

洛傑說：「前面就到了，用跑的，快、快！」

這次洛傑沒說謊。兩人跑出樹林，一幢磚房就立在二百公尺之外，滂沱大雨中，「赤雲山莊」的木牌仍是清晰可見。但即便如此，當兩人跌坐在赤雲山莊地板上時，從裡到外均已溼透。

「呼，好險，再慢一點就糟糕了。」洛傑打開背包，將已經浸溼的衣物、毛巾、乾糧、瓦斯爐等取出，然後將背包倒過來甩了甩。宛汝看著背包中水流如注，不禁懷疑洛傑所謂的「糟糕」是如何定義。

相較於玉山的排雲或是大雪山的三六九，赤雲山莊的規模顯得十分秀珍。一進大門是個約四坪左右的前廳，中央用石磚圍了一圈，可以供燒炭取暖用；前廳左側是供給山友的寢室，裡頭僅有一排的上下鋪，提供八個人就寢的空間；前廳右側則是巡山員的寢室，除了三張行軍床，還有幾箱磚頭堆在手推車上，應是整修山莊用，其他如三合板、鏟子、鐵絲、掃把、工具箱等雜物，則雜亂地堆在房間的牆角；前廳的正面一扇門則是通向廚房，裡頭有一個簡單的流理臺，另外便是發電機、幾瓶煤油和幾袋煤炭。

宛汝對眼前的情景有些失望，在她天真的幻想中，「山莊」至少要有個現代化的浴室，讓她可以沖個熱水澡，若是有個服務生可以端上剛煮好的咖啡或薑茶，那也是合乎情理的事。但眼前不要說浴室，連個廁所也沒有。

「快點把溼衣服脫下來，要不然會感冒。」宛汝回過頭去，只見洛傑已經脫去外套，掛在剛升起的爐火旁；黑色的圓領排汗衫貼在他的胸口，隨著呼吸上下浮動。宛汝腦袋裡霎時間浮現那些布料下的影像，趕緊轉過身去，結巴說：「你……你先換，我等一下再換。」

山莊外雨越下越大，雨聲嘈雜，掩蓋了宛汝躁亂的呼吸。洛傑溫暖的大手從她身後繞過，替她脫去了溼重的外套；宛汝可以感覺到洛傑的體溫，幾秒中前她所幻想，那赤裸健壯的身體，已緩緩將她包覆其中。洛傑輕吻著宛汝的耳根，一手緩緩地揭起她白色棉質T-shirt的下襬，他手上的熱度瞬間纏繞了宛汝纖細的腰肢，宛汝覺得身體裡某個部分融化了，她轉過身，用自己的脣封住洛傑的嘴。

爐火漸旺，屋內也越來越溫暖，兩人在牆邊激烈擁吻著。宛汝只覺得全身發燙，她的雙手環住洛傑的頸子，大腿不自覺地纏上了他的臀部，她的每一個吻、每一個愛撫都是所有熱情的激發，宛汝知道她要這個男人，她知道她現在就要。

「喲，Roger，還是喜歡在山上做愛？」一個聲音從門口傳來，將宛汝的慾火澆熄大半，她推開洛傑往門口看去，狂風暴雨中，一個女人緩緩走進了赤雲山莊。

## 二

「嗨，Roger，打擾你了，sorry！」那個女人走進山莊，卸下背包，將溼透的毛帽和臉上的防風鏡取下，順勢甩了甩一頭烏黑溼亮的長髮。她有一張圓臉，突出的腮幫子上疊滿了嬰兒肥，配上修得細長的眉毛和一雙單眼皮的鳳眼，令人想起郎士寧筆下的滿清宮妃。

「曼……曼莉！妳……妳怎麼會在這裡？」

「叫我Mandy好嗎？曼莉這個名字不是你叫的。」曼莉脫下外套，她身材高䠷，肩膀寬闊，不過最讓宛汝在意的是，她身上穿著和洛傑同一款式的排汗衫，據洛傑說，這個品牌的排汗衫在臺灣並沒有上市。

「我不能上山嗎？我整天受那些白痴model的氣，偶爾也要一個人出來走走，接近大自然，你不是這樣跟我說的嗎？」曼莉笑了笑，將外套掛在洛傑的外套旁。

「可是……」洛傑只說了兩個字便接不下去了，宛汝則問了一個所有女人在這種情況下都會問的問題：「Roger，她是誰？」

不等洛傑回答，曼莉搶先說道：「哈，Roger，這是你的新女朋友？看起來很清純啊……嗨，妳好，他也是跟妳說了一堆他在洛磯山遇到灰熊的故事嗎？還是去祕魯騎駱馬？然後跟妳說玉山比臺北一〇一高，問妳要不要和他一起來？是這樣嗎，還是他有新的招式？」

「妳……」

「喔，差點忘了，我工作時就叫Mandy，私底下和我熟的人才叫我曼莉，whatever……我是個化妝師，在臺北和香港都有個工作室，目前手上的主要case是一個姓林的model，嘿，她前陣子被馬給踢傷，所以我現在算是休假，來山上走走。」

宛汝點點頭，但她仍將那句「我在上個月彩妝雜誌有看過妳」的話硬生生地嚥回肚子裡，只低聲說：「我叫宛汝……」

「喔，我知道妳，妳是『名媛』嘛！臺灣最大的投資銀行？唉，上天真不公平，妳又有背景，長得又可愛，難怪我只能自己一個人來爬山。」曼莉攤了攤手，露出無奈的表情。

「Roger！」宛汝再也受不了了，她扯著洛傑的手臂，叫道：「她到底是誰？她跟你有什麼關係？」

「我……她……我……」

「你說你沒有女朋友的……」

「他沒騙妳，他是沒有女朋友，」曼莉從背包裡拿出水瓶喝了口水，說：「我是他老婆、太太、妻子，我們是法律上的夫妻。」

驀地憑空一陣暴雷，震得爐中炭火冒出一陣火星，宛汝愣在那兒，像是被嚇傻了。洛傑移到她身後，輕聲說：「小宛，我和她已經結束了。」

「Roger，你這樣說也太傷人了，」曼莉笑著說：「我們只是分居不是嗎？只是不住在一起，你我彼此還是法律上的唯一，不是嗎？」

洛傑站前一步，說：「曼莉，我們說好的，離婚的事慢慢談，在那之前，妳走妳的，我走我的，互不干涉，今天怎麼……？Come on 曼莉，都這麼久了，怎麼不能看開點？」

曼莉那雙鳳眼稍稍睜大了一點，她也上前一步，高聲說：「我一直都看得很開，你以為……我今天是故意來壞你們的好事的？Roger，這是巧合，OK？我今天真的只是想一個人來山上走走，想想事情，想想……我們兩個之間為什麼會變成這樣，想想之後要怎麼走，想想以前那段日子，你第一次帶我來這裡，那天同樣下著雨，但山莊裡只有我們兩個……」

「曼莉，please……」

曼莉抿了抿唇，深吸一口氣，繼續說：「Roger，我知道你，我知道你想要出人頭地，所以我一直都讓你有最大的空間，你讓身分證配偶欄空白我也隨便你，但……難道我這樣錯了嗎？你離我越來越遠，我所聽到關於你的，總是那些女人的故事。你知道嗎？那天我提出要分居，你知道我回去哭了一整晚嗎？我要我自己恨你，但……那有多難，你知道嗎？結果我還是一個人來爬山，回到這個山莊，沉浸在你以前所有的好裡……就像抽鴉片一樣，你越是想戒，就會陷得越深……我愛你，雖然你是個十足十的王八蛋，但我還是愛你！」曼莉將額頭輕輕靠在洛傑的肩上，輕聲啜泣起來。洛傑嘆了口氣，輕輕地撫著曼莉的頭髮。

在某些故事裡，宛汝這時會選擇默默離開，走入大雨中，讓雨水混雜著淚水自臉上流下。不過宛汝並沒有那麼做，她身體裡因洛傑而融化的部分逐漸凝固，甚至堅硬到她不曾想像的程度。她大步走上前將曼莉一把推開，挽著洛傑的手臂，說：「你幹什麼碰我的男人，賤女人！」

「你說什麼？」曼莉雙眼瞪得如銅鈴一般，叫道：「什麼妳的男人？啊？這是我老公啊，這賤貨，勾引我老公，媽的 bitch！」

「大餅臉，妳說什麼？再說說看！」

「大餅臉？妳說誰大餅臉，妳這隻母狗！」

「大餅臉還不承認，我看妳一次面膜都要用兩張吧，去買 pizza 店員還會不小心把妳的臉放進盒子裡，或是被人家直接拿去包油條！」

「bitch，妳少在那邊亂吠！」

「妳再說說看！」宛汝尖叫著，上前一把扯住曼莉的長髮。

「妳就是 bitch，我有說錯嗎？跟人家老公上山來大腿就張開了，妳說妳犯不犯賤？妳只是輛公車！bitch！」曼莉一面罵一面反手扼住宛汝的喉嚨，她遠比宛汝高大許多，一下子就將宛汝壓倒在地，但宛汝也不是省油的燈，手抓腳踹地往她身上招呼。兩個人一邊尖叫一邊在地上翻滾著，剩下一個不知所措的洛傑，在旁邊搓著一雙大手乾著急。

這場打鬥很快就分出勝負，畢竟兩人量級不同，曼莉壓在宛汝身上，右手扳住宛汝的額頭，宛汝氣力放盡，手腳只能勉強掙扎，剩下一雙杏眼，惡狠狠地瞪著對手。

曼莉喘了一陣子，原本瞪大的雙眼逐漸回復成兩條細線，她站起身子，一手按在額頭上，搖了搖頭，說：「對不起，我感情用事了……」她向宛汝伸出手，宛汝瞪著她的手好一會兒，自己緩緩地爬起來。

曼莉仍在喘息，不過神色已恢復平靜，她笑了笑，說：「呼，我認輸了，名媛小姐，妳很強勢，我看得出來……妳得不到的東西，別人也休想得到，是這樣嗎？」

宛汝冷笑說：「我沒有得不到的東西。」

曼莉哈哈一笑，退回自己的背包旁，說：「好，我認輸，名媛小姐，我坦白告訴妳，在某種感情的層面上，我的確很愛Roger，不過，這種男人……」她指指愣在一旁的洛傑，「還是讓給妳吧。我當年和妳一樣，什麼都不懂，以為他是一個完美的男人，不過，嘿……妳自己慢慢體會吧。」她從背包裡頭拿出一個紙盒，從鋁箔中挑出一個膠囊，和著水嚥下，說：「我今天會好好睡一覺，你們要幹什麼……請便，明天天一亮我就下山去，Roger……」她轉身對著洛傑說：「一回去我們就辦離婚……不用說了，我不會再猶豫了，這場鬧劇就到此為止。你走你的陽關道，我過我的獨木橋，互不相干，ＯＫ？」

她將手上的藥丟在一旁的鐵桌上，彎腰提起背包，走進巡山員用的臥室，回頭說：「晚安，兩位。」說完將門「碰」地一聲關上。

「曼莉，曼莉，」洛傑跑上前，用力敲打著木門，「妳聽我說，我們還可以……」那木門並不堅固，被洛傑敲得略微鬆動，只聽見房內傳來輪軸轉動的嘰嘰聲，洛傑感到敲打的木門由虛變實，他輕輕跳起，從門旁的氣窗看進去，只見曼莉將載滿磚塊推車推來，抵住了木門。

「Come on，Roger，看開一點，你說的。」曼莉刷地一聲將氣窗給關上。

洛傑顯得有點失望，他轉過身，卻和宛汝銳利的目光碰個正著，他結結巴巴地說：「小宛……小宛，聽我解釋，這……這有點複雜，相信我……」

「相信你什麼啊，Mr. Roger？」宛汝雙手交叉在胸前，緩緩地說：「相信你對女人很有一套？騎驢找馬？相信你根本就不知道自己在幹什麼，或是你只是博愛天下？或是相信你接近我，根本就只是為了我們家的錢？我相信你，Roger，我深信不疑。」她走進給山友使用的臥房，狠狠地將門給關上，叫道：「下去之後你就知道了，王八蛋！」

洛傑呆立在原地，不知所措。他身旁火爐中的木炭已逐漸燒白，冰冷的氣息，瀰漫了整個赤雲山莊。

## 三

碰！

宛汝被一聲巨響驚醒。其實說「驚醒」並不是很正確，她一直睡得很淺，甚至有沒有入睡，她自己也不清楚。

現在幾點了？宛汝按下電子錶的螢光鈕，三點十三分，離天亮至少還有兩個多小時。

她不知道那響聲是什麼，似乎是什麼重物落下。天花板被風吹垮了？狗熊入侵？有人摔東西洩憤？

「只要不干擾我睡覺，就與我無關。」宛汝心中雖如是想，但翻了兩次身之後，她坐起身來，將原本蓋在身上的外套穿上，從口袋裡拿出小手電筒，輕聲地向臥室外走去。

臥室外漆黑寂靜，只聽得到窗外雨聲瀟瀟，火爐中的木炭已燒盡，冰冷的空氣中仍留存一縷淡薄的炭燒氣息。宛汝打開手電筒四處照看，前廳裡並沒有什麼變化，大門緊閉且上了閂，剩下兩個門也緊緊關上，曼莉那盒鎮定劑仍丟在牆邊的鐵桌上。

宛汝皺了皺眉，後悔自己太過好奇，她將手電筒關上，轉身推開臥室的木門，忽然間心頭一震，一股強大的不安迫得她全身發顫。她回過身打開手電筒，在對面的牆上反覆搜索著，牆壁和靠牆的鐵桌均無異樣，那扇門應仍被磚頭頂著，分毫不動；她將手電筒微微舉高，不禁愣了一下，那牆上方的氣窗是開著的。

曼莉之前已將氣窗給關上，怎麼這會兒又打開了？宛汝很想給自己一個簡單的解釋：可能曼莉只是覺得氣悶吧！但宛汝仍悄聲橫移過前廳，來到對面臥室門前，她將耳朵貼在木門上，房裡頭寂靜無聲。

宛汝猶豫了一會兒，看了看身旁的鐵桌，輕輕抬起一隻腳跨了上去，那桌面鐵皮發出折動的聲音，在暗夜裡格外刺耳，宛汝雙手按住桌面，小心地站了上去，然後踮起腳尖，向氣窗中看去……

「小宛，你在幹什麼？」

洛傑的聲音把宛汝嚇了一跳，她從鐵桌上跌下來，一個踉蹌正好跌進洛傑懷裡。「小宛，是我，妳沒事吧？」洛傑那一雙大眼在黑暗中仍閃爍著光芒。

宛汝呆了一陣，連忙從洛傑懷中掙開，她用手電筒掃著洛傑全身，紅色的登山外套、黑色的排汗衫、深色的運動長褲，與上山時全然無異。唯一不同的，是洛傑那雙大眼中，多了幾分的懷疑與提防的神色。

「我聽到有聲音，以為有什麼東西闖進來，所以出來看看，」宛汝語氣平淡，她指了指氣窗，說：「結果我看到氣窗打開了。」

「我也是聽到好大一聲，所以被嚇醒出來看看……妳……沒事吧？」洛傑向前走來，伸手想握住宛汝顫抖的肩膀，宛汝向後一縮，說：「沒事，我很好。」

洛傑嘆了口氣，說：「小宛，我真的不是那樣的人。我當初會和曼莉結婚，完全都是一時的衝動，我和她在芝加哥認識，那裡華人又少，又是天寒地凍，我們當時可能都只是想找個人可以取暖而已。但結婚之後，我才發現我並不愛她，她是時尚界的人，講求的是流行、美感，我在金融界裡面，講的是效率，我們兩個根本是走在兩條平行線上……我向她提過幾次離婚，她並沒有反對，但她所開出的條件我實在負擔不起，結果才會拖到現在。」他深吸了口氣，看著宛汝的雙眼，彷彿要看穿她靈魂一般，他繼續說：「小宛，我第一眼看到妳，我就知道，妳是我這一生最愛的女人，不是因為妳的背景，純粹是妳的美，妳的純，妳的氣質，讓我完全無法抵抗，相信我，小宛，我真正愛的是妳。下山之後，我會把這些事情處理乾淨，然後用一個最潔淨的靈魂，一生一世的愛妳，好嗎？」

「那倒不必，Roger，」宛汝雖力求平穩，但聲音仍不免發顫，她說：「現在先處理眼前的事，你比較高，你上去看看，我怕出了什麼事……」

洛傑搖頭說：「不，小宛，我不想再見到那個女人，不論她是睡的還是醒的，我都不想再見她，我愛的是妳啊，妳明白嗎？」

宛汝「哼」了一聲，說：「那我上去看看，幫我把桌子扶好。」說著又爬上鐵桌，踮起腳尖，探頭向房間裡看去。

房內同樣黑暗，手電筒的光柱首先落在對面的玻璃窗上，那窗也是緊緊閉著，窗上的鐵閂牢牢卡進木櫺之中，令房內頗為氣悶。緊接著映入眼簾的是靠在另一面牆上的三張行軍床，床上並沒有人，只擺著一張軍毯和一個小枕頭，那都是房內原本準備的東西。宛汝將光線轉移到房間正中央，一整箱的磚頭翻倒在地板上，磚屑四散，一支鐵鏟就躺在不遠的牆邊。

宛汝將自己稍稍再墊高一點，舉起手電筒貼著氣窗窗緣照下，那整推車的磚頭仍堅強地扼守著門口，推車車輪打橫，因此從門外無論如何無法推動，宛汝將頭又伸進氣窗一點，就在氣窗的正下方，手電筒微弱的燈光下，一張蒼白的臉孔，正瞪大眼睛看著宛汝。

宛汝驚呼一聲，再度從鐵桌上跌下，手中的手電筒滾落於地。

「小宛，怎麼了？」洛傑快步上前攙住宛汝，溫柔地說。

宛汝身體強烈顫抖著，意識因為恐懼開始模糊，她很想直接撲進洛傑的懷裡，請求他給予保護，但她最終仍是忍住了，她用力縮緊身體，指著氣窗，顫聲說：「她……她死了……」

「什麼？」洛傑笑問。

宛汝再也忍不住，大聲叫道：「她死了，我說她死了，那個大餅臉的女人死了！」說完埋在洛傑懷裡放聲大哭。

曼莉就倒在推車旁，四肢張開，正面朝上，身上穿的仍是原先那一件排汗衫，衣衫完整。她原本細瞇的雙眼現在滾圓如銅鈴，眼球宛如要暴出來似的，緊瞪著天花板；豐腴的雙頰血色盡失，舌頭向外翻出，舌尖幾乎要頂到她的下巴。她雪白的頸子上多了一道深色的痕跡，一條約五公尺長的登山繩，就落在她的身上。

這是洛傑所能看到所有的情景，他身材較高，從氣窗居高臨下看得比較清楚，他試著鑽過氣窗，但那窗口過窄，連他的肩膀都進不去。他也試著將門給打開，但那整車的磚頭卡在那裡，無論洛傑撞了幾次，只能徒呼負負。

洛傑端過一杯剛煮好的薑茶，對宛汝說：「來，小宛，不要怕，喝點薑茶會暖和一點，來。」

宛汝看著洛傑，雙眼中仍噙滿淚水，她接過鋼杯，輕啜了一口，「好燙！」

「我幫妳吹涼一點。」洛傑將鋼杯拿過來，尖著嘴用力吹散冒出來的白煙，然後再放回宛汝手中。

「慢慢喝……對，喝下去會好一點。」

宛汝喝了一大口薑茶，喘口氣，又將剩下的茶水一口氣喝盡。辛甜的薑汁穿過她的咽喉，落入胃囊，一股暖流瞬間充滿了她的四肢百骸，她蒼白的臉上恢復了些許血色，手腳也不再那麼僵硬。

「謝……謝謝你，Roger。」宛汝看著手中的鋼杯，低聲說。

「沒什麼，來，我再幫妳倒一杯。」

「不……不用了。」

「沒關係，多喝一點薑茶比較好。」洛傑將她的鋼杯拿過來，走進廚房，回來時，手上還拿了一顆肉粽。「來，妳應該也餓了，吃些東西會舒服一點。」

宛汝一直處於亢奮狀態，忘記自己自下午起就沒再吃半點東西，此時熱騰騰的薑茶一下肚，才發現早已是飢腸轆轆。她將粽子接過，剝開粽葉，吃了兩口，眼淚卻又撲簌簌地落下來。

「怎麼了，小宛，哪裡不舒服嗎？我那邊有醫藥箱，要不要我去拿？」

宛汝搖了搖頭，口中含著尚未嚼爛的粽子，嗚咽說：「我錯怪你了，Roger。」

洛傑溫柔地笑了笑，沒有說話。

「我經驗真的太淺了，太感情用事了……我想，你的過去是怎樣，其實我根本不必在乎，你一直是那麼溫柔可靠，對我總是那麼好，我不應該懷疑你的。你和……她之間的關係，我應該相信你，我應該相信你對我的愛……我也愛你。」宛汝輕聲啜泣著。

洛傑將宛汝摟進懷中，說：「小宛，小傻瓜，妳就是想太多了……我承認我是優柔寡斷，對過去那段感情處理得很不好，以至於連累到妳……我真的很對不起妳，不過……妳肯相信我就好，我真的很高興妳能相信我，兩個人在一起，最重要的不就是『信任』嗎？我發誓，我會全心全意地愛妳，我會盡我所能，甚至我的生命，幫妳度過難關，小宛。」

宛汝貼在洛傑懷裡，只覺得全身懶洋洋地，她呢喃道：「我也是，Roger，我也會全心全意地愛你，相信你。」

「妳真的愛我、相信我嗎，小宛？」

「我愛你，我也相信你。」

「好，小宛，我會幫妳的，但妳要告訴我……妳為什麼要殺了曼莉？」

# 四

「我……我殺了她？」宛汝從洛傑身上跳起來，大聲尖叫著。

「妳說妳相信我的。」

「我……我殺了她？我殺了她？你在說什麼……我殺了她？我怎麼會……」

「小宛，冷靜一點……」

「不，不是這樣，是你冷靜一點，Roger，我一直都很冷靜，該冷靜的是你，你說我殺了她，憑什麼？憑什麼你這樣說？」宛汝大聲吼叫著，她頭髮散在臉上，唾沫從嘴角噴出，已是半歇斯底里狀態。

洛傑也站了起來，說：「小宛，妳真的冷靜一點，我們彼此相愛不是嗎？我說過我會幫妳的，妳應該要對我坦白啊……」

「去你的，坦白？是你要對我坦白，你憑什麼說我殺了那女人？你憑什麼這樣指控我？你這個王八蛋！」

「妳冷靜點，」洛傑上前一把攫住宛汝的手腕，將她攏在胸前，大聲說：「小宛，妳聽我說，剛剛我看完曼莉的屍體之後，第一件事就是拿手電筒和這把水果刀，將整個赤雲山莊巡視了一遍，這山莊就這麼大，沒有其他房間，也沒什麼地窖或密室可以躲藏。我很仔細地看了一圈，包括廚房和妳用的房間，沒有其他人，這山莊裡，只有你和我和曼莉，就我們三個人。」洛傑緊盯著宛汝，繼續說：「然後我去 check 大門，結果妳也看到，那門是鎖著的，門有門上，沒有半點破壞的痕跡。換句話說，沒有人能從大門進來……同樣地，我也 check 了妳的房間、曼莉的房間還有我睡的廚房的窗戶，結果都一樣，我們都因為下雨所以沒將窗戶打開，窗戶也都從裡面門上，一樣，沒有人能夠進來。再說，外面雨那麼大，如果有人從外面進來，地板上一定有水漬，但你看，地上沒有。所以，小宛，這山莊自始至終都只有我們三個人，或是說，只有我們兩個人。」

洛傑將宛汝放開，宛汝退了兩步，靠在牆上，全身顫抖不止，只聽見洛傑又說：「好了，就是這樣，小宛，曼莉是被殺死的。有人用那條繩子勒死了她，這很明顯，她脖子上有勒痕。但那人不是我，也沒有其他人進出過這座山莊，所以，小宛，妳現在可以告訴我，為什麼妳要殺了曼莉？」

宛汝恍惚地說：「我……我以為她是自殺的……」

洛傑上前一步，說：「我原本也這樣想，山莊屋頂都有橫梁，她可以用那條登山繩上吊，斷氣之後，繩結承受不住重量，所以掉了下來，就變成我們現在看到這樣，我原本也是這樣想的……不過，不對，如果曼莉要上吊，她應該要先找一個可以墊腳的東西，將自己墊高，像是板凳或是什麼的，但她的房裡並沒有，行軍床離她掉下來的地方太遠了，那些磚頭高度也不夠，所以她不可能是上吊。」洛傑搓著雙手，續道：「再說，她如果上吊，又何必將氣窗給打開呢？透氣嗎？不是多此一舉？所以，小宛，告訴我，為什麼妳非要殺了曼莉不可？」

「我沒有殺她……」

「這是我自己想的，小宛，因為妳愛我，因為妳急著要得到我，等不及我和曼莉離婚，所以就要殺了她，這世界上沒有妳得不到的東西，不是嗎？妳半夜起來，用那張鐵桌當踏板，悄悄從氣窗爬進去，用登山繩將曼莉勒死……剛剛我看到妳的時候，妳剛從裡面出來不是嗎？所以妳才會嚇成那個樣子，但妳很聰明，裝成是因為看到屍體而害怕的樣子，然後馬上又說相信我、愛我，妳不就是要我幫妳嗎？」

「胡說八道……」

「小宛，我愛妳，無論妳做什麼，我都會站在妳這邊，但我想聽妳說出一切啊，小宛，告訴我……」

宛汝緊倚著牆，一股寒意從她背脊直透出來，她看著洛傑，用力地搖了搖頭，說：「不可能。Roger，我怎麼會……我不會殺人，我也沒辦法殺她……她比我高那麼多，又比我壯，今天你也有看到，我整個人被她壓在地上，我根本不是她的對手，我怎麼可能勒死她？我一動手她馬上可以反抗，我根本制不了她。」

洛傑愣了一下，說：「她有吃鎮定劑。」

宛汝定了定心神，搖頭說：「Roger，鎮定劑不是安眠藥，沒有那種效果，你可以說我偷偷爬進去她不知道，但不可能說我將她勒死而她沒有反抗。我對鎮定劑過敏，所以我知道很清楚，只要刺激強烈一點，還是很容易醒過來，沒有道理說我將她勒死，而她完全沒有知覺。」

「這個……」洛傑雙眉緊蹙，他的推理碰到難關，不過顯然又以別的方法突破這個關卡，他緩緩地走上前，柔聲說：「好了，小宛，妳不必這樣辯解，記住，我們是相愛的，我們要互相信任，所以妳可以將一切都告訴我，我會幫妳。妳一個人所想的不一定完美，我可以幫妳找到盲點，只要將一切處理好，我相信妳會沒事的。」說著張開雙臂，想將宛汝擁抱入懷。

宛汝忽然一個低頭，從洛傑的腋下鑽過，她從鐵桌上拿起水果刀，緊握在胸前，喝道：「Roger，你不要過來，我說停，不要再過來！」

洛傑笑了笑，說：「Well，小宛，怎麼了？不要那麼緊張，我說我會幫妳的。來，把刀子放下，很危險的。」

宛汝拿刀的手仍是抖個不停，她用力咬了咬牙，穩住自己的情緒，高聲說：「不要再過來了，Roger，再過來我會用刀子的。」

洛傑停住腳步，說：「小宛，冷靜點，妳會傷到自己。」

宛汝哭道：「閉嘴，你閉嘴，你這個無恥的王八蛋，你才是殺人凶手！」

洛傑一愣，說：「我？我怎麼會是……？」

宛汝說：「這是你自己說的，門窗都關上，沒有人能進得來，這裡只剩下你和我兩個人，我沒有殺人，那就是你殺的……對，就是你，你殺了那個女人。」

洛傑雙手一攤，說：「沒道理，妳這樣猜沒道理，我何必殺她？」

「何必殺她？」宛汝說：「你自己最清楚，你要的是我，你要我們家的事業。如果這件事再鬧下去，不是只有我們兩個之間完蛋，你一切都要完蛋。憑我爸爸的實力，你以後別想在這個圈子裡面混下去……你是一個感情的低能兒，你不知道怎麼處理這樣的情況，所以你選擇快刀斬亂麻，將那個女人殺掉……事情發生後，你再對我好，想趁我最害怕無助的時候打動我，然後你以為我像所有的笨女人一樣，都會為了愛替你承擔這個罪？你是以為，我會用我們家的背景，將事情給擺平？這是你的如意算盤？」

洛傑搖搖頭，說：「小宛，妳不要這樣胡思亂想，我不可能殺她，即便我很愛妳，但……我不可能殺她。」

宛汝說：「為什麼不可能？你有的是力氣，你要勒死她，一點都不困難……你不要再過來，你這個殺人凶手！」

洛傑又往前踏上幾步，但他沒有去挑戰宛汝手上的利刃，他爬上鐵桌，試著將身體穿過氣窗，然後又跳回地板上，說：「妳也看到，我不可能殺得了她，這個氣窗只有這樣大，我的肩膀根本就過不去，不管怎麼樣，我不可能從這氣窗爬進去，更不用說要拿條繩子去勒死她了，這根本不可能。」

「還有別的方法……」

「喔？什麼方法？裡面那扇窗戶也是閂住的。妳也看到了，這門後面堆了四、五箱的磚頭，撞都撞不開，還有什麼方法可以進到這房間裡去？」

宛汝腦海中一片混亂，耳中只聽見洛傑柔聲說：「好了，小宛，一切就這樣吧。妳把刀子放下，我們好好地談一談，我們要把故事編好，才能將傷害降到最低，妳不用害怕，我會幫妳處理一切。」跟著腕上一緊，已經被洛傑給扣住。

宛汝一聲尖叫，用力振臂，利刃劃破衣袖，在洛傑前臂留下一道口子，鮮血直流，洛傑嚇得倒退幾步，宛汝叫道：「你給我滾遠一點，滾開，不要碰我，是你殺了她，現在你又想要殺我是吧？你要殺人滅口，湮滅證據……我不會讓你得逞的！」

「小宛……」

宛汝持刀緩緩地移動到自己的背包旁，一手伸進背包摸索了半天，找到自己的手機，她雙眼與刀尖仍緊緊朝著洛傑的方向，手指則逐一按下號碼，她將手機放在耳邊聽了半天，話筒中卻傳來嘟嘟嘟的響聲。

「這裡收不到訊號。」洛傑立在原地，冷冷地說。

宛汝將手機砸在地上，一步一步退回自己的房間，說：「你不要太得意，明天總會有人上來……噓，退後，不要過來，我會好好保護自己，你不要想硬闖進來，我會殺了你！」

洛傑沒有再說什麼，他用一種同情的眼神看著宛汝慢慢退進房裡，關上木門。門後傳來上門的喀達聲，然後是顫抖與哭泣的聲音。

## 五

五點二十七分，雨聲漸歇。

窗外天空由漆黑轉成暈藍，些許光線透入室內，為每樣物品抹上一層淡淡的色彩。

宛汝坐在床上，雙手抱緊膝蓋，她已不再哭泣，但身體仍抖得厲害。她剛剛又嘔吐了一次，現在腹裡空空如也，她感到喉嚨乾澀得將要裂開，口中卻連一滴唾液都分泌不出來。

她懷疑這一切只是一場夢，一場惡夢，待太陽升起後，一切就會消散，她會穿著一襲絲質睡衣，從羽絨被中醒來，Maria會端一杯熱可可和烤吐司放在她床頭，提醒她九點二十分董事會要開會。她會在床上賴到八點半，然後心不甘情不願地坐起身來，先喝掉半杯的可可，再剝一小塊吐司放在窗口，等著恰克小松鼠從對面的樹上躍過來之後，再和恰克共進早餐。

宛汝將臉埋進雙膝之間，深深吸一口氣，再用力抬起頭來。仍然是這個房間，寒冷、昏暗、悶得讓人窒息的房間，床上只有水果刀和手電筒，門窗緊閉著，在這裡，沒有松鼠或熱可可，只有一具屍體和一個殺人凶手。

松鼠……

宛汝突然醒了過來，她抬頭看了看門旁的氣窗，腦中浮現出稍早發現曼莉屍體的畫面：她是被勒死的，凶器是一條五公尺長的登山繩，她最後陳屍的地方就在牆邊，如果是這樣，她應該……

宛汝搖了搖頭，她不確定當時她看到的是否是那樣，或許她根本就沒有看到。

她將手電筒與水果刀收進口袋裡，下床將鞋穿好，深吸一口氣，緩緩拉開房門。

洛傑並不在那裡。宛汝一手握緊水果刀，面對廚房門口，極為小心地橫移到鐵桌前，原本鐵桌上的水壺、藥盒等都已不見，宛汝再一次用手按緊鐵桌桌皮，雙腳站上鐵桌，踮起腳，將頭探進氣窗。

原先宛汝擔心自己再看見屍體，會有失控的反應，但當她第二次與曼莉那張蒼白猙獰的面孔打照面時，心中卻只是稍稍突了一下，就像在街上看到一隻被車輾過的貓屍一般。手電筒的光束順著曼莉的身體緩緩移動，照見她身上的外套、長褲……

宛汝點點頭，這一切和她所想的果然一樣。她從鐵桌上跳下，一回頭，洛傑高大的身軀正直立在陰影處，目不轉睛地看著她。

「夠了吧？妳鬧夠了吧？」洛傑緩步向宛汝走來，他手上端了杯冒白煙薑茶。

「夠了，Roger，我想是夠了，你給我站好，別再過來，我……我是不會怕你的。」宛汝拿刀指著洛傑吼道。

「妳不用怕我，小宛，妳殺了人，只要妳願意，我都會幫妳，妳沒有必要一直拿刀指著我，這對妳沒有好處……如果妳再這樣歇斯底里下去，我只好用強的，這樣對妳我都不好，把刀放下，我們好好談談。」

「呸，」宛汝說：「談什麼？我不知道你無恥到這種程度，自己殺了人，還要硬賴在我頭上。我說過了，我沒有殺她，我也沒有辦法殺她，如果我真的動手，她會先殺了我的，你還不明白？」

洛傑搖搖頭，說：「妳可以殺她，而且不必費半點力氣。」

宛汝感覺到雙手又再度顫抖起來，呻吟道：「胡扯……」

「我知道妳用什麼方法，而且我有證據……關鍵就在房間裡翻倒在地上的那箱磚頭，那就是你用來殺人的工具。」洛傑走到鐵桌旁，將手上的鋼杯放在桌上，續道：「妳說妳沒有辦法親手勒死曼莉，但妳那麼聰明，又何必親自動手？現場多的是工具，一箱磚頭，屋頂的橫梁，加上五公尺長的繩索，那就是妳的絞刑臺。妳先將繩索的一端綁在最上層的箱子上，另一端打上活的繩圈，繞過天花板的橫梁，套住曼莉的頸子，接著妳只要將那個箱子從最上層掀下來，整箱磚頭少說也有七十公斤，加上掉落的重力加速度，一瞬間就可以將曼莉吊起來。妳等到曼莉確實斷了氣，再將繩索解開丟在她身上，布置成像勒死的樣子。曼莉吃了鎮定劑，妳只要動作放輕，即使用繩圈套過她的脖子，她也不會醒來，等她覺得咽喉被束緊無法呼吸的時候，她已經懸在半空中掙扎了。這是一個最輕鬆的方法，妳不必和曼莉的身體有任何接觸，也和妳們兩個誰的力氣大小無關，妳只要按下按鈕，她就只有死路一條。」

宛汝感到呼吸漸促，她用力搖了搖頭，說：「Roger，你也太離譜，既然你說一箱磚頭有七十公斤，那我又怎麼讓整箱磚頭掉到地上呢？你也有看到，那幾個箱子疊起來比我還高，難道我是爬上去用推的？我也推不動啊。」

洛傑說：「所以還有一樣工具，就是那支鏟子，掉在牆邊那支。妳並不是將那箱磚頭推下來的，而是『掀』下來的，妳用鏟子插進那箱子底部，然後整個人吊在鏟柄的最末端，那鏟子應該有一公尺長，妳大概是四十五公斤左右，利用鏟子當槓桿，妳可以很輕易地將整箱磚頭給掀下來，而且又不會砸到自己。」

洛傑緩緩踱著步，腳步聲在凝結的空氣中輾轉迴盪，他繼續說：「我剛剛已經看過了，在最靠近屍體上方的橫梁上，有一道摩擦的痕跡，那就是妳的傑作，妳選擇那根橫梁，一來妳可以爬在窗戶上面將繩索繞過去，二來離床比較遠，保證曼莉被吊起來之後沒有地方可以落腳，我想妳那麼細心的人，一定每個細節都有顧慮到……笑什麼？我說得不對嗎？」

宛汝雙手握緊刀子，頭髮散在臉上，「嘻嘻」地笑了一陣，方才說：「Roger，你真的很厲害，腦筋很好，難怪我爸爸要花幾千萬把你挖角過來……你剛剛說的那個方法真的可行，而且也和現場所有的證據相符，但你漏掉了一點：我並沒有辦法吊在鏟子上將那箱子掀下來。」

「什麼……」

「我的手沒有辦法舉過肩膀，你忘了嗎？」宛汝一面說，一面輕輕轉動自己的肩膀，「Roger，我沒有辦法吊在上面，我甚至連要高舉雙手將鏟子插進箱子之間的空隙都不能，OK，如果是這樣，那我又如何將箱子掀下，又如何將那女人絞死呢？」

洛傑原本自信的臉一下子沉了下來，他猶疑半晌，說：「手痛是妳自己說的，妳可以……」

「不是這樣，我早在爬碎石坡的時候就跟你說我手沒辦法舉高了，當時我根本就不知道有那個女人的存在，我又何必假裝呢？」

「這……」洛傑停下腳步，兩眼直視著宛汝。

宛汝撥了撥瀏海，說：「換我了吧。」

「什麼？」

「換我來告訴你，你是怎麼把那個女人殺掉的吧？」

「我沒有辦法……」

「對，表面上你沒有辦法爬過那扇氣窗，也推不開那扇門。那個房間對你來說就是一個密室，你進不去，所以沒有辦法勒死那女人，但問題是……你又何必進去？」

「…………」

「我要看到松鼠，我並不用爬出窗戶去樹上找，我只要將松鼠引過來窗口就好。你要殺人也是一樣，你根本不必進到那房間去，你在半夜時將那個女人叫醒，說有事要和她談，她不肯開門，你就叫她走到氣窗前，然後趁她還不大清醒的時候，用繩子繞過她的脖子，直接將她勒死。事後你再將繩子拋進房間裡，製造出密室的假象，為的就是要嫁禍給我，不是嗎？」

「完全不是這麼一回事……」

「我剛剛爬上去就是要確認一件事，那女人穿著鞋子……如果她是在睡夢中被勒斃的，那她應該只有穿襪子，畢竟沒有人會穿鞋子上床；但現在她的屍體的兩隻腳都是穿著鞋，那表示她遇害時是清醒的，而且有下床走動，所以只有你能夠殺她，Roger，就是你。」

宛汝語氣堅定，雙眼強勢地瞪著眼前這個高大的男人。她不再顫抖，不再後退，反而一步一步地向洛傑逼近：「夠了，Roger，這遊戲就到此為止，你殺了人，逃不掉的，天一亮我們就下山去，你去向警方自首吧，我相信你可以請得起最好的律師，說不定連無期徒刑都可以逃過，不過不要再掙扎了，說太多對你沒有幫助的，相信我。」

洛傑低著頭，未發一語。宛汝繼續說：「我並不懷疑你愛我，但我也相信你愛我是看上我的背景，只要和我在一起，你就很有機會當我爸爸的接班人，那是你夢寐以求的結果，所以你不惜謀殺你的妻子……Roger，我告訴你，你真是隻畜生，你殺了那女人，竟又想要嫁禍給我，我一輩子也沒有看過像你那麼無恥的人，你真是……」

「夠了！」洛傑一聲怒吼，手一振，將宛汝手上的水果刀揮到一旁。洛傑冷眼看著宛汝連滾帶爬地去拿那刀子，緩緩走上前去，說：「我從來不知道妳這麼多話，小宛，如果妳是要告訴我妳怎麼殺了曼莉，或是告訴我妳為什麼要這樣做的話，妳說再多我都會聽，但我不想再聽你這些無聊的指控，我告訴你，我沒有殺她，其他的我不想說，其他的話都是多餘的。」

「你不要過來，走開！走開！」宛汝退到牆角，胡亂揮舞著水果刀，洛傑走上前去抓住她的袖子，將她硬扯到房間中央，宛汝整個人撲倒在地上，滾了好幾圈，那刀子哐啷一聲滑到鐵桌底下。

「妳以為妳做了什麼？大小姐，撞壞一輛ＢＭＷ？打破一瓶Cartier的香水？媽的，妳殺了一個人了，是一條人命啊，妳以為撒嬌耍賴就可以混過去？醒醒啊，小宛，妳殺人了！」

「我沒有殺人，你才是凶手！」

「夠了！我本來要幫妳的，不過現在……算了，我得先讓妳安靜下來才行……妳……妳幹什麼？」洛傑覺得眼前一花，宛汝抓起一把火爐中的炭灰，灑在他臉上。他罵了聲shit，伸手去抹，忽然感到左胸一陣劇痛，伸手摸去，只摸到木製的刀柄。

宛汝瑟縮在鐵桌旁，看著洛傑將刀刃從胸口拔出，赤紅的鮮血如泉水般自傷口湧出。她不禁放聲尖叫，洛傑轉過頭來，向她走了兩步，最後撲到在地，再不動彈，鮮血順著地板的紋路，向四面八方流了開去。

宛汝不知道自己叫了多久，她用力咬著下唇，勉強支撐著鐵桌站起身來，她已連哭泣的力量都沒有了，只能站在那邊不停地顫抖。她雙手在鐵桌上漫無目的地摸索，手指尖忽然傳來一股溫度，她低頭一看，那是洛傑剛剛端著的鋼杯，裡頭還有一半的薑茶，宛汝想也不想，將杯子湊到嘴邊，仰頭將所有的茶水灌進咽喉裡。

現在赤雲山莊裡只剩她一人，陪著兩具屍體。宛汝看著陽光從窗口透進來，心情也逐漸平靜下來。

她感到極為虛弱，幾乎連站都站不穩，她倚著牆走進廚房，看見洛傑的背包放在流理臺上，她解開背包的按釦，在裡面翻找了好一會兒，終於找到兩顆粽子，她很快地剝開粽葉，大口咀嚼著，在這個時候，沒有什麼比冰冷的糯米與鹹澀的豬肉更重要的東西。

宛汝感到體力略略恢復，但或許是吞嚥太快，胸口卻有點透不過氣。她輕輕搥著胸口，用力咳了幾聲，卻沒有什麼改善，她決定先不理睬，拿起另一個粽子，拆開繩結，忽然間全身一震。

繩子……

勒死曼莉的是一條登山繩，那條繩子是從哪來的？

赤雲山莊並沒有這條登山繩，宛汝記得很清楚。她昨天下午在山莊中四處翻看時，並沒有看到繩子。

宛汝自己也沒有帶登山繩，那洛傑呢？洛傑有帶登山繩嗎？宛汝自己搖了搖頭，沒有，爬完碎石坡時，洛傑曾說：如果他有帶登山繩，就不用爬得那麼辛苦了。

宛汝手捧著心口，用力喘著氣，她不願再想，但腦子卻自己動個不停。

既然她和洛傑都沒有帶登山繩，而赤雲山莊本身也沒有提供，那繩子的來源只有一個，那就是曼莉帶來的。

而昨天晚上，曼莉將她自己和她的背包都鎖在那房間裡。

既然是這樣，洛傑便不可能在房間外拿到那條登山繩，更不可能從房間外將曼莉勒死。

宛汝雙手抱著頭，冷汗一滴一滴從額間滲出。

究竟是不是洛傑殺了曼莉？他可以隔著氣窗叫曼莉將登山繩拿給他，但這麼一來，曼莉心中有了準備，便不可能那麼輕易地被絞死在氣窗邊。

宛汝呼吸越來越急促，腦袋也越來越混亂，她開始懷疑自己的推理。曼莉其實不是洛傑殺的，但如果不是洛傑，這山莊還有第三人嗎？還是其實是自己在睡夢中做的，在睡夢中爬進那個房間，用洛傑所說的方法殺人，然後再回到床上，當做自己什麼都不知道？

宛汝跌坐在流理臺旁，她的手掌碰到了幾個塑膠顆粒，她低頭，看見十來個膠囊的外殼。

那是鎮定劑。

宛汝耳中傳來一陣輪軸轉動的嘰嘰聲。她現在知道，原本放在鐵桌上的鎮定劑，是洛傑拿走的，他將膠囊拆開，將藥粉混在薑茶裡，為的就是要讓宛汝「安靜一下」。洛傑至少放了六顆膠囊，或許他稍早被宛汝揮刀的樣子給嚇著，所以想用重劑量，直接將宛汝給制伏。

但他或許沒想到，宛汝對鎮定劑過敏。

宛汝感到氣管痙攣，口中只能發出「荷、荷」的聲音，在意識模糊中，她看見一個高大的女人走進廚房，站在她的面前。

「我只是試驗看看，但沒想到有這樣的效果，」她說：「Roger 總是太謹慎，攙了那麼多的鎮定劑，不過看起來是妳過敏比較嚴重，這樣也好，省得我再動手。」

她蹲下來，一雙鳳眼看著宛汝因痛苦而扭曲的臉：「名媛小姐，妳還在妄想什麼？要我救妳嗎？嘿，很抱歉，我辛苦在那邊扮屍體扮了一個晚上，為的就是要看這個結局，其實我並沒有想到會這樣，我只要看你們翻臉我就很開心了。現在，嘿，很好，千金名媛殺了男友再自殺，記者應該會很喜歡這個故事……至於我，我會悄悄下山去，就當我從未存在好了。」

她伸出手指在自己頸子上的勒痕抹了抹，笑說：「這其實很簡單，只要用煤灰加上一點點眼影就可以了，我以前也當過電影的化妝師，我畫得還滿逼真的吧？說實話，要躺在那邊裝死一整晚並不簡單，眼睛要瞪大，舌頭要伸出來，不過反正你們不會進來，所以我有時動一下，你們也不會發現，再說那張鐵桌幫了我大忙，因為你們要從氣窗看我，就一定得爬上鐵桌，就一定會發出聲音，讓我事先有點準備，這麼一來，要騙倒你們就簡單多了。」

宛汝嘴唇漸漸變成青色，瞳孔也逐漸擴大，有好多種不同顏色的光，在她面前飛舞著。她所聽到的最後一句話，是那個女人輕笑著說：「這世上沒有妳得不到的東西，不是嗎？」

六點一十五分，太陽從山的另一頭升起，晨曦鋪灑在雲海上，染成一片赤紅。

# 聖光中的真相

# 一

小范為自己斟上一杯鐵觀音，走到窗邊，將百葉窗撥開一個縫隙，雨後初晴的暖陽灑在整齊的行道樹上，翠綠的葉面顯得格外亮眼。他笑了笑，將茶水一飲而盡，轉身看著牆上掛著的一幅字帖，泛黃的紙上書著「解惑」兩個大字，筆畫蒼健，字意悠遠，即便是外行人也看得出乃上乘書法作品，下頭落款是：大賢良師。

呼！愜意的午後，茗茶、陽光——還有一個美麗的影子，小范站在等身鏡前，點起一支菸，自戀地望著鏡中的自己。

「吱——吱——」

幾聲巨響，令小范不得不皺起眉頭。是的，這本該是個愜意的下午……除了……那傢伙以外。

一個百來公斤的胖子，坐在那套六十萬的真皮沙發上，面前擺了兩個空的便當盒，油漬和飯粒布滿了玻璃桌面。胖子手上拿著一塊排骨骨頭，手口並用地將藏在夾縫中的肉屑吸出，發出巨大的吱吱聲。

「喂，胖子，你就不能吃得好看一點嗎？」小范彈了彈菸灰，皺眉說道。

「嗯？」胖子將骨頭全部塞進嘴中，用力地吸吮了一會兒，然後將沒利用價值的骨頭扔在桌上，雙手在長褲上用力擦了擦，又用衣領抹了抹嘴，這才開口說道：「拜託，小范，我在你這種鬼地方吃飯已經很難過了……忍受你三不五時就在鏡子前面耍自戀……媽的，在這種艱苦的環境下吃飯我已經算吃得很節制，你竟然還嫌我吃得難看……真是太不懂待客之道了。」

「媽的……」小范悶哼一聲，「如果不是看在我們的交情，像你這種豬公，我早就宰來拜天公了……三個排骨便當，算我服了你，吃完就快點滾，你在這邊有損我事務所的形象。」

「呵呵，小范，你也知道我沒挖到新聞是不會走的。」胖子奸笑著，用手指沾起桌上的飯粒放進嘴裡，「你就乾脆一點，給我一點東西好讓我這個星期交差，要不然我這樣天天來你這鬼地方，你不爽我也痛苦，對我們兩個都不好。」

「跟你說了，無可奉告，媽的……胖子，你也幹過這一行，也應該知道，我姓范的之所以能混得這麼開，除了我高人一等的才華外，就是滴水不漏的保密功夫。人家客戶會託我處理的事情百分之九十都是見不得人的事情，要我跟你這個八卦記者透露了一絲一毫，豈不是自己砸自己的招牌？所以我告訴你……無可奉告，你別想從我這邊挖出任何一點東西。」

「喔，小范，你就這樣忍心嗎？」胖子露出一種悲哀的表情，「小范，我親愛的范仔，我多年的好朋友，你就這樣忍心看你親愛的卡羅特挨餓受凍嗎？我已經兩個星期交不出稿了，要是這個星期再拿不出來，我看我就真的要捲鋪蓋走路了，你也知道，我上有高堂老母，下有妻小，外面還有養小老婆，偶爾還要捐點錢給慈濟，你就忍心看我丟掉飯碗，陷入中高齡失業的困境嗎？喔，小范，想不到你是這樣的人，想當年……」

「夠了夠了，我最不喜歡你提到『想當年』這三個字，想當年我應該把你裝到那個狗籠裡，沉到基隆港……悔不當初……」小范熄了菸，掏出手帕，拭去額上的冷汗。

「小范啊～你怎麼這麼狠心，我——不——依啊～～」胖子整個人跪在地上，雙手搥胸，開始唱起京劇來。

小范摸了摸尖瘦的下巴，冷笑說道：「你這這叫『自作孽，不可活』，當初大報好好的不待，跑到這種沒品的八卦小報去，整天挖一些沒營養的東西……你不覺得你這樣的人生很窩囊嗎？」小范沉吟了一會兒，說：「……說老實話，胖子，我覺得你是有本事的人，別當什麼記者了，回來跟我合作吧，我們兩個可以……」

胖子臉色突然沉了下來，舉手要小范停止，說：「夠了夠了，小范，我這個人就是這樣，我既然已經不幹你這行了，我就不會又撩落去……記者這口飯是不好吃啦，但比起你們幹這行的已經算是很穩定了，我是有家累的人，沒本錢過這種刀口上舔血的生活……你如果顧念以前我們兩個的情誼，只要你發發慈悲，給我一點可以報的新聞，那你要我叫你阿公都沒問題。」

小范低頭沉思了半晌，走回桌邊為自己斟了杯茶，一口飲盡，說道：「好吧，胖子，別說我姓范的不夠朋友，今天下午有個委託人要過來，是一件新的case，不過看起來不像是件大case。如果人家同意的話，你就留下來聽吧，看人家同意你報導多少……怎麼樣，我這樣算很夠意思了吧？」

小范一回頭，卻看見胖子眼泛淚光地向他撲過來，整個人跳起來緊緊地摟住他，大聲地說：「小范！小范！你不愧是我的生死之交！」

「砰！」的一聲，兩個人一起摔在地上。

話接起來。

「鈴，鈴——」內線電話響起，是樓下管理員打上來的。

小范掙扎地從一團肥肉中爬出來，將身上的西裝拉直，往胖子身上踢了一腳，這才將電

「范先生，樓下有一位楊……楊小姐，是您的訪客。」管理員的聲音似乎有點猶豫。

「讓她上來吧，謝謝。」

一分鐘後，外頭的電梯發出「叮」的一聲，然後是一陣細碎的腳步聲，辦公室的門輕輕地打開了一條縫，一張清秀的面孔探了進來，生澀地問道：「請問這邊是『疑難雜症事務所』嗎？」

「是的，楊小姐，」小范將門全部打開，親切地說道：「我姓范，請進。」

小范終於瞭解剛剛管理員在稱呼這位來客時，為何有那一陣子的遲疑了。眼前的委託人是一位美麗的少女，年紀不會超過十八歲，一頭及肩的長髮烏黑亮麗，沒有任何染燙的痕跡，清秀的臉龐上掛著稚嫩卻又自信的表情，氣質相當優雅。她穿了件簡單的襯衫，搭上過膝的長裙以及深色的皮鞋，應該是她這個年紀最正式的打扮了，小范心想，這女孩是高中生，而且是相當不錯的學校。

那女孩走進辦公室，站在那兒不知所措，小范將門關上，溫和地笑著說道：「楊小姐，妳不用那麼緊張，這裡不是什麼太嚴肅的地方，妳可以輕鬆一點……來，這邊請坐。」

「謝謝。」那女孩露出甜甜的微笑，十分優雅地在沙發上坐下。

小范拉過辦公椅，在她對面坐下，問道：「妳是……楊瑋岑小姐？」

「嗯。」

「好吧，楊小姐，請問有什麼事我可以為妳效勞的呢？」小范上身微微前傾，算是行了個禮。

瑋岑有些顧慮地看了看在一旁的胖子，小范連忙說：「喔，是這樣的，楊小姐，這位是……妳就叫他卡羅特好了，他是我的好友……也算是兼職助理，不過他的本業是某報的記者，他可能可以動用某些媒體的力量讓我們的案件更容易進行，但相對的……他會有限度地發表您所委託的事件。我想……如果妳介意的話，我可以要他馬上滾出去，我處理事情一向保密安全，妳大可放心……」

胖子插嘴說道：「小妹妹，你看我的樣子，就知道我是個很有道德感的記者，我寫東西一向是基於『隱惡揚善』的原則，只寫好的，不寫黑暗面……所以妳大可放心地把事情交給我去報，包準我把妳寫得跟聖女貞德一樣，我……唉喔，你幹麼……？」原來是小范聽不下去，狠狠地踩了卡羅特一腳。

瑋岑稍稍思索了一下，說：「沒關係的，我想……我這件事可能也是要有媒體幫忙比較好，畢竟關係到我爸爸的名譽……」胖子聽到這裡，不禁握拳做了個拉弓的動作。

小范點了點頭，說道：「不過，楊小姐，我想妳來這邊之前應該也知道，我的收費是不便宜的，妳……」

「這裡是我的存摺，差不多有十五萬，不知道夠不夠……我要先付談話費嗎？」

「喔，不必，我不是律師，我的規矩一向是等事情全部搞定後才向委託人收費，換句話說要是我沒辦法幫妳處理好妳所委託的事情的話，那妳根本不用付我一毛錢……至於十五萬夠不夠，要依整個事情的困難度而定，還是等妳先說完妳所要委託的事件吧，不過妳放心，即便最後我不接受妳的委託，我也不會將今天妳來過的事情洩漏出去的，這點我絕對保證。」

「嗯，當然，我相信『疑難雜症事務所』的信譽，」瑋岑微微一笑，像朵燦爛的花兒，「不過你好像忘了一件事。」

「忘了一件事？什麼事？」

「你是不是應該要先說說我今天午餐吃了什麼東西、搭什麼交通工具來到這邊、家裡有什麼成員、喜歡什麼運動或樂器等等之類的嗎？高明的偵探不是都應該這麼做嗎？」瑋岑露出一副天真的表情，微笑地說。

小范哈哈一笑，說道：「楊小姐，看來妳和我一樣，都是夏洛克．福爾摩斯的忠實書迷；我以前念中學的時候也很喜歡玩這種遊戲，每天搭公車上學的時候就偷偷注意同車的乘客，看看他們的鞋跟是不是沾有汙泥，那他就是從田埂走來的；看看他們的回數票剪了幾格，如果剪得太少就表示這傢伙常常遲到，得搭別班公車等等，諸如此類……」小范微笑地搖了搖頭，似乎是沉醉在年少的回憶中，「……不過，自從我開始做這行之後，我開始瞭解，這一切都只是小說家搞的把戲……小說家總是先設定一個結果，然後再將和結果相關的一些表象展露出來，這些表象……就稱作『線索』吧，這些線索和事實結果之間的關係往往不是那麼直觀，其中的曲折奧妙，那就是小說家的功力了；小說裡的偵探其實都只是小說家的化身，就好像是玩拼圖一樣，已經看到了整個圖案，只是把缺少的地方拼回去而已……但現實世界就不是這樣，我們往往只能看到十分十分稀少的線索，而真相卻永遠是隱而未顯的，就好像妳只拿到幾塊拼圖，卻得要猜出整個圖形一樣……喔，抱歉，我一直沒幫妳倒茶……」

「不用麻煩了……」瑋岑話還沒說完，小范已經斟了兩杯鐵觀音，將其中一杯遞給這美麗的委託者。

「謝謝。」

「妳太客氣了，」小范喝了一口茶，又繼續談起他的偵探經：「……而且，這世界上，事實與事實之間並沒線性關係的存在，我們看小說往往會到偵探最後大剌剌地說：『因為你做的什麼事，所以你就是凶手……』或是『只有你有機會去做這件事，所以你就是凶手……』，就邏輯上來說，後者的推論比前面那句來得完整，不過也不盡然，世事無常，一個線索的背後可以導出的，可能是數十個甚至數百個的結果……小說家總是太過想當然耳，忽略了現實世界的不可測性……舉例來說吧，我注意到妳左手無名指的指甲中有瘀血，不是嗎？」

瑋岑舉起她細緻的左手，只見原本紅白相間的無名指指甲肉呈現淡淡的紫黑色，瑋岑嘟了嘟嘴，說道：「被你看出來了，唉，我真該擦指甲油遮一下的，好醜……」

「醜不醜不是重點……如果現在坐在這裡的是福爾摩斯先生，他一定會說『小姐，妳動作太急了，所以手被門給夾到了，雖然現在傷好得差不多了，但可以看出當初被夾到了力道特別大』之類的話……不過事實上是這樣嗎？雖然手指甲瘀血最大的可能的確是被門給夾到，但也有可能是因為妳打開學校那種老舊的上開式木窗時，不小心窗戶掉下來被壓到；或是妳這星期負責去搬營養午餐，在放下飯盒的時候失手被壓到，依我看，比較有可能的是車……」

聽到這兒，瑋岑早就笑得前仰後俯，她將小范打斷說：「范先生，高中生早就沒有營養午餐了……」

小范挑了挑眉，說道：「喔，是嗎？不過沒關係，我只是要突顯那種『一口咬定』式推理的荒謬性而已，這下妳瞭解了嗎？」

瑋岑抿著嘴，說：「瞭解了。」

「那妳可以告訴我那瘀血是怎麼來的嗎？」

「上星期被門夾到的。」

「喔，是這樣。」小范伸長了腿，瞪了一眼在旁邊竊笑的胖子。

瑋岑端坐了身子，正色道：「不過我同意你，范先生，這世界上的事本來就不是那麼直觀可以光靠推理就找得出答案的，我相信你有今天這樣的聲譽，一定不是憑空得來的。」

「哪裡，為人解惑，是我的使命。」小范又恢復了那副表情，絞了絞手。

「那……我們可以開始了嗎？」

「喔，當然，剛剛浪費妳的時間，真不好意思。」

「不、不，我還滿喜歡聽您說這樣的道理的。」瑋岑撥了撥額前的瀏海。

「那請妳說說妳的故事吧，我得知道，我要接手的是怎樣一個事件。」

「嗯，」瑋岑清了清喉嚨，啟齒道：「其實，這件事對你們來說可能不是件很了不起的事情……不過，它真的對我們家傷害很大……」她的咬字清晰標準，小范背倚著沙發，十指交叉在胸前，靜靜地聽著。

# 二

「我叫楊瑋岑，十六歲，現在就讀聖光女中二年級。聖光你們知道吧，是所私立的教會學校……應該也算是名校吧，這幾年在高中聯考裡面都是女生的第二志願；我們學校有國中部和高中部，國中部有十班，高中部有六班，大概有兩千多人，我自己是從國中部直升上來的，而我爸爸……現在是高中部的數學老師。

「我爸爸叫楊凌青，他在聖光教書教了十五年，在私立學校裡算是很難得吧，他現在算是聖光元老級的老師，所以薪水滿高的，加上他又有在外面開補習班，算是補教界名師，所以我們家算是滿有錢的，這也就是為什麼我的戶頭裡動不動就有十幾萬的原因。我媽媽以前也是聖光的老師，生了我以後就辭職當家庭主婦……我還有一個弟弟，現在念國二。

「今天我會來麻煩你，主要是關於我爸爸……我爸爸是一個滿嚴肅古板的人，對我是這樣，在學校更是這樣。我們私校一向不敢隨便把學生成績打不及格，偏偏就我爸不買學校的帳，他教的班每年都有很多人需要補考，而且他對女學生完全不會心軟，雖然還不至於用體罰，但罵起人來一點都不假辭色……我們同學都說，要是被楊老師教過但沒有被罵哭過的，大概就可以去唸軍校了。不過我爸爸對學生雖然很嚴，但他教得好是全體公認的，所以他在外面開補習班幾乎都是場場爆滿，在學校裡，也有很多家長關說想要把女兒送到我爸爸的班上……」

「那……妳是令尊班上的嗎？」小范問。

「喔，當然不是，被自己的爸爸教不大好吧，而且我爸爸一向是帶自然組的數學，我是社會組的。」

「嗯，請繼續。」

「我大概要說到事情的重點了……上星期一，三月二十二日，我爸那班舉行全市的教學觀摩。教學觀摩在他們老師之間是一年一度的大事，由教育局主辦，每一科選一個老師當觀摩對象，然後每個學校會派出一到三名老師出席觀摩，教育局的官員也都會出席……因為每科只選一個老師，所以競爭很激烈，大部分都是由一中或女中的老師被選中擔任觀摩對象，只有數學科，連續三年都是由我爸爸勝出……這當然是一件很不簡單的事，我爸爸本身覺得很光榮，學校也很重視這件事，特別清出了視聽教室供教學觀摩使用……用視聽教室當觀摩場地，一來當然是因為一般教室太小，容納不下那麼多老師，二來是因為我爸爸自己編有影音的數學教材，他會把一些比較抽象的數學概念用動畫表現出來，教學效果一直都很好，視聽教室才有大銀幕的投影設備，所以會用那間教室。

「那天情況很熱烈……我先強調，以下都是聽人家說的，因為教學觀摩的同時我們也在上課，所以我不可能去看我爸爸上課，我所知道的都是聽人家講的，雖然大部分的人不好意思直接跟我提這件事，畢竟那是我爸爸，但我從很多耳語流言中也知道整個事情的大概。

「教學觀摩是下午第三、四節課，也就是三點十分到五點，甲班——就是我爸帶的那班，很早就乖乖進入視聽教室坐好，其他各校老師也在上課鐘響的時候紛紛進入教室，最後是我爸爸帶著他的講義，還有教學光碟，走上講臺。我說過了，我爸是那種很嚴肅古板的人，所以他也沒講什麼場面話，一開始就猛抄板書，那堂課教的好像是空間向量吧，他畫了好幾個三維的座標圖，然後就開始滔滔不絕的上課，臺下的學生和老師都猛抄筆記，整個課堂……就像我朋友說的：『隨便放個屁就會見笑死』的那種超嚴肅氣氛。

「我爸爸大概講了二十幾分鐘，稍稍停了一下，等學生筆記都抄得差不多了，他請在一邊的工友幫他打開放映機，然後從塑膠盒中拿出教學光碟，放入機器裡，按下PLAY的按鈕；學生和觀摩的老師們當然都是先鬆了一口氣，紛紛把筆放下，有幾個人還在下面偷偷聊天……

「真正出問題的就是在這裡，當工友把前排的電燈關掉，白色的布幕上出現畫面時，竟然是……竟然是……」瑋岑講到這邊突然漲紅了臉，咬了咬下唇。

小范與胖子對看一眼，一頭霧水地問道：「是什麼？」

「是……是那種東西……」

「哪種東西？」

「就是一個男的和一個女的……在做那件事情……」瑋岑羞紅了臉，咬著牙說出最後幾個字。

小范和胖子又對看一眼，小范點了點頭說道：「那是A片囉？」

「好像也不是……A片，是……是那種……偷拍的東西……」

「針孔攝影機？」

「我朋友說……好像是那樣……我自己沒看過啦……我不知道有什麼不一樣……」瑋岑臉

蛋兒還是紅通通的，只是說話不會那麼尷尬了。

「這情況倒挺尷尬的，」小范笑了笑，「在這樣的場合把自己的『珍藏品』給播出來，令尊也太大意了吧……或者是，學生的惡作劇？這種偷拍的片子到處都可以買得到……」

「據我在場的朋友說，好像沒有那麼單純，」瑋岑逐漸恢復了平靜，臉色也比較正常了，她說：「我爸一看到那畫面，也是先嚇了一大跳，趕快跑回去要把放映機關掉，但他自己不懂操作，就在那邊弄了老半天，還按到……快轉，後來工友過來，他又跟工友搶著操作機器，他那脾氣就是這樣，結果鬧了快一分多鐘，才把機器關掉。」瑋岑喘了口氣，「這一分多鐘可是讓結果差了很多……據我甲班的同學說，那畫面剛播出來的時候，每一個人都尷尬得不得了，她們原本也都以為是我爸搞錯了，每個人都低下頭不好意思看，但過了一會兒，就有人低聲交談說：『那男的好像是楊老師……』、『是嗎？看起來不像啊……嘖，這角度又有點像，太模糊了……』、『但那女的不是師母啊，太年輕了吧……』、『那不是楊老師啦，楊老師肚子沒那麼大……』、『可是我覺得有點像啊，看不到臉……』等等之類的，反正就是：畫面裡面那個男的看起來像我爸爸。」

小范臉上揚起光彩，似乎開始對這事情感到興趣，他問道：「妳的同學們都這樣認為嗎？」

「我說過，她們其實不大好意思看，她們說這些話都是從後面那些觀摩老師那邊傳來的……不過後來幾個女生還是好奇抬頭看了一下，她們說，那畫面很模糊，看不清楚，不過單從身型還有髮型看，好像真有點像我爸爸……只是，呵，她們說她們也沒看過我爸爸脫光光的樣子，怎麼能分辨出來……」

「嗯，那畫面中那個女的呢？是……令堂嗎？」

「絕對不是！」瑋岑態度變得十分肯定，「我問過好幾個人，她們都給我一樣的答案，畫面裡那個女的是留長直髮，腿長腰細，和我媽媽是燙捲的頭髮，中年發福的體型完全不一樣……其實這才是問題的所在……」

「你是懷疑你父親外遇？」小范問道。

「嗯，」瑋岑點了點頭，眼眶突然紅了起來，「其實我不該這麼想的，我爸爸雖然嚴肅，就算對家人也不苟言笑，不過他真的是個好爸爸、好丈夫，他每天除了教書就是回家，平常在家裡就是看看電視，看看報紙，偶爾幫忙做點家事，然後指導我和我弟弟的功課，放假日也會帶全家一起出去玩……反正他就是那種……不菸不酒不賭，也沒什麼損友，一切都很正常的中年男人，我媽媽很愛他，我和我弟弟也都愛他，外面學校的同事學生也都尊敬他，好像沒什麼可以挑剔的，只是……」瑋岑說到這兒，聲音突然哽咽，難以自已。

「只是現在人言可畏，妳覺得感情上受到很大的傷害，甚至也開始懷疑起自己的爸爸？」小范挺直了身子，遞了張面紙給這楚楚可憐的女孩。

「嗯……雖然我一直告訴自己，我爸爸絕對不會做這種事，但……但是我身邊的人都在傳，而且越傳越誇張，你也知道女生就是這樣……還有人信誓旦旦說她看過……有個年輕的女孩挽著楊老師的手在逛新光三越，不過後來發現……其實那女孩就是我，我爸偶爾也會陪我去逛街的……不過你從這邊就可以知道，我身邊的謠言有多恐怖，恐怖到……我現在沒有辦法去面對我爸爸，有一片烏雲一直籠罩在我心上……你能瞭解這種感覺嗎？」

「妳要雇用我幫妳除去那片烏雲？」。

「是的，我希望你能查出真相，確確實實的真相……我不要我爸爸在那邊被當成人家茶餘飯後的聊天話題，我也不要活在半信半疑的世界裡。」

「嗯……」小范站起身，取過茶壺，替瑋岑和自己將茶斟滿，胖子從旁邊拿出一個紙杯，放在自己面前，對小范使了幾個眼色，小范裝做沒看見，把茶壺直接放在胖子面前，說道：「那令尊有對這件事表示什麼意見嗎？」

「他說是學生的惡作劇。」

「有人相信他嗎？」

「當然有啊，」瑋岑有點詫異地說，「大部分的人都相信啊，那天一發生這件事，教學觀摩就立刻中止，教務主任和校長馬上過來處理整件事情。我也不知道他們是相信我爸爸還是那種老師的觀點使然，反正他們一下就認定是學生的惡作劇……畢竟我爸爸太嚴格，一些女生可能會想要惡整他。他們決定先把這件事情給壓下來，聽說他們後來就把觀摩的老師全部找了去，把校方的觀點說了一遍，然後希望這些老師可以幫忙保密，聽說他們也都同意了……等觀摩的老師都走了之後，他們才開始處理學生，一開始就是要惡作劇的同學自首，不過當然沒有人會認帳，後來校長也沒辦法，只好告誡大家不要把這件事張揚出去，要好好尊重楊老師的人格等等……不過你也知道，這種事要女生不講是很難的，沒過幾天，不止我們學校，連補習班裡面都出現了很多吱吱喳喳的雜音，弄得我爸爸很困擾……」

「那令堂呢？她怎麼看這件事？」

「我媽是那種很舊式的女人，嫁雞隨雞嫁狗隨狗，她完全相信我爸爸的話，也只是覺得那惡作劇的學生太過分了一點。」

「呃，這麼說，只有妳不相信了？」

「不能這樣說，我也是逼自己去相信ＶＣＤ裡的那個男的不是我爸爸，我爸爸一定沒有外遇，可是……總是會懷疑，我不喜歡這樣的感覺，范先生，我是魔羯座的個性，要的就是腳踏實地的感覺，這種半信半疑的感覺讓我沒有辦法面對我父親……而且，這件事持續曖昧不明，對我爸的傷害一樣很大，很多學生都把他當笑話，不再像以前那麼尊敬他；我可以看得出我爸爸這一星期來突然憔悴很多，他當老師那麼多年，不應該是這樣的啊……」瑋岑的眼眶又紅了起來，梨花帶雨，著實令人心疼。

「我不知道，楊小姐……」

「叫我瑋岑就好了吧……我還不習慣人家稱呼我小姐……」

「好吧，瑋岑，我做這行的目的是為人尋找真相，不過後來我發現，這世界上根本就沒有所謂的真相存在，所謂的真相不過是繫諸大多數人的相信與否，只要大多數的人都相信這一回事，那這件事就變成真的了……」

「我同意你說的，」瑋岑突然打斷小范的話，「你是要告訴我，既然學校和家庭都相信那是學生的惡作劇，所以『惡作劇』這個假設就是真相了？但問題是，他們真的相信嗎？連我和我父親生活了十七年，我都是半信半疑的了，那些表面上說『相信』的老師、校長、主任，他們真的相信嗎？他們會不會就用這個當工具來打擊我爸爸呢？范先生，我現在需要的，是一個『確確實實』的真相，沒有曖昧不明，是所有人都不能懷疑的真相。」

小范看著眼前這張美麗而堅定的臉龐，心中似乎有了些異樣的感覺……

「瑋岑，我先說在前面，要找出『確確實實』的真相並不容易，我可能要跋山涉水去日本或中國大陸找出那偷拍光碟中的男女主角，讓他們承認畫面中其實是他們二人，我想只有這樣，才能算是『確確實實』的真相吧……不過，這樣費用，可能會相當高……」

「我想三、四十萬我應該還可以應付……」

「嘿，我看這樣吧，這件事的規模大小，我還不能確定，不過我願意接下來就是了，」小范又喝了口茶。「至於費用部分，我先暫定八萬就好，如果整件事複雜度再上升，我會再聯絡妳，可以嗎？」

「嗯，沒有問題。」瑋岑又露出了甜美的笑容。

「好，那麻煩妳在這邊簽個字吧。」小范從口袋中取出一張折好的紙張，攤開後放在瑋岑面前。瑋岑湊過頭去，那紙上是這樣寫的：

委託書

委託人＿＿＿＿＿＿委託「疑難雜症事務所」代為處理事務，茲將處理該事務範圍內之一切個人權限授予該事務所。

委託人簽章：
電話：
地址：

中華民國　年　月　日

瑋岑接過小范遞來的鋼筆，在紙上填入自己的姓名、電話、地址以及今天日期，然後將紙筆一起交給小范。

「字很漂亮。」小范將委託書拿起來，似乎在欣賞某件藝術品一樣。

「沒有啦，字很醜吧。」瑋岑聳了聳肩。

「老實說，妳還未滿二十歲，所以這張委託書……其實並沒有什麼用，不過沒關係，我們不管法律的那一套，來！」小范從口袋中掏出一張名片，「這是我的名片，有什麼緊急的事請聯絡我。」

瑋岑接過名片，上面的頭銜是「疑難雜症事務所主持人」，名字仍然是只有一個字「范」，「這樣就可以了嗎？」

「是的，若有什麼進展，我會通知妳的，如果運氣好一點，下星期大概就可以解決了吧。」

「下星期？你不是還要去日本、中國什麼的？」

「我是說運氣好，我聽完妳的陳述，腦海中馬上就浮現幾十種可能的情形，最快的情形大概就是下星期可以解決。」

「我可不可以問一下……你會如何進行啊……是……」

小范舉手打斷瑋岑的猜測，說：「不好意思，楊小姐……喔，不，瑋岑，我只接受委託，但我採取什麼方法，那就不是委託人所應該知道的了。但妳可以放心，我會盡力保護妳的利益的。」

瑋岑又是燦爛的一笑，說道：「那我就放心了……喔，對了關於報導的事……」胖子在旁邊悶坐了半個小時，聽到這突然身體前傾，問道：「小妹妹，怎麼樣，我可以報這件事嗎？」

瑋岑說：「現在當然不行……不過我希望等范先生找出真相後，能夠將整件事大量曝光……」

胖子說：「喔，沒問題沒問題，我一定會用媒體洗刷令尊的恥辱的。」

瑋岑輕輕一笑，站起身來，說：「那就這樣了，謝謝你，范先生，希望你能盡快找到答案。」

「當然，我盡力而為。」

「謝謝……那我先告辭了。」瑋岑微微欠身，小范上前為她打開大門，看著那青春窈窕的身影走進電梯，才慢慢將門關上。

小范呼了口氣，走回事務所，將委託書仔細地折疊好，放進西裝內袋裡。

「怎麼樣，你怎麼看這件案子……案子是不大啦，只是要弄好還挺麻煩的……」胖子湊上前來，皺著眉問道。

「十年吧，」小范手摸著下巴。「十年之後，一定是個絕世尤物……」

「不是這樣吧……」

三

星期四上午九點，一輛銀白色的 Volvo 停在聖光女中正門對街，小范坐在車內，仔細地觀察著這所天主教學校。校門是純白色的（他印象中好像沒有校門是其他顏色），上課時間大門的鐵柵欄緊緊關上，所有人員出入都必須經過警衛室前的小門；從在大門邊偶爾可以看到一兩個學生的身影，聖光的制服數十年不變，白衣紅裙，因為校風太保守，所以在男學生中並不受好評。

小范打開筆記型電腦，喃喃地唸著螢幕上的資料：「聖光女中，成立於民國五十一年，由懷恩仁愛修女會所創辦，創校宗旨在於普及女子教育，培養具『真、善、美』特質的優秀學生。目前有學生二千零一十四人，教師九十六人，校長是嚴若欽修女……聖光女中以其嚴格、保守、純樸的校風著稱，吸引許多家長將女兒送來就讀。自民國八十年之後就一直都是高中聯招女生的第二志願，升學表現也十分亮眼，每年都會有考上各類組第一志願的學生……嗯……真是私立貴族明星學校……校董事會有董事二十一人，常務董事九人，董事長是王德恩修女……這邊好像沒什麼重點……」

小范又打開另一個視窗，繼續默唸道：「楊凌青，民國三十九年六月二日出生……嗯，雙子座……六十二年臺北師範大學數學系畢業，退伍後先在省立高中任教，七十七年被挖角到聖光女中，一待就是十五年，期間曾拿過三次師鐸獎，兩度擔任奧林匹亞代表隊的指導老師……嘖嘖，戰績輝煌……據說他是拿聖光裡面的最高薪，月薪有十二萬，外面開了好幾個私人的補習班，一個月收入粗估有六十萬，一般的評價是：嚴格、認真、古板的老師，但教學方法具有啟發性，可以……可以把孔子教成畢達哥拉斯？這是誰寫的評語……算了，這邊也沒太多重點，還是活動活動筋骨吧。」

小范將電腦關上，從上衣口袋中掏出一副細框眼鏡戴上，將領帶扶正，下車往對街校門口走去。

「對不起，打擾一下，」小范來到警衛室的窗口，敲了敲玻璃窗。

「什麼事？」警衛打開窗戶，裡頭的冷氣一下全湧了出來。

「你好，我是校董事會派來的，敝姓江，這是我的名片，我有事要找嚴校長。」

「校董事會？」那警衛狐疑地看著名片，上面印的名字是江文拯。「校長沒通知我說校董事會有要派人來……」

「這是常董們臨時決定的，校長也不知道。我來……是為了一件緊急事件……楊老師的事，你知道吧？」

「喔，喔……我跟校長說一聲，你等一下……」那警衛神色有點慌亂，他快速地拿起身旁的電話，按下按鍵，「王祕書嗎？這邊有一位校董事會派來的江先生說要見校長……好像是為了……為了楊老師的事……校長有空嗎？嗯……好……好的……好，我帶他上去……」他掛掉電話，抬起頭，對小范說：「江先生，校長說她可以見你，我帶你進去吧。」

小范微笑地說：「麻煩你了。」

聖光女中內部並不大，大概就是三、四棟密集的教室大樓加一座小型的操場，小范經過操場的時候有一群女學生在打排球，看到小范都不禁回過頭來，對著他指指點點的說：「那是誰……好帥耶？是不是模特兒啊？新老師嗎？」

小范給了她們淺淺的一笑。

校長室在行政大樓二樓的正中央，那警衛領著小范來到門口，一名中年女祕書接他進去，輕聲說：「校長已經在裡面了。」

小范向她點頭致意，他並沒有多花時間在他覺得套不出消息又沒有魅力的女人身上。他直接走入校長辦公室。

那是一間修女的辦公室，用「環堵蕭然」來形容一點也不為過，整個室內除了校長座位後一座聖母像之外沒有其他飾品。房間旁一座落地書架，上頭擺滿了書籍，中間一張簡單的木質辦公桌，桌上一具電話，一臺電腦，紙、筆、水杯等等，一切都是那麼的簡單。嚴若欽校長正笑吟吟地坐在一張木質硬椅上。

單聽「嚴若欽校長」這幾個字，會讓人覺得這個名字的主人應該是一位削瘦、嚴肅、不近人情的修女；但實際上，眼前的嚴校長大概是一個五十歲左右的婦人，圓圓的臉蛋上掛著和藹的笑容，就像那種寵孫子的阿媽，你跟她要求什麼都不會拒絕一樣。

「平安，江先生，這邊請坐。」嚴校長笑咪咪地站起身來，溫和地說。

「謝謝。」小范拉了張木椅坐下。

「江先生，我想……客套話就不必多說了……你這次來，是為了……？」

「是的，就是為了那件事，我們學校一向是以優良的校風而聞名，現在發生這樣一件……醜聞，校董事會決定要親自處理。」

「江先生，我不認為這件事可以稱為醜聞，青春期的學生性格本來就比較不穩定，再加上楊老師管教一向就比較嚴格，所以會有這樣的報復手段，我是可以理解的，你稱這件事是『醜聞』，是很不尊重學生的做法，我想……你應該不是搞教育的吧？」嚴校長臉上仍是掛著笑容，但口氣卻十分正經，就像在對一個犯了錯的人講道一般。

「或許學生惡作劇……我們還可以接受，但若老師本身在生活上有不軌的情形發生，應該怎麼處理呢？」

「不軌？」嚴校長搖了搖頭，「江先生，我們雖然是天主教學校，但並沒有強迫所有學生或教師都要信仰天主教，而且我也無法去干涉每個人的私生活，雖然那種東西在我們看來是有罪的，但我並不認為，楊老師私下持有色情的光碟，可以稱為『不軌』。」

小范向前微傾，十指交叉放在胸前，心想：「校長永遠是最後一個知道的，這句話從我中學用到現在，還一樣管用。」他搖了搖頭，說：「校長，校董事會那邊知道的沒那麼簡單，我們聽到謠言，說那VCD裡的男子其實就是楊老師，但那女子卻非師母，而是一個較年輕的的女人，這……應該可以稱為『不軌』吧？如果真有這種情形，我們還允許楊老師留在我們學校嗎？」

「喔，是嗎，謠言？」嚴校長臉上的笑容突然變得有點奸詐，「江先生，校董事會是如何聽到這個謠言的？」

小范察覺了嚴校長表情的變化，但他一時之間還不能意會到究竟出了什麼問題，只得硬著頭皮說道：「是有部分學生家長向某幾位校董反映的，有好幾位當天出席觀摩的老師也這樣說……怎麼，有什麼問題嗎？」

嚴校長搖了搖頭，說道：「江先生，我不是一個會逃避責任的人，這件事對本校的名譽來說確實有一定的傷害，而我身為校長，也應該要負一定的責任，但我沒有逃避；我在事情發生的那天就馬上撥電話給董事長，將所有事情向她報告了一遍，包括學生惡作劇的可能、包括可能是楊老師自己的失誤、也包括……楊老師有婚外情的可能…………最後，我和董事長都覺得還是學生惡作劇的可能比較大，她說她會召開常務董事會，好好討論一下這件事……那現在，我要請問你，江先生，既然我都已經對校董事會坦白說明了，為什麼你還會說，校董事會所聽到的是『謠言』呢？」說著，身體一樣向前微傾，雙眼緊盯著小范。

「這老太婆竟然誆我！」

在短短的那一剎那，小范差點就要認栽了，他必須承認他是受到了這張和藹臉蛋的矇騙，完全沒察覺到那「無知」表面下的陷阱，顯然這校長一開始就懷疑他這個「校董事會特派員」的身分，因此設計了一個陷阱要他自曝破綻。

「校董事會最不滿意的就是這裡，」嘿，小范畢竟是專業人士，這種關卡還難不了他，他臉不紅氣不喘地說：「校董事會上星期接到您的通知，本來是覺得這一切就交給您處理就好，但到今天已經一個星期了，董事們都還反映說有聽到很多謠言，甚至有傳說那ＶＣＤ是楊老師和校內女學生搞師生戀的自拍片，結果因為楊老師不肯負責，所以那女生就故意這麼做報復他，您知道這對校譽有多大的損害嗎？」

嚴校長一愣，將信將疑地問道：「真有這麼嚴重？究竟是誰傳的？真是太沒道德了！怎麼會這樣離譜？」

小范繼續說：「董事長本來以為校長您可以馬上處理好這件事的，她原先是希望妳能快點把惡作劇的學生給找出來，這樣一切就可以馬上平息，但您顯然沒有這麼做，反而是當做一切沒發生過一樣……您這種姑息的態度是一個校長應該有的嗎？妳知道這樣對學校傷害有多大嗎？」

小范每說一句，嚴校長臉色就難看一分，她結結巴巴地辯解道：「我本來是想等學生們情緒安定一點之後再來處理這件事，如果我硬是要說這是她們惡作劇，怕會傷害她們的感情啊！」

小范心想：「天下哪來這麼貼心的校長？」不過內心雖是這樣想，嘴上倒是不能放鬆，小范又說：「好了，現在事情都過一個星期了，有眉目了沒有？沒有……什麼都沒有，校方也完全不出來解釋，任憑一個曖昧的事實隨謠言越傳越離譜，現在是三月，再這樣下去會影響到我們下學期的招生的，妳要看到聖光敗在妳手上嗎？校長。」

嚴校長額上冷汗涔涔滲出，小范看得出她已經慌了手腳，她顫聲問道：「那……那校董事會那邊決定怎麼辦？」

小范雙手一攤，說：「這就是我來的目的。我之前都在美國幫董事會管理一些不動產，這個星期才剛回臺灣，董事長說我比較沒有利害關係，所以要我來處理這件事。我們希望可以趕快把真相查出來，由校方對外澄清，這樣對學校好，對楊老師也比較好。」

嚴校長掏出手帕，擦了擦額上的汗水，點頭說道：「這的確是比較好的做法，之前我實在是太消極了，不知道情況會變成這樣……那江先生，你需要我給你什麼協助嗎？如果要查出惡作劇的學生，我想不會是一件簡單的事……」

「這我瞭解，」小范微笑著，事情又回復到他本來的節奏，他輕快地說：「我想我們會先從目前我們可以掌握的開始，會讓情況比較容易一點。」

「我們可以掌握的……？」

「那片光碟。那片光碟，應該還收在您這邊吧？」

嚴校長點點頭，從書桌抽屜中拿出裝有光碟的盒子放在桌上。那盒子是空白的，裡頭的光碟也是空白光碟的外表，看不到有任何的標識。

「我想我還是先從這片光碟著手吧，或許我可以查到這片光碟的來源，或是直接證明光碟中的男主角不是楊老師，那這樣我們也不必去找到惡作劇的學生，一切就可以解決了。」

嚴校長點了點頭，說：「這的確是個好方法，我一直就是擔心我們要找出那個惡作劇的學生，那樣一定會弄得雞飛狗跳，把師生感情都搞壞，而且學測也快到了，我擔心三年級的學生會受影響。」

小范拿過那張光碟，說：「我能體會校長您的用心，您大可放心，我會盡量在不干擾學生的情況下澄清真相的……這件事雖然棘手，但我想我應付得來。」

嚴校長又露出那張和藹的笑臉，不過這次笑裡沒有藏什麼了，顯然她已是對小范百分之百的相信。她說：「我相信你，江先生，董事會會特別派你來一定是你有過人的本事……我相信你，江先生，你一定能夠挽救我們學校的聲譽的。」

小范站起身，說：「校長過獎了，我也不過就是吃飽撐著，比一般人多一點閒功夫來處理這種事而已……嗯，對了，順道問一下，楊老師最近……人怎麼樣？」

嚴校長也站起了身，說：「那件事後，楊老師有親自跟我解釋情況，他說他也不知道為什麼會這樣，應該還是學生惡作劇的可能性比較大，不過他說他帶的學生都很乖，想不出有什麼人會做這樣的事……之後我就先給了他五天的假，讓他休息一下，這星期才又開始上課，我可以看得出這件事對他打擊很大吧！畢竟是資深老師了，他這十幾年教下來也沒出過什麼差錯，這次在這樣重要的場合……唉，雖然我不願這樣說，但那個學生實在太過分了。」

小范點點頭，說：「校長，我想校董事會介入調查這件事還請您暫時先保密，也不要讓楊老師知道，以免引起什麼不必要的風波，必要的時候我會請您幫我約談相關人士。」

「這我瞭解，麻煩你了。」嚴校長說著，伸出右手。

「哪裡，份內事而已。」小范笑了笑，與嚴校長禮貌地握過手後，帶著光碟轉身離開校長室。

「呼！」小范拂了拂肩膀，深深地吸了口女校的空氣。外頭陽光燦爛，草木翠綠，年輕的女孩們活力旺盛地在校園中跑來跑去，好一片美景！小范一手扶著走廊的外牆，一邊愉悅地想著。

校長室在行政大樓二樓的正中央，下樓的樓梯卻是在大樓的兩側，小范沿著走廊踩著輕鬆的步伐，向樓梯口走去。樓梯口前擺了一紅一藍兩個垃圾桶，某張報紙的一角從藍色垃圾桶蓋子下稍稍突了出來。

小范搖了搖頭，將那張報紙抽出來，打開紅色的垃圾桶，碎碎唸道：「這些老師整天要學生做垃圾分類，結果還不是自己做得最差。」

「那邊那個傢伙，你給我站住。」一個暴躁的聲音從小范身後響起。

# 四

小范將報紙塞進紅色的垃圾桶內，蓋上蓋子，轉過身，只見一個高大的中年男子快速向他走來。那男子穿著深色的長褲，淺藍色的短袖襯衫，加上一條有點突兀的深紫色領帶，讓人覺得煩躁不安。

小范一眼就斷定這男子便是他委託人的父親——楊凌青，那雙眼睛、下巴和瑋岑幾乎是同一個模子刻出來的；依小范的看法，這男人年輕時一定十分英俊，只是中年過後整個身材全垮了下來，加上前額禿光，減損了應有的風采；最令人害怕的是，楊老師的兩側嘴角是下垂的，那並非因為不悅而產生的表情，而是天生的面相，我們會說一個人「凶面相」，大概就是指這種長相。

「楊老師是一個嚴肅、古板的人。」小范大概能瞭解這句話的意思了。

「什麼事嗎？這位先生。」小范雙手插在口袋裡，輕鬆地說。

楊老師來到他面前，不大客氣的說：「你是什麼人？怎麼可以隨便進到學校來，你的證件給我看看。」

「嘿，」小范冷笑一聲，「那你又是什麼人？說要檢查我的證件就可檢查？我是來找校長的，跟你沒有關係，你還是不要亂來比較好。」

「媽的，我就是楊凌青，」楊老師的臉變得更凶惡了一點，他惡狠狠的說：「我就是你要查的那個人，剛剛警衛跟我說……你是校董事會派來的？」

「是吧！」小范聳了聳肩，反正他也沒啥好隱瞞的。

「哼，校董事會？」楊老師說：「校董事會會真派人來查這件事還真有鬼，你這種話騙不了我的，你給我老實說，你是什麼身分？」

小范可以想像有許多可愛的女學生就是在這種聲色俱厲的情況下被罵得潸然淚下，不過本人可是堂堂男子漢啊！他笑著說：「楊老師，我真的是董事會派來調查這件事的人員，敝姓江，我本來是想先做一些調查再聯絡你的，所以沒先知會你，如果你是為這件事生氣的話，我道歉！」

「你少給我嘻皮笑臉的，你根本不是什麼董事會派來的人，上個星期董事長還跟我通過電話，說他們決定讓這件事就這樣結束，你以為你這樣騙得了誰？」

小范心想：「至少我騙倒了校長。」他說：「楊老師，董事會上星期是怎麼決定的我不清楚，我之前都在美國幫他們管理不動產，這星期才回國；董事會這幾天發現外面的謠言有越傳越離譜的態勢，所以要我來做一些調查，好澄清這些謠言。」

「哈哈哈，胡說八道，我在這學校待了十五年，比校長都待得久；校董會在美國的不動產一向都是委託當地教會代為管理，不會找你這種油頭粉臉的小子來管，我看你要說謊說到什麼時候。」

「我只能說，你也不是很懂校董事會的運作……不過我不想跟你扯太多，你不相信我就算了，你可以等校董事會開會的時候找他們求證，到時候你就會知道了。」小范說。他心中想，聖光的校董事會每個月底開一次會，等你求證到發現我是假的，我也無所謂了。

「范先生，我看你就不用再裝了，」楊老師拿出一張名片，在小范面前晃了晃，說：「這是我在我女兒桌上找到的，你就是這個『疑難雜症事務所主持人』吧？」

小范微微一驚，的確不該把名片給那種小女孩的，看情況這樣扯下去也沒用，當下雙手一攤，說道：「好吧，楊老師，我認輸了，敝姓范，『疑難雜症事務所主持人』，只是在下混口飯吃的小小 title 而已。」

楊老師上前一把揪住小范的領帶，凶狠的說：「給我聽好，你這個幹徵信社的，給我離我女兒遠一點，不要以為我發生這種事就可以賺我女兒錢，你們這種把戲我都知道，我最瞧不起你們這種吃下流飯的人渣！」

小范聽了這些話倒還是不慍不火，他平緩地說：「楊先生，你這段話裡面有兩個錯誤，第

一、我不是幹徵信社的，徵信社的確都只會一些偷拍、跟監的下流把戲，而我，『疑難雜症事務所』，是靠大腦吃飯的，我們接受顧客的委託，幫他們解決無解的問題，這是件高尚的工作，請你不要隨意貶低……」

「胡說八道，」楊老師冷笑著說：「那你現在在幹什麼，還不是要像個小偷一樣偷偷摸摸地進來騙東西？你是進來拿那片光碟的吧？光碟呢？給我交出來……」說著便要去搜小范的身。

「楊老師，你冷靜一點，聽我說……」小范左手輕輕劃個弧度便鎖住了楊老師的雙手，「楊老師，我是來幫你的，我是站在你這邊的……光碟我沒有拿到，你要光碟還是去找校長吧。」說著手一鬆，楊老師踉蹌地往後倒退幾步，直到撞到牆壁才煞住。

楊凌青滿臉通紅，憤怒地說：「你還想騙人，那光碟就在你身上，我不會讓你這種敗類得逞的……」說著朝外面大聲地呼喊：「警衛、警衛！」

小范現在實在很難相信這個歇斯底里的傢伙會是什麼很好的數學老師，不過整個情況對他實屬不利，大門口兩個警衛正越過操場向他們走來，到時候麻煩會更多。他現在的目標是盡速離開這所學校，待得越久，曝光的機會就越大。他對楊老師說：「楊老師，你不用那麼激動，光碟的確不在我身上，你要搜，給你搜就是了。」說著將西裝外套打開，輕鬆地站在那裡。

楊老師見小范主動配合，不禁一臉疑惑，但仍然是湊上前去仔細地檢查了小范的所有口袋，連內袋、袖管都不放過，不過就是找到了一個皮夾、一本筆記本、一串鑰匙、一部手機、一枝鋼筆，還有一些零錢等無關緊要的東西，卻不見光碟蹤影。

「楊老師，你該相信我了吧，光碟那種體積的東西我身上也不會有祕密的地方可以藏……」

楊凌青將搜出來的東西塞回小范口袋裡，向後退了一步，一臉狐疑地打量著小范。小范又說：「……我剛剛說你說的那段話有兩個錯誤的地方，第一點就是我不是徵信社的人，至於第二點……我只是想告訴你，並不是我主動去接近令嫒的，我沒有必要用這種方式拉生意，是令嫒來找我幫忙的……她找我來是來幫你的忙，你實在是不應該懷疑我。」

「是小岑去找你的？」楊老師用疑惑的口氣問道：「她找你幹什麼？」

「楊先生，你有個好女兒，她請我澄清這件事的真相，以挽回你的名譽。所以我說我是來幫你的，和你站在同一邊的。」

楊老師聽小范這麼說，臉色突然平和了不少，他嘆了口氣，喃喃地說道：「唉，瑋岑這孩子……」

此時只聽得樓梯上腳步聲響，兩名警衛已經衝了上來，問楊老師道：「老師，怎麼了嗎？這傢伙怎麼了嗎？」

楊凌青擺了擺手，說：「沒事沒事，一場誤會而已，剛剛這位先生突然心臟不舒服，我才趕快叫你們來幫忙，不過他現在看起來沒事了，是吧，江先生？」

小范微笑點頭道：「沒事了，剛剛一時喘不過氣而已……不好意思，給大家添麻煩了。」

小范發現，楊老師說謊的本事和他不相上下，兩個人竟能一搭一唱，搭配無間。

等兩名警衛走遠。楊老師才緩緩開口說：「瑋岑什麼時候去找你的？」

「對不起，基於職業道德，恕難奉告。」

「那她付你多少錢也不能說囉？」

「呵，這是商業機密，就更不能說了。」

「好，好，」楊老師沉思了一會兒，這時他的情緒已經完全穩定下來了，看起來也睿智多了，他說：「小岑這孩子就是這樣，做什麼事都不顧前不顧後的……唉，這件事我本來是都不提，看來她還是耐不住了……不好意思，范先生，剛剛誤會你了，我以為你是那種下三濫的偵探，故意趁瑋岑心神不定的時候向她招攬生意，我跟你道歉。」

「不，沒關係……只是誤會罷了。」

「其實這件事……我應該要自己處理的，但我一直沒有勇氣去做……我可以感覺到那孩子有不對勁的地方，但……這種事情我實在……唉！當父親都這樣吧！我也不會主動去跟她談，我這脾氣真是……范先生，你……可以理解嗎？」楊老師在那兒自怨自艾，似乎有點沮喪。

「嗯。」小范輕輕點了點頭，他已經洩漏了太多資訊，此刻能少說一句便是一句。

「你真的沒拿到光碟？」楊老師又問了一次。

「沒有，校長不相信我，我也沒辦法。」

「那你接下來……」

「對不起，我說過了，無可奉告。」

「這樣……」楊老師摸了摸下巴，突然說道：「范先生，我不知道小岑和你之間的約定是什麼，看情況……我對你也無能為力，不過……我想雇用你，不知你意下如何？」

「雇用我？」這倒出乎小范意料之外，他略帶驚訝地說：「楊先生，我一向的原則是，只要不和我目前手頭上的工作有衝突，我沒理由和鈔票過不去……不過我先聲明，我收費可能不低喔。」

「你說得出我就付得起，要你幫我找出是誰幹這件事的，要付多少錢？」

「二十萬。」小范輕描淡寫地說。

「好，那就二十萬，我開支票給你。」楊老師說著，便從口袋中掏出一本支票本，開了張二十萬的支票，遞給小范。

小范搖了搖頭，說：「楊先生，我一向是等事成之後才拿錢，到時候你可能還要負擔一些額外的解惑開支……不過相反地，要是我一事無成，你就不用付半毛錢，現在你說……你要我幫你查出做這件事惡搞你的人是誰？」

「沒錯……我要找出那個人來……怎麼樣，你接不接受？」

「我說過，我不會和錢過不去，這事我幹。」小范說。

「很好，」楊老師重重地拍了小范的肩膀，笑著說：「范先生，多謝你的大力協助……這事，我自己大概已經有點底了，班上幾個最可疑的學生，我會提出她們的資料給你參考看看，或是安排你以代課的身分直接到我們班上來……你那麼帥，對付女學生很有用吧。」

「哪裡話……」小范聳聳肩，從口袋中拿出一張空白的委託書以及一張名片遞給楊凌青，說：「那，楊先生，這張委託書就請你簽字吧……這張是我的名片，可以聯絡到我。」

楊老師接過名片，皺著眉看了半天，問道：「你就只留一個『范』字？你貴姓大名呢？」

小范微笑道：「不好意思，我不方便留下名字，你就稱我的姓就好了……我想……名字不過是個代號，只要我能幫你把事情解決，我叫『水扁』或是『楚瑜』應該都沒有影響吧？」

楊凌青笑了笑，說：「你的確很特別。」說著在委託書上簽上名字，遞回給小范。

「謝謝你，楊先生，」小范將那委託書折好，放回口袋裡，「我會盡力處理好您所委託的事的……那是否可以剛好請教一下，三月二十二號那天，也就是教學觀摩那天，您的那片教學VCD是……怎麼處理的？我是說，您都把它放在哪裡，是不是很容易被別人拿到？」

楊老師嘆了口大氣，說：「范先生，這就是我最想不通的事……我這個人一向很小心，像教學觀摩這麼重要的事情，我絕對不會把那片VCD亂放……我從頭講好了……那片VCD的內容動畫是我委託我以前一個學生的公司做的……他們在前一天，也就是星期天把東西做好用FTP直接傳到我家裡的電腦，我晚上大概九點左右上完補習班的課之後回家，先把內容看了一遍……很短啦……五分鐘左右而已……然後把一些地方自己修一下……我以前大學也是寫程式寫很凶的……我大概將一些地方改一下，然後就把它燒到空白光碟裡，那時候也十一點多了，我就直接上床睡覺。第二天一早起來才把光碟片拿出來裝好，放進我的公事包裡面，帶來學校。因為那片光碟是教學觀摩要用的，所以我就一直帶在身邊……我想不通誰會有機會把我這片光碟掉包……」楊老師說著，手扶著下巴，低頭沉思。

「您所謂『帶在身邊』，是說貼身收藏嗎？還是說放在公事包裡？」

「喔，當然是在公事包裡啦……但我公事包也都沒離開過我視線……有啦，就一次我去上側所，不過辦公室裡人那麼多，哪有機會？」

「的確是很有趣……」小范扶了扶眼鏡，饒有趣味地說道。

便在此時，洪亮的鐘聲已緩緩響起，繚繞了整個校園。

「對不起，范先生，我下一節還有課，我看暫時先這樣子吧，詳細情形我再聯絡你……我可以把學生資料直接寄給你，你那邊……應該安全吧？」楊凌青摸了摸自己光滑的前額，簡單說道。

「當然，平信或掛號都可以，當然是掛號安全得多……你寫『范收』，這樣我就可以收得到了。」

「非常謝謝你，范先生，」楊凌青用力握了握小范的手，說：「還請你多多費心了，錢的方面……絕對不是問題。」

「當然，我數學不好，算錢這種事……還比不上老師吧。」小范說。

楊凌青笑了笑，轉身離去。

小范繼續站在那兒，直到楊凌青的身影消失在走廊另一頭時，他才深深地呼了口氣。他轉過身，打開紅色的垃圾桶，塑膠ＣＤ盒被報紙包著塞在垃圾桶的角落。他將那盒子取出，拍去上頭的灰塵，挑了挑眉，咕噥地說：「早就知道會這樣……」

# 五

疑難雜症事務所裡，小范從櫃子裡搬出一臺笨重的機器，七手八腳地將它安裝在電視旁，接上電源，轉開開關，將那張辛苦取得的光碟片放進機器的讀取槽裡。

胖子在旁也不閒著，他先以極快的速度吃完了兩根紅豆冰棒，接著又灌下一灌黑松沙士，然後去隔壁房間搬了張柔軟的躺椅擺在電視機前，最後又從茶几上拿了一盒面紙來備用。

「你那臺鬼東西可以幹麼？」胖子癱在躺椅上，懶散地問道。

「影像重組、去除雜訊、高倍數放大、影像細節分析……」小范也拉了一張椅子來坐下，繼續調整著螢幕。「……大概你能想得到的都有，二千年德國最新產品，不會輸給刑事局。」

「多少錢？」

「你賺一輩子都買不起……好了，來看看這個把一堆神聖老師搞得雞飛狗跳的片子吧。」小范說著，按下播放鍵，電視螢幕出現了幾道雜訊，接著出現了影像。

那是一個房間，並沒有見到人影，一張雙人床剛好就在畫面正中央，上頭鋪著粉紅色的床單，床頭櫃上擺著一臺音響，旁邊層層疊疊的看不出是書本或是CD，床的另一邊還擺著兩個布娃娃，可能是熊或狗之類的動物；畫面右邊可以看到部分的落地衣櫥，衣櫥的門緊緊關著，上頭的漆也都斑駁了；畫面左邊有一扇老式的木窗，紫色的窗簾緊緊拉上，感覺十分刺眼；房間四面牆壁原是漆成乳白色，但因年代久遠也有些發黃了；床那側的牆上掛著一個水藍色的鐘，指針指向十一點三十五分，在鐘旁邊掛著一本每日一撕的日曆，上頭用紅色鉛字標明著民國九十三年三月二十日，星期日。

這是臺灣人的房間，而且應該是個女人。

「難說，可能是那種大陸二奶的房間，故意掛個臺灣的日曆，好滿足一下她恩客的思鄉之情。」胖子對此有不同意見。

「可能性不高，這房間的風格就是臺灣的風格，大陸那邊應該會再俗一點。」

此時從畫面右邊走進一對男女，男的穿著一件白色汗衫，深色長褲，一進畫面就急著把上衣脫掉，露出一身中年發福的贅肉；女的穿著簡單的家居服，寬鬆的長袖上衣和一件小短褲，最引人注目的是她一頭及腰的長直髮，以及那修長筆直的雙腿。

「喔，那女人身材讚喔。」胖子身子前傾，兩眼緊盯著那女人，抽了一張衛生紙擦了擦口水。

「的確還不錯……」小范瞇起了眼睛，清了清喉嚨，說：「……這個片子不是用針孔攝影機錄的，而是用一般的數位攝影機，而且畫質那麼差，可能是兩三年前的機種，只有五十萬畫素的那種。」

「我有一臺啊，小范，」胖子說：「不過那種機型體積可能滿大的，拿來偷拍……」

「這是個問題，畫面中看不到什麼遮蔽物，我沒有辦法想像那臺攝影機藏在哪裡……喔，開始脫囉……」

畫面中的男女開始接吻，然後互相替對方除去身上的衣物，最後兩個人赤條條地倒在床上。

「喔喔喔，我不行了。」胖子躺回躺椅上，用手搓著自己的褲襠。

小范沒有理會他，只是聚精會神地盯著畫面中的人物。由於畫素太低，畫面十分模糊，那男人從體型來看和楊凌青有幾分相似，但面部並不清楚，小范在某個畫面定住，試圖將男人臉部放大，但只能看到被分割成碎片的畫面，雖然幾次調整，還是無法看清那男人的長相。

「小范，不要定格啦，我要看流暢一點的……喔喔喔，『倒澆蠟燭』，喔喔，這女的好勁，會斷掉……會斷掉……」

小范將幾個畫面轉成圖檔，用雷射印表機列印出來，左右端詳了半天；其中有一張有女人比較清楚的側面，看得出來年紀不大，大約三十歲左右；但男人的部分都只有一些不清楚的角度，要不然就是距離太遠而模糊不清。

「喔喔喔，現在換『老漢推車』了……喔喔，推、推、推，好有力啊，那個歐里桑也是有練的啦……我也推、推、推……」

小范讓片子繼續往下放，皺眉盯著每一個畫面，希望能從中獲取一些蛛絲馬跡，不過這個希望最後仍是落了空，那男人最後挺了挺腰，然後站起身來，直接從畫面右邊離開，整個螢幕也變成一片漆黑。這部「紀錄片」共計三分二十三秒。

「嗯……什麼都沒有，這下看來事情難辦了……」小范摸了摸下巴，露出苦惱的表情。

「呼，呼，小范……呼，呼，我……出來了……呼，呼……」胖子伸出右手，上頭沾了些黏呼呼的液體。卡羅特抽了張衛生紙，將雙手擦乾淨。

小范一腳將胖子從躺椅上踹下來，大聲說：「你他媽的，我在這邊看得要死要活的，你還把這個當A片看，還在我這個神聖的事務所裡面打手槍……他媽的還要我分新聞給你，我養隻豬都比你好用……」

卡羅特拍了拍屁股，緩緩站起身來，不慍不火地說：「小范，你也知道這片子爛，看不出什麼東西，幹麼還看得鬥雞眼都跑出來……我看你也很久沒『淘』了，難怪火氣那麼大。」

「媽的你欠揍。」小范說著便要衝上去將胖子海扁一頓。

「慢……慢著……慢著啦，我給你一點良心建議啦……這DV畫質我看是不行的，不過你要不要試試看聲音？我剛剛聽那個女人叫得滿清楚的，我想你可以……試試看……」

「不用你說我也知道。」小范一面說著，一面打開手提電腦，將原本VCD放映機的喇叭線接到電腦上，打開聲紋鑑定程式，將片子重放一遍。

那數位攝影機的收音效果也不是很好，除了那女人尖銳的叫床聲，以及雙人床因擠壓所產生的聲音外，幾乎都是轟隆隆的雜音。

胖子聳了聳肩，雙手一攤，說：「我看也沒搞頭，那個歐里桑一句話也沒說……我看，小范，這片子還是給我吧，最近連買A片的錢也沒有，這片還算是不錯啦。」

小范斜瞪了那胖子一眼，說：「你太小看我這個程式了，這可是從美國FBI那邊買回來的，沒什麼做不到的……你看，我先把那女人的叫聲還有床鋪的聲音調掉，然後把雜音降低，其他聲音放大十倍，重新放一次，聽聽看……」

重新播放的效果確實有顯著地不同，從喇叭裡可以聽見男人厚重的喘息聲，小范將這段聲音用程式截取下來，又從口袋中掏出鋼筆，轉開筆頭，從裡頭取出一枚圓柱形的機器，將該機器接上電腦，只聽到電腦喇叭播放出：「……給我聽好，你這個幹徵信社的，給我離我的女兒遠一點，不要以為我發生這種事就可以接近我女兒賺錢……」赫然便是楊凌青的聲音。

「你還是這麼卑劣……唉……」胖子嘆了口氣。

「彼此彼此。」小范頭也不抬，專心操作電腦。他將兩組聲音輸入程式中，由該程式進行自動聲紋比對，最後結果是：聲紋不合。

「好啦，就是這樣了，兩個人聲音不一樣……我可以跟我們美麗的當事人交差了。」小范呼了口氣，愉悅地說。

「小范……你真打算那麼做……你應該也知道……」卡羅特皺起眉，猶疑地說。

「我當然知道光是喘息聲的聲紋和一般說話的聲紋是不能比對的，我只是試試你而已……想不到你還記得嘛，死胖子。」

「靠，我是記者咧，錄音是我的老本行，還能怎樣……我看你這卷片子是真的沒用了啦，還是送我吧。」

「嘿，說得太早，我把這男的喘氣聲給消掉，其他聲音放大十倍看看，我剛剛有聽到一些線索……再聽聽看。」小范又再按下了 **PLAY** 鍵。

這次的聲音又更豐富了，先是風吹玻璃所發出的喀喀聲，窗外樹葉的沙沙聲，還有偶爾傳來車輛奔馳而過的聲音……

「這架攝影機的旁邊還有另一扇窗，窗外有樹，再過去是馬路……多虧它是放在窗邊，我們才能聽到那麼多……聽！重點來了……」

大約在影片進行到一分四十秒左右，可以聽到一陣細微但十分高亢尖銳的聲響，似乎是大型砂石車的喇叭，這聲響維持大約三到四秒，然後靜默了十餘秒，該聲響又再度響起，如此響了六次，一直到影片結束。

「這是什麼？小范，卡車按喇叭？」

「不是，這個聲音的波形比較碎，是由好幾個聲音組合在一起，間間斷斷的響，不是一個喇叭自己發出來的。」

「那是很多計程車一起按喇叭囉……計程車司機火拚？」

「有道理，不過之前都沒聽過這種消息，再想想看……我猜，是這個東西……」小范舉起手，食指做了一個按下的動作。

「氣笛喇叭……我知道了，這是在棒球場旁邊……棒球場正在比賽。」

小范搖搖頭，說：「還是不對，你看影片裡的時鐘是指著十一點半，窗戶沒有光線透進來可見是晚上……晚上十一點半還有比賽嗎？」

胖子搔了搔腦袋，苦惱地說：「那是……那是……我不知道……告訴我吧……」

小范微笑道：「注意一下日期……民國九十三年三月二十日……」

胖子猛地恍然，一拍桌子說道：「地方法院！」

## 六

民國九十三年三月二十日，中華民國第十屆總統選舉，民進黨候選人陳水扁以兩萬票之差險勝國民黨候選人連戰，順利連任總統，該場選舉也成為臺灣史上最激烈的一場選舉。開票結束之後，部分國民黨認為雙方票數差距過小，而且有做票流言傳出，因此數百名國民黨支持者在三月二十日夜裡聚集於地方法院前，以大量的氣笛喇叭助勢，要求法院立即查封票匭，重新驗票。

「我查過了，小范，」胖子一邊開車，一邊吃著手中的枝仔冰，一邊說：「那片子裡的六聲氣笛喇叭鳴聲分別是十一點三十六分四十七秒、三十七分五秒、二十一秒、三十秒、五十九秒、還有三十八分二十秒傳出來的；我調出了當天晚上全國各地有抗爭人潮聚集地點的新聞帶比對，只有我們這邊的法院符合這個時點，所以那部片子的地點一定在這兒附近……怎麼樣，我幹得不錯吧？」

小范坐在前座，雙手交叉在胸前，隨口答道：「還不錯。」

胖子嘖了嘖口水，突然有點神祕地問道：「喂，小范，你老實跟我說好了，你是挺那邊的？挺藍還是挺綠？我跟你認識那麼久還沒聽你說過……」

小范還是一臉懶散的樣子，說：「哪邊錢多，我就挺哪邊。」

「哈哈，我就知道你會這樣說……看來你還是國民黨的嘛，他們那麼有錢……咦，不對啊，你以前不是也有幫民進黨處理過……」

「我就說哪邊有錢我就挺哪邊，錢得雙手捧上來才算，放在黨庫裡的不行。」

「喔，是這樣……」胖子一副恍然大悟的樣子，又問道：「喂，那小范，要是今天國民黨捧著錢來要你幫他們讓選舉翻盤，你會不會接這樣的 case？」

「當然會，有錢沒理由不接……不過，這種事情我會要他們先付錢。」小范換了個姿勢，將雙手枕在頭後面。

「多少錢？」

「少說十億吧。」

「那麼多！那你拿了錢會怎麼幫他們翻盤？用五億去收買法官？」

「白痴，」小范笑了一聲，「要是我拿了十億早就落跑到中南美洲去當皇帝去了，還翻什麼盤？」

兩人開著車在法院四周大路上繞了半天，並沒有發現可疑的房間。午飯後，二人開始試著鑽小巷，那一帶屬於舊市區，巷子又多又窄，而且路霸、違規停車到處可見，找起來頗費功夫。兩人不時地攀上人家的圍牆，觀察裡頭房子的情況，有路人經過還得趕緊裝成若無其事的樣子，以免被懷疑。呼，這行飯還真不好賺！

「我去警察局調出那天他們開的噪音罰單紀錄，當時現場的喇叭聲音將近一百二十分貝，」小范跳了跳，看清楚了圍牆後的房子，搖搖頭，又說：「不過在那部片子中，幾乎聽不到喇叭聲音……我用程式算過，如果不考慮建築物的遮蔽或風向的話，片子中的地點離地方法院應該有七百公尺，取一個合理的誤差值，大概可以界定在五百公尺到一千公尺之間……因為法院的另一邊是鐵路和大型工業區，所以這一區應該是比較合理的……如果再找不到，那可就傷腦筋了……喂，慢，看看前面那棟。」

同樣高度的紅磚牆，對小范來說可能跳起來就看得到內部的情形，但對胖子就很吃力了，只見他伸手抓出牆頭，奮力地將自己龐大的身軀向上拉，兩隻腳不斷地在牆上掙扎著；當他就快要讓自己的視線越過牆頭時，忽然聽到小范在後頭興奮地大喊說：「木頭窗櫺、紫色窗簾，看來就是這裡了……哈哈，果然是皇天不負苦心……」

「人」字還沒說，只聽得「碰」的一聲，胖子已經從牆上摔下，跌了個四腳朝天。

小范笑了笑，輕巧地攀上圍牆，朝裡頭觀察。那是一座小巧的庭院，幾株山茶整齊地栽在草坪四周，房屋前擺著一排盆栽，均修剪得十分整齊，一條碎石子小徑穿梭其間，從圍牆外門通到房屋的門口，幾縷殘花落葉飄落其上，顯得清雅恬淡。那房子是一幢二層樓的老式樓房，外牆漆成乳白色，原木色的大門開在房屋最右側，左邊則有兩扇大型的窗戶；窗櫺仍保留原有的木造型式，窗戶並非往左右開啟，而是向上拉起的舊式設計；紫色窗簾是整棟房子最不搭襯的部分，雖然看得出布料頗為高貴，卻大大地破壞了房屋的整體感。

小范在牆上看了半天，又回頭望了望擺在牆邊「禁止停車」的鐵牌，說道：「胖子，現在四點，屋主應該不在家，我們有一個小時左右的時間可以解決這件事，快點！」說著一溜煙地翻過牆，落在柔軟的草皮上。

胖子嘆了口氣，只得再度向永不倒下的高牆挑戰，這回情況大有進步，他將自己拉上牆頭，卻沒有辦法支撐自己的體重，只得小心翼翼地坐在牆緣，大口地喘著氣，就在此時，小范打開了外門，探頭向外看了看，見胖子坐在那兒，不禁好奇地問道：「胖子，你在幹麼？走門進來不就得了？」

「碰」的一聲，胖子又再度從牆上栽了下來。

兩個人走近房屋，大門從裡頭鎖上，門口鞋櫃放了數十雙女鞋，看樣子都是出自同一位女性的雙腳，小范沿著草皮走到第一扇窗戶前，發現那窗從裡頭閂上，無法搬動；他皺了皺眉，又來到第二扇窗戶前，赫然發現裡邊的窗栓已然鬆脫；小范彎下腰，仔細地檢查了那窗戶四周，發現窗櫺上積滿灰塵，而兩側的窗檯上散布著些許的銅鏽碎屑；小范呼了口氣，從懷中掏出塑膠手套，將窗戶緩緩抬起，只聽得奇奇喀喀之聲，窗戶兩側的金屬滑軌又有許多銅鏽碎屑落下。

小范鑽進屋內，將窗戶又拉高了些，讓胖子也鑽進來。兩人站起身，拂去身上的灰塵，環顧四周，心底都有了答案。

這房間就是VCD的拍攝地點，雙人床、粉紅床單、落地衣櫥、牆上掛的日曆時鐘，與畫面中完全相同。其餘可以補足畫面死角的事物是，房間正門、梳妝檯、窗邊的落地書櫃以及旁邊堆得和書櫃一樣高的鞋盒。

「小范……我們這樣闖進來……會不會犯法啊？」胖子有點心虛地問。

「當然，」小范丟了一副手套給胖子，若無其事地說：「侵入住宅罪一定成立，如果我們再拿走什麼東西的話就是竊盜，因為我們翻過圍牆，所以就是加重竊盜，因為我們是結夥兩個人，所以又是另一個加重竊盜……嗯，結夥是三個人還是兩個人……忘了，反正不重要……媽的，胖子，幹這一行的哪有在管法律的，跟著做就對了……」

小范走向書櫃，沉思了半晌，對胖子說：「攝影機放的位置應該就在這邊，不過，看起來……不被發現有點難……」

胖子歪頭想了想，指指書櫃旁的鞋盒，說道：「應該是這邊吧，我猜是那個黑色的盒子。」

他小心地將一個全黑色的鞋盒抽出來，瞧了瞧原本靠牆那一面，只見上頭被挖了一個洞，約是一個鋁罐大小。

「Bravo！胖子，這樣你都可以想得出來，」小范接過鞋盒打開，盒內空空如也，「黑色的鞋盒，配上黑色的攝影機鏡頭……這傢伙還真是聰明絕頂，能想到這招。」

胖子用大拇指一抹鼻子，驕傲地說：「我記者這行飯，也不是吃假的。」

小范檢查了一下其他鞋盒，均是空盒，但並無異狀。他回頭向他的夥伴說道：「偷拍的傢伙來這邊至少三次，第一次來勘查地形，然後擬定了偷拍的手法，第二次就真的帶攝影機過來了，這堆鞋盒對偷拍者來說真的是最好的配置，將DV藏在鞋盒中偷拍，神不知鬼不覺，而且這堆鞋盒剛好就在窗邊，有突發狀況要離開也比較容易……不過這也是時運使然，因為DV放在窗邊，所以才錄到了外頭氣笛喇叭的聲音，要是藏在屋裡，恐怕我們連這邊都找不到……喔，偷拍者第三次來就是把攝影機拿走，然後將鞋盒挖洞的那面向內轉……看情況，這房間的主人到現在都還沒發現這手法……嘖嘖嘖，了不起。」

胖子聽著小范的推理，一面看著手錶，著急說：「小范，你不是說五點以前要撤嗎？現在都四點半了，我們還得找其他證據……你所受的委託是澄清VCD的內容，找到偷拍的手法好像沒幫助……」

「喔，是嗎？」小范回過身，指指梳妝檯，說道：「事實已經澄清啦，看那邊吧……」

卡羅特順著小范所指的方向看過去，只見梳妝檯上擺了個精美的相框，相框內是一對男女的合照，女的長髮飄逸，正是偷拍影片的女主角，男的是個面容嚴肅的中年男子，赫然便是聖光女中王牌數學名師——楊凌青。那照片下緣寫著：「於1999/10/06與老師攝於奧萬大，楓紅似火，恰如我倆之愛。」

卡羅特瞪著那照片，許久回不過神，小范倒是很清醒，從口袋中掏出相機將那照片翻拍了一份，又開始逐一檢查各抽屜內文件，同時喃喃地說：「真相？真相一向都是這樣，不會讓你太訝異，不過會讓你失望就是了。胖子，別愣在那，來幫忙。」

四點五十五分，兩人準時撤出現場。小范先從窗戶翻出，接著才是胖子，只見他右手撐著窗，抬起粗大的大腿，七手八腳地從那窗戶爬了出來，陡然一個不留神，右手一鬆，窗戶便從高處快速地落了下來，「碰」地一聲砸在窗臺上，將一堆銅屑都震得彈了起來，好在胖子手快，否則早就被砸得哇哇亂叫了。

「小范！快跑！快……」胖子受驚，站起身便往外跑去，小范卻是神色冷靜，反而又往窗邊走去。

「小范走啊，會被發現的……」

小范倒沒理會胖子的警告，走到窗臺邊蹲下身，從口袋裡掏出鑷子，在窗臺上夾起一片小小的、白色的固體碎片，仔細看了半天，然後拿出一個透明塑膠袋，將那碎片小心地收了起來，放入口袋中。

# 七

「薛雲卿，六十一年次，美國紐約大學ＭＢＡ，現任日內瓦銀行臺灣分行信用部主管，曾結過一次婚，三年前離婚後遷居本市，沒有小孩。工作上的評價……與本案無關，暫且略過；和楊先生的關係……大概是從兩年前開始的，兩人間有密切的書信往來，所有薛女保留的相關書信，我們都已經掃描下來，另外她和楊先生的合照，我們也都有翻拍存證，此外我們還查訪了薛女的左鄰右舍，有數人表示曾看過薛楊二人一起回家……當然，這些我們也都錄音了……所有的資料都在這張光碟裡……」

小范將光碟推到瑋岑面前，說：「這就是妳要的真相，楊小姐。」

瑋岑坐在那兒，面色蒼白，噙著淚水，將手緩緩放在這片光碟之上。

隔了半晌，才聽到她幽幽地說道：「范先生，我相信這是真相，但不是我要的真相……我不相信我爸爸會做出這種事……」

小范正要開口，卻聽得瑋岑繼續說道：「我說過，我父親或許有點古板、嚴厲，但他一定是個好丈夫、好爸爸，更是學生心中的老師……我不知道……我不知道會這樣……」她用力吸了吸鼻子，又道：「那天晚上，三二〇那天晚上……開完票，我們全家都很沮喪……我爸十點多的時候說要出門，說要去地院那邊向法院討個公道……本來我和我弟都說要跟，但我爸說怕有衝突……危險……所以叫我們先去睡覺，他去看看就回來……誰知道……他是去……」話至此，語音已哽咽。

小范和胖子兩個大男人默然地坐在那兒，一聲不吭。

瑋岑突然抬起頭來，問道：「你說這女人叫我爸爸『老師』？」

「嗯，」小范點了點頭，從書架上取下一本厚厚的畢業紀念冊，翻開其中一頁，推到瑋岑面前，說道：「她是令尊在聖光第一屆帶的學生，我想他們的關係，也是因為這樣開始的吧。」

畢業紀念冊裡，有一張年輕的楊凌青老師與一群女學生的合照，其中一個和他站得最近的女孩挽著他的手，清湯掛麵的髮型，臉上展現著笑容，雖然照片略顯陳舊，但仍掩不住其姣好的容貌。或許當時照片裡的主角都沒想到，那種清純簡樸的師生情感，竟會轉化成今日的不倫之戀，毀滅的不只是兩人，而是一個家庭，以及一個少女對父親的信念。

瑋岑趴在桌上啜泣起來，薄薄的肩胛抽動著，令人無盡同情。

胖子畢竟是比較心軟的，他走到那少女身邊，柔聲說道：「楊小姐……我想，這件事情我還是不要報導好了，這種家務事……上報紙也沒什麼意義……我還是不要寫好了。」

瑋岑驀地抬起頭來，只見淚水仍在她眼中不停打轉，她用哽咽的聲音說道：「不必了，卡羅特先生，我想……我們有約定在先，只要是范先生查出來的真相，你要報導都沒關係……我爸爸……從小就告訴我要守信用，我答應過你的……我不會反悔。」當她說到「我爸爸」三個字的時候，那滴淚水終於順著她的臉頰滑下。

胖子心中不忍，轉身到茶几邊抽了張面紙，遞給那女孩。

「不用了，胖子，」小范突然開口說話，把胖子嚇了一跳，「我想我還是省省我辦公室裡的面紙吧，你瞧她……不是挺自得其樂的嗎？」

「什麼？」胖子怒了，只聽他吼道：「媽的，小范，我以前還以為你有點人性，想不到你還真的是冷血兼沒心肝……女孩子在你面前這樣哭你還說什麼『自得其樂』的話，我聽你在放……」

「慢、慢、慢，胖子，你先閉嘴，」小范轉頭看著他面前的當事人，輕輕說道：「楊小姐……或是叫妳瑋岑，我實在很佩服妳，即使是專業演員能夠說掉淚就掉淚，但當某件事情稱心如意的時候，還要把眼淚逼出來，妳大概是我所見過的第一人。」

「稱心如意？」瑋岑也火了，她站起身來，怒聲道：「范先生，你說我是『稱心如意』，難道你認為我希望我爸爸有外遇？你這種話……真的是……太過分了……」

「我不認為妳希望令尊有外遇，但我認為，我所查出的真相，是妳所期待的……詳細一點說，這個真相妳早就已經知道了，而我這個『澄清』的行為，才是妳的真正目的。」

「你越說越離譜，我想我委託錯人了，這張光碟我不要了，我也不打算付你錢，我要先走了，再！見！」瑋岑說著，轉身便要離去。

「既然妳認為我說得離譜，那我就把主題說明吧，偷拍楊老師偷情、將偷情畫面燒成光碟、再將偷拍VCD和原來教學光碟掉包、讓楊凌青在眾人面前出糗的人，就是妳吧，親愛的楊瑋岑小姐。」

瑋岑轉過頭來，原本白皙的臉頰更為蒼白，只見她杏眼圓睜，大口地喘息著，似乎還沒從驚訝中醒來，不知如何應對下一步。

「小范你說什麼，怎麼會是瑋岑啊，你……你不要亂說……」胖子衝到小范面前，大聲地說。

「楊小姐，」小范沒有理會胖子的怒吼，視線直接繞過他那龐大身軀，緊盯著瑋岑說道：「基於一些職業倫理，我必須告知妳，令尊在妳委託我之後，又就同一個事件委託我找出掉換他教學光碟的人，當時我認為這兩個事件並沒有衝突，因此同意了他的委託；不過就目前的情況看來，妳所要我澄清的真相是：『楊凌青確實有外遇，那片偷拍VCD的主角也確實是楊凌青』，而令尊要我找出掉換他教學光碟的人，是妳……兩個委託之間顯然已經有了利益衝突，雖然說令尊肯付的錢比較高，不過因為妳委託在先，因此妳有對這件事有優先權，如果妳堅持的話，我可以馬上退回令尊的委託，僅就妳這部分處理；或是妳可以選擇撤回委託，則我會將妳這部分的事情保密，但會告訴妳父親關於妳偷拍和掉包的所有事情。如何？」

瑋岑喃喃說道：「什麼證據都沒有，還說什麼是我做的，真是瘋子。」

小范笑道：「不好意思，楊小姐，我手上確實有妳偷拍的證據，不過這部分只能透露給令尊知道，妳並沒有權利。」

瑋岑臉色恢復平靜，走回小范面前坐下，說：「這樣吧，范先生，我接受你這調查的結果，錢我也會照付，而且我也同意你繼續接受我爸爸的委託，你不必退回他的部分，不過你要告訴我，你的推理……如何？」

「我的推理有那麼重要嗎？」

「我只是好奇。」

「那妳承認了嗎？」

「不，」瑋岑淺淺一笑，「我想聽聽看，你必須要說服我。」

「好吧，」小范將身體往後一仰，喝了口茶，緩緩說道：「楊小姐……瑋岑，其實打從一開始，我就懷疑，妳來找我的目的究竟是什麼……我聽到的事實是，一件學生的惡作劇，老師出了糗，但並沒有很嚴重，頂多是老師本身和學校名譽稍有損失而已，大家並不會很在意……但妳所關心的又不是這個方面，而是那偷拍光碟中的男主角究竟是不是妳爸爸，而這點涉及到令尊是否有外遇的情形。說實話，楊小姐，妳身為一個女兒，這樣的憂慮我可以理解，但是否要花八萬元來解除這樣的憂慮就超出我的理解之外了，一來，妳並未親眼看過那片VCD……二來，當大部分的人……不論是妳所說的或是我親自查訪的……當大部分的人都相信那只是惡作劇的時候，妳還來請我澄清真相，動機就令我覺得不單純了。

「在我與令尊會面後，我心中的矛盾又增加了許多，令尊所委託的，是要我查出惡作劇的人，這種委託似乎比較符合一般人的認知，也就是不理會光碟的內容，直接就『掉包』、『惡作劇』的部分下手。不過那個時候，我還沒有意識到整個結果所會產生的衝突，我當時認為這只是一個事件的兩個部分，所以我還是接受了他的委託。

「不過……當我進入那片VCD的『拍攝現場』、看到了那張照片、瞭解了楊老師確實有外遇的時候，我就意識到，這一切都只是妳布的局，包括妳爸爸和我，都只是妳的一個棋子罷了。我只能說，妳的局雖然不是頂完美，但依妳的年紀來說，已經是非常了不起了，我不得不給妳寫個服字。」小范說了，拿起茶杯喝了一大口茶。

瑋岑坐在對面微微笑道：「范先生，我聽得出你在誇獎我，但我自己可是被誇得莫名其妙，什麼局的，你可不可以講簡單一點？」

小范說：「當然，要多簡單就有多簡單，妳這個局要從結果往前面看當然是一片茫然，但要是話說從頭，照時間敘述下來，一切就變得很簡單了。

「整個故事的開始……或是前傳吧，就是楊凌青先生和薛雲卿小姐發生了不倫之戀，這段關係是怎麼開始的不在我的責任範圍之內，不過就我所知，楊老師很謹慎地處理他這段婚外情，因此兩年下來，完全沒有第三人知道這件事情，在一般人的眼中，他仍舊是為人師表，也是個好丈夫、好爸爸。不過這個祕密終究是被他聰慧的女兒所發現了，楊小姐，雖然我不知道妳是如何發現妳爸爸的這段婚外情，不過我想以妳的能力，發現是遲早的事。雖然我並不是妳，但我可以很大膽地推測妳當時的心態：極度的失望難過……然後是極度的憤怒，畢竟妳父親的出軌所背叛的不只是一段婚姻而已，他幾乎是背叛了自己所有的身分地位，更背叛了妳對他的信任與敬愛，身為一個女人以及一個女兒，妳完全無法原諒這樣的行為，因此妳並沒有馬上將妳的發現公開，妳需要時間思考，思考一種最嚴厲的手段，重重地懲罰那個父親。

「妳很快地掌握了整個情況，包括那情婦的身分、住處，兩人約會的時間與方式等，這些資訊很快地就被妳掌握……我想妳也和我們一樣，趁著沒人在的時候翻過牆，潛入那房屋察看，並很快地擬定了『偷拍』的計畫……我並不知道妳的數位攝影機是怎麼來的……或許是用借或用租的吧……不過這不重要，妳第二次進入那房屋，便在書櫃旁那一堆鞋盒中抽出一全黑的盒子，在其中一面挖個洞，將ＤＶ放進去，鏡頭剛好對準洞口，按錄影之後再將鞋盒放回去。我不得不稱讚這手法很高明，在沒有光線直射的情況下，黑色的鏡頭根本就無法被分辨出來……不過用DV偷拍有個缺點，那就是電池的時間很短，因此妳想必是對他們兩個人的作息都很清楚，所以才能用這招……我想妳是趁三月二十日下午大家都去投票的時候安裝的，然後隔天再偷偷去拿回來，那天是星期天，妳有充分的時間剪接畫面，然後燒在空白光碟中……到了晚上，妳等妳爸爸將他的教學光碟做好，上床去睡覺的時候，再偷偷將二者掉包，空白光碟外表都一樣，楊老師當然認不出來。他曾跟我說過，他到學校之後一直將那片光碟放在公事包裡，幾乎是沒有離身，因此在學校被掉包的可能性很小，唯一有機會的就是在那片光碟被放進公事包之前……而妳，有這個機會。

「好吧，事情到這邊都如妳所願，偷拍光碟竟然能放到一分鐘更是讓妳喜出望外，不過接下來事情的發展可能就是妳所始料未及的：偷拍的畫面太模糊，以至於大家不確定男主角是不是楊凌青，讓妳原本規劃的懲罰效果大打折扣……更糟的是，最後大多數人的結論是『惡作劇』，而不是『婚外情』……這是妳事前所沒有預料到的。我想妳事先也看過影片，也知道畫面模糊，但因為妳有了先入為主的觀念，知道那個男的就是妳爸爸，所以認為別人也會這樣以為；不過，令尊幾十年在社會上建立的聲譽也不是假的，因此當一般人看到這樣的片子，對裡頭人物的身分是半信半疑的時候，他們最後會選擇和妳相反的看法，也就『楊老師不會做那種事』。結果這樣一來，妳父親不但沒有得到應有的懲罰，反而變成學生惡作劇無辜的受害者，這只會使妳更受不了、想用更強烈的手段去對付他。」

小范停了一下，喝口茶，又繼續說道：「而妳更強烈的手段……就是找我。因此妳就一副哭哭啼啼的樣子來我這邊，表面上是要我『澄清真相』，以挽回妳父親的名譽，實際上是要我把他偷腥的事情再挖出來一遍……現在交給妳這一堆相片書信，妳應該都可以輕鬆找得到，不過妳不自己下手卻寧可花錢雇用我……我想，一來妳是因為第一次失敗，所以變得比較小心謹慎，二來，妳也知道一般人的心理，當他們經過『偷拍光碟』事件的洗禮之後，若再看到其他類似的照片或書信，也都只會當作惡作劇看待……所以，妳需要一個人來幫妳背書，那就是區區在下了，『疑難雜症事務所』總算是小有名氣，由我去調查出來的結果，總是比妳直接寄黑函或公開相片來得有殺傷力。

「妳的演技的確十分精湛，我在第一次見面時也完完全全相信了妳的一番話，接受了這件案子的委託。不過妳在委託我之後又多做了一件事……妳怕我手上線索不足，查不出東西來，竟故意將我的名片讓妳爸爸看到……妳很清楚他的個性，也知道他看到名片一定會來找我麻煩，而我也有本事從衝突中獲取更多情報……楊老師在我去聖光調查的時候攔下了我，當時我並不能理解妳怎麼會那麼大意，將我的名片大剌剌地放在桌上……現在想想……楊小姐，妳在這方面妳又漏算了一點，妳沒想到妳的父親會委託我幫他找出搞鬼的人，結果反而讓我與妳處於對立的位置，如果我沒有接受令尊的委託，我今天也就不會這樣跟妳說話了。」

小范搖了搖頭，將最後一口茶喝乾淨，聳聳肩，說道：「就這樣，如何？我的推理正確嗎？」

瑋岑輕輕地蹙起眉頭，手托著下巴，緩緩地說道：「范先生，我記得第一次會面時，你跟我講了一大段『不要做想當然耳推理』的道理，不過我想你也只是說說而已，你剛才那一大段話，我看不只是『想當然耳』，根本就是天馬行空，我雖然還滿欣賞你的故事的，不過我可不能接受……我想這件事就到此為止，我這片光碟也不要了，就當我沒來過好了……」說完站起身就準備離開。

小范又斟滿一杯茶，笑著說道：「妳太年輕了，瑋岑，妳雖然對自己很有自信，但也應該尊重一下我的專業吧……我想這東西應該能說服妳。」

小范取出一個透明塑膠袋，裡頭裝了一小塊白色的碎片，就是那天在「偷拍現場」窗臺上所發現的事物。

「妳的指甲，楊小姐，在薛雲卿小姐家的窗臺上找到的……我想，妳應該不會否認吧。」

瑋岑看著那塑膠袋，原本自信寫意的臉變得蒼白，只見她緊咬著下脣，緩緩走回小范面前，卻始終沒有說話。

小范說：「楊瑋岑小姐，妳還記得我們第一次會面時所玩的偵探遊戲嗎？我注意到妳無名指受了傷，而妳最後給我的答案是『被門夾到的』。當時我並沒有反駁妳的說法，只是在心中打了個問號；妳無名指的傷，當時看起來已經好很多了，但仍可以看得出來，受傷當時是受到很大力的衝擊，若只是單純關門夾到，還不會有這樣的傷勢，勢必是用力甩門才會如此，不過這種事情發生機率就比較低了；當時我本來要告訴妳，我覺得最有可能的是被車門夾到，但妳卻直接給我一個被門夾到的答案……這件事情本來沒有影響，但當我和卡羅特去過薛小姐家，發現那扇厚重的木窗是向上拉起的設計，而且很容易就從上面砸下來的時候，我就知道妳手指的傷是怎麼來的了。很遺憾，事隔一個星期多，妳斷裂的指甲仍留在窗臺上，這只能說是運氣了。」

胖子在旁邊聽得目瞪口呆，肥胖的身子不斷顫動著，他拿出手帕擦了擦額頭的汗水，緊盯著瑋岑的表情，只見她原本緊繃的肌肉慢慢放開，蒼白也逐漸退去，紅潤的雙脣間吐出一口氣，淡淡地說：「我認輸了，范先生，我沒有想到，來委託你調查，最後竟然把我自己也給拖下去，或許我真是太笨了吧。」

小范柔聲說：「不，瑋岑，妳已經很了不起了，只是妳太自信了，過度的自信讓妳看不到計畫之外的風險，我想是年紀的關係……我十八歲時，也是像妳一樣，以為自己最聰明，目空一切。」

瑋岑淺淺一笑，說：「的確是，我想我和你比起來，還差遠了……你剛剛的推測大致上都正確，連我心理狀態的描述也都相當接近，我真覺得你很厲害……不過，有一些地方要修正一下……你要聽嗎？」

「當然，請說。」

「嗯，我大概在去年聖誕節前發現我爸爸在外面有女人，他在他的電腦裡藏了一個新的E-mail帳號，不小心被我看到了……我想這也是運氣，要不然他這段外遇真的是天衣無縫，沒人看得出來。我之後偷偷跟蹤他找到那個賤……那個女人的房子……這邊我要強調一下，我第一次進去那房子不是『潛』進去的，而是主人邀我進去的……我穿著制服，假裝要為聖誕節晚會宣傳，直接去按那女人家門鈴……她……嘿，其實她人很好……她說她畢業十幾年了，看到學妹很開心，便請我進去喝茶，我就用這一杯茶的機會，把她的背景資料都挖了出來，連她平常工作作息時間都被我找了出來……然後再找個藉口說要參觀她房間，她便真的傻傻地就帶我進去了……我一看到那堆鞋盒我就知道那是個好機會……可能是受到之前壕美鳳偷拍事件的影響吧，我決定要這麼做，而且要讓我爸爸在所有人面前丟盡顏面。

「我偷拍的手法，你也都說了……DV是向補習班一個追我的男生借的，不過我三月十九日下午便先將DV給放進去了，因為我知道我爸星期五晚上下課後會去那邊亂搞……誰知道那天發生什麼該死的槍擊案，我爸一下班就回家盯著電視看，害我的計畫落了個空……當時時間也很緊迫了，星期一就要教學觀摩，所以我星期六下午才得再偷偷進去一次，換新的電池賭賭看……想不到他們星期六晚上就……嘿……這也是運氣吧……我星期日去將DV拿出來，就是在要離開的時候被窗戶砸到了……當時雖然很痛，但事情成功了我也不以為意……想不到……」

小范點了點頭，說道：「看來妳比我想的大膽得多，親自上門踢館……」

瑋岑笑了笑，說：「我做事一向是這樣……不顧前不顧後的……連來找你也是一樣，不過，范先生，我來找你倒不是要你幫我背書，我的目的是要找卡羅特先生。」

胖子在一旁露出驚訝的表情，問道：「找我？為什麼……我能怎樣？」

瑋岑說：「我曾在報紙上看過卡羅特先生寫名人婚外情的報導，呵，怎麼說呢？真的是又煽情又可惡……連沒有的事情都能寫得跟真的一樣，我從沒看過這麼有殺傷力的報導……我知道卡先生一向都是待在這個事務所裡，所以我表面上來委託范先生事情，內心卻是希望卡羅特先生可以把這件事情寫出去……我猜那對我爸爸的懲罰才會足夠吧。」

小范笑著說道：「看來我還是被你耍了……原來我不過是個配角而已……不過我想卡羅特現在是不會寫這件事了，對吧，胖子？」

胖子點點頭，說：「我還寧可寫妳的事咧，小妹妹，『惡魔美少女』，妳實在太可怕了……」

瑋岑翩然起身，輕鬆地說：「你要怎麼寫就怎麼寫吧……我自然有自己的辦法的……這片光碟，我還是要帶走了，八萬元的委託費用，我明天會匯給你的，范先生，至於你所接受我爸爸的委託，你怎麼處理，我沒有意見……我想你還是告訴他吧，我也不想像他那樣當個偽君子。」

小范沒有說話，他輕輕舉杯，向眼前這美麗的少女致意，瑋岑也拿起了桌上的茶杯，輕輕啜了一口，然後便如一朵雲般，飄離了這個古怪的辦公室。

「幹，小范，這種事你怎麼不先跟我講……害我一直以為……」胖子在辦公室裡又叫又跳，整個房間彷彿都隨之震動。

「這又有啥好說，我還以為你都知道……我也是到很後面才知道整個事情的來龍去脈，沒有比你好到哪去……」

「很後面？你在去那個薛雲卿家之前就知道他們兩個真的有通姦？」

「不是知道，是假設……要不然我何必去找那片光碟的偷拍現場？」

「媽的，你怎麼會這樣假設？」

小范走到架子前，挑了張納京高的唱片，輕輕放在唱盤機上，說道：「你沒有見過楊凌青，所以你沒有辦法做出這種假設是很自然的……我看了那片偷拍光碟後，覺得那個房間布置得還算不錯，表示主人品味不差，唯一不搭調的就是那紫色的窗簾……這讓我想起我看到楊凌青時他也打了一條十分不搭調的紫色領帶，兩者的色調幾乎是一樣的……我在那一瞬間便做出假設：楊凌青和那女人有關係，而那窗簾，是楊送的，他本身偏好紫色，所以也強迫他的女人要裝上這樣的窗簾……唉，唸數學的人果然是沒有什麼美感可言。」

小范將唱針放上，「I love you for the sentimental reasons」柔軟的旋律慢慢響起。

「那，小范，楊凌青委託你的事情，你怎麼辦？」

「嗯……」小范沉思了一會兒，忽然問道：「胖子，你這星期沒東西可以寫嗎？」

「是啊。」

「那你就寫，『疑難雜症事務所』因為對偽君子的行為深惡痛絕，因此將二十萬送到眼前的鈔票給拒卻了……等下你回報社的路上，幫我把這張委託書給寄回去吧。」

# 疑難雜症事務所——十二字批言

橫豎八，
腰無肉，
米自走，
人皆說。

## 一

「小范！你……你對我做了什麼？」

胖子卡羅特百來公斤的身子從沙發上彈起來，抓著鬆開的衣領，退到牆角邊大聲哀號著。

小范坐在那張原木辦公桌後方，埋首在一本厚書裡，頭抬也不抬。

「我想起來了……我昨天去 Infinity 喝醉了……跑來你這邊，然後……然後你就把我……把我……」卡羅特瑟縮在牆角，用力地啜泣著。

「你有完沒完，」小范頭還是埋在書本裡，冷冷地說：「連續一個月，每逢星期五你就喝醉跑來我這邊睡……我想我們應該把房錢給算一算，一個晚上算你八千不算貴吧？」

「八千？你幹麼不去搶銀行？」卡羅特一談到錢人就正常許多，他將襯衫釦子扣好，走到開飲機邊倒了杯茶漱口，說道：「你都不知道昨天 Infinity 那邊有多瘋…… Infinity 最近在慶祝開幕一週年，每星期五晚上都有『拚酒大賽』，贏的人就可以拿到水晶製的 Infinity 獎座，德國進口的，聽說一個市價一萬五，每週送一個……靠，這麼大手筆獎品，加上喝酒免費，你當我會放過嗎？當然是每個星期五都要報到啦……不過，靠，運氣還真背，我都喝了快一個月了，還是拿不到 Infinity 獎座，上星期我本來已經勝券在握了，結果一個二十歲不到的小鬼硬灌了三瓶伏特加，害我又敗下陣來……昨天最誇張，一個女人……四十幾歲的那種……喝 Whiskey 像喝白開水一樣，媽的，一定在酒店做的……」

小范對那個碎碎唸的胖子還是睬也不睬，拿起筆來在書本上畫了條線。

據小范的說法，這是間高雅的辦公室——原木辦公桌、真皮沙發、木質的黑膠唱盤音響、上等高山烏龍茶香；而卡羅特的存在，就像和尚出現在夜店一般，和這間辦公室徹徹底底格格不入。小范一度企圖將辦公室門做小一點，以阻擋他這位相撲身材的好友，但同時又考量客戶可能也有相當身材因而做罷。辦公室裡另一件引人注意的物件，便是左側牆上掛的一幅書法，「解惑」兩字剛勁蒼健，力透紙背，乃大師級的作品，其下頭落款：「大賢良師」。

「你到底在看什麼書啊？」卡羅特並沒有意識到以上所述的格格不入之感，晃著一身肥肉來到小范身邊，將他手上的書翻過來看了看封面，「……『麻賽族的巫術傳統』，搞什麼鬼……小范，你這個『疑難雜症事務所』，到頭來也要靠這種怪力亂神的東西嘛……麻賽族是什麼？非洲人？還是南美洲的巫毒術？」

「臺灣平埔族的一支，一支非常小的部族……」小范闔上書，點上一支菸，緩緩地說：「我當然不信巫術這種玩意兒，不過這次來委託我的人，跟這種事有點關係……『燕歸蕭家』，你聽過嗎？」

「當然，」胖子說：「『山邊蕭，水邊李』，我阿媽說，蕭家靠山吃飯，家裡的黃金是用

『斤』去秤的，人家一餐吃的錢，就夠別人吃好幾頓了。」

「是沒錯，不過那是過去的事了，」小范將菸擱在菸灰缸上，說：「把蕭家撐起來的是蕭星河，他算是臺灣日本時代的傳奇性人物，他在臺灣念完帝大，又跑到東大去念管理，聽說還在香港待過，回臺後接手家族的伐木業。他手腕靈活，上結日本政府，下結各大原住民部落，沒幾年就建立起橫跨整個中央山脈的大林場，專出產最好的檜木；即使後來國民黨過來，也看中蕭家的財產和影響力，拉蕭星河當了個常委，所謂的『山邊蕭』，應該就是這個時候的事……」

小范呷口茶，繼續說：「不過俗話說：『富不過三代』……蕭星河在民國六十一年過世，把事業留給了他的兒子蕭守成……蕭守成人如其名，就是個守成型的人物而已，他一直固守著家傳的事業，沒有什麼創造性的作為；民國七十年之後，政府發展環保政策，鼓勵原木進口，蕭家所經營的林場受到很大的打擊……偏偏蕭守成又不懂轉換跑道，結果蕭家事業一落千丈，大部分的林場不是賣掉，就是被徵收當國家公園，現在他們只剩下一間被列為三級古蹟的『蕭家古厝』，在燕南山邊，靠銀行利息過日子……而今天要來拜訪我的，就是這位蕭守成先生。」

卡羅特聽得連連點頭，又問道：「有意思……不過，我還是不懂，蕭家和你看的什麼『麻賽族的巫術傳統』又有什麼關係呢？」

「當然有，而且和這次的委託事件有直接關係，」小范又呷了口茶，說：「麻賽族是臺灣平埔族裡面很小的一支，根據歷史資料，他們全盛時期也不過二千多人而已；早期他們居住在燕南溪下游平原，後來被漢人逼迫遷移到燕南山邊。麻賽族最著名的就是他們的巫術，據說不論是平埔族的巴宰海、或是高山族的泰雅、布農，都要對麻賽的巫師敬畏三分，麻賽族以那麼少的人數，卻可以長期占據燕南溪平原肥沃土地，巫術是他們最大的武器。」

小范拿起那本書，繼續說道：「這本中研院的報告說，麻賽族的巫師……和大部分原住民部落一樣，大多由女性擔任，也就是漢人所稱的『先生媽』。麻賽巫術最特別的就是分成『米向』和『肉向』兩種，『向』要念成ㄏㄧㄤˋ，類似那種鬼魂或祖靈之類的概念；『米向』就是一般所稱的白魔法，先生媽在月圓之夜，用手捧白米倒進糞坑裡三次，口唸咒語，就可以召喚出『米向』，主要是用來祈福、消災、治病、強身等等；『肉向』和『米向』差不多，不過要用一條山豬的後腿肉丟到糞坑裡；『肉向』一般是當防盜器用，要是有人偷吃了施過『向』的作物，就會全身麻痺，沒有『做向』者解咒，一輩子不能動彈；當然……也有比較神奇的『肉向』……傳說可以千里殺人，或是移山倒海的那種。麻賽族的巫術信仰十分堅強，當大部分的平埔族都漢化消失之後，麻賽族卻還能一直保持其部落的可識別性，巫術信仰是很重要的一個因素……這本書上寫，漢人一方面對麻賽的先生媽十分恐懼，但同時也十分歡迎，很多漢人願意花重金，請麻賽的先生媽幫忙收驚驅鬼，而且聽說『米向』壯陽的效果……非常棒……」

卡羅特眼睛一亮，叫道：「喔喔，那我也來試試，你剛說什麼？白米嘛、糞坑嘛，還有……那咒語是什麼？」

小范又吸了口菸，說：「先生媽是世襲的，一般是母女相傳，也有傳媳的，要是沒有血統關係，就算照著儀式做也沒有用……你別妄想了。」

卡羅特啐了一口。「麻賽巫術那麼有名，那現在怎麼都沒看到啊？突然就消失了？」

小范說：「這報告寫，麻賽巫術在清末盛極一時，不過日本人來了之後，開始嚴厲整頓原住民的『陋習』，禁止先生媽執業，這樣過了五十年，麻賽巫術就漸漸被人們給淡忘了……不過，到了光復前後，燕歸地方又出現了一個出類拔萃的先生媽，漢名叫黃云，原名叫依斯高．佐娜，號稱是麻賽史上前無古人的強大女巫。這位佐娜小姐，就是我們今天委託人蕭守成的母親。」

卡羅特「哦」了一聲，小范繼續說：「這位佐娜小姐，當時也不過二十五、六歲，卻已走遍中國和東南亞，將各地方的巫術、道術和傳統麻賽巫術結合，大大增強了自己的法力……傳說，純粹傳說，有人看過她將美軍空襲的炸彈接住，然後送到海上去引爆；還有一次颱風，全臺受災慘重，就燕歸一帶平安無事，大家也說是她做法的結果……諸如此類傳聞很多啦，民間還封她為『燕歸聖母』，當作地方守護神膜拜。」

卡羅特皺眉問：「有這回事？這麼有名的人，我從小在燕歸長大，還沒聽過咧！」

「因為她嫁入豪門了，」小范說：「當時蕭星河剛回到燕歸，一聽有佐娜這號人物，就打算登門去踢館……你也知道，那種以新世代高知識分子自居的年輕人，最不屑這種怪力亂神的東西，所以蕭星河便殺上佐娜的住處，準備拆穿她的把戲，結果……戲劇性的結果，這兩人竟然一見鍾情，一個月後……『燕歸聖母』就變成蕭家少奶奶了。」

「怪不得……嫁入豪門當然就不會再當先生媽了吧？」

「應該是……不過地方上傳聞還是很多，有人說，蕭星河事業會這麼成功，都是靠他夫人在背後用巫術支持的結果……蕭太太……應該要說蕭老太太……比她先生多活了十年，民國七十一年才去世……之後她兒子的事業就開始下滑了，所以這種說法就更多人相信了……」

「有意思，」胖子從口袋中掏出一顆巧克力塞進嘴裡，問：「不過你說那麼多，我還是不知道，蕭守成來找你幹麼？」

「這我也不清楚，蕭守成昨天打電話給我，聲音聽起來十分慌亂，只說是關於他母親留下來的什麼批言，什麼劫數什麼的……我聽得沒頭沒腦的……說曹操曹操就到，管理員打電話上來了，應該是蕭先生到了吧。」小范說。

## 二

蕭守成給人的印象和他的名字差不多。年紀約五十上下，身材瘦小，穿著洗得泛白的襯衫，下襬整齊塞進卡其褲裡，臉上戴著一副大眼鏡，溫吞的笑容，給人一種畏縮的感覺。

「蕭先生，歡迎，這位是我的……助理，叫他卡羅特就好，敝姓范……這邊請坐。」小范一鞠恭，請蕭守成坐在一張柔軟的椅子上。

「謝謝……」蕭守成有點緊張地道聲謝，在辦公桌對面坐下。

「蕭先生，要喝點什麼嗎？白蘭地？威士忌？還是也來一杯老人茶呢？」小范親切地問道，他對送錢上門的客戶，一向是十分友善。

「茶……茶就好了，我們姓蕭的不能碰酒的。」蕭守成聲音依舊是很緊繃，小范決定先聊些別的話題，讓他的委託人冷靜一點。

「不碰酒？你的意思是，這是家族的規矩嗎？」

「是啊，這是我們祖傳的規矩，酒……酒是穿腸毒，家訓告誡子孫千萬不能碰酒，我這幾十年不碰下來，現在光聞到酒味就覺得呼吸不順，對不起啊……卡……卡先生，你可不可以……」蕭守成吶吶地向卡羅特做了個暗示。

「喔，當然……客人最大嘛……不好意思啊，昨天喝多了，我離您遠一點就是了。」卡羅特移動身軀，挑了個比較遠的位置坐下。

「蕭先生，這是很好的高山烏龍，你試試看。」小范將茶遞上。從這幾分鐘的觀察，他給蕭守成的評價是：老實人，有點懦弱，而且絕對不聰明。

蕭守成並無心品茗，他只隨便喝了一口，便迫不及待地說道：「范先生，是這樣的……我今天來……有點問題想請教你……」

小范一面為他的客戶斟上茶水，一面說：「蕭先生，我想，在你開始敘述以前，我得先告訴你，我們的收費……」

「我知道……我知道……」蕭守成急促地說，只見他從口袋中掏出一張支票，放在小范面前，「這張是二十萬的支票，我想應該……應該夠了吧……」

小范微笑說：「當然，蕭先生，如果不是太複雜的事件，二十萬當然是綽綽有餘，我想你可以先告訴我要委託我解決什麼事情，我再告訴你……二十萬是不是足夠。當然，你放心，要是你之後不滿意我開的價錢，可以撤回這次的委託，我會對你今天來的事情徹底保密。」

蕭守成拿出手帕，擦了擦額上的汗水，說道：「好，好，范先生，事情可能真的滿嚴重的，這件事可能會影響到我們一家的性命安全。我現在覺得，走到哪裡都被詛咒一樣，這是劫數啊，躲不掉啊，天命難違啊……」

小范看著他的當事人開始陷入歇斯底里的狀態，趕緊出聲說道：「蕭先生，你先冷靜一點，我還不清楚你的情況，你可能要詳細的把事情說明一下，請你務必要冷靜。」

蕭守成深吸了口氣，說：「好……好，這件事關係到我們全家的性命，我就先簡單介紹一下我們家現在的情況好了。我太太叫林素華，在縣政府上班，我們結婚也二十多年了，只有一個兒子，就是寶成，現在念高中二年級。素華和我老夫老妻了，我們當初是相親認識的，這二十年來我們感情一直都還不錯，沒什麼大爭吵，頂多就柴米油鹽醬醋茶的爭執而已；寶成也是個很乖的小孩，他成績雖然沒有很好，但也沒有做什麼讓我和素華操心的事，平常就是上課，回家就玩電玩，假日和朋友打打籃球而已。我們家作息一向都很規律，五點大家就準時回家，六點吃飯，吃完之後餵貓、餵狗、打掃，然後讀書的讀書，看電視的看電視，總之一切都十分平凡……喔，忘了跟你介紹，我們家還養了一隻貓和一隻狗，貓叫福特，狗叫賓士，都是我兒子在養的，他很喜歡動物。我們住在一棟祖厝，算算也快一百年了，房子很大，我和我太太現在都住在東廂的主臥室，旁邊就是餐廳和廚房，我兒子的房間則在西廂，整個房子就兩套衛浴，一套在我們主臥室裡，另一套在西廂寶成房間的旁邊，平常他都用那間洗澡……祖厝正廳是神明廳，初一十五我們都會定時上香，拜一些三牲素果……賓士就栓在正廳門口，有人進大門的話，牠就會跟著叫，貓的話，我兒子就讓牠亂跑，只有餵食的時候才會過來。我……我這樣講清楚嗎？」

小范點了點頭，做個手勢請他繼續。

蕭守成又說：「那這次的問題，是關於我母親……應該說是我母親留下來的東西……你們也知道，我母親結婚前是很有名的先生媽，她嫁進蕭家之後，當然就不再做這種事了，不過她在日常生活中，還是會不經意地表現出她那種能力……我還記得，我要考大學的時候，我阿母突然問我，南宋的首都在哪裡，我就跟她說我不會，我念甲組的，怎麼會這種東西，結果她大發雷霆，逼我去查書，把答案找出來……結果，不說你不相信，這題竟然考在國文裡面，我就因為多對那一題，所以有學校可以唸……諸如此類的事情還很多，反正，阿母她雖然是不再『做向』了，不過她還是有那種能力……所以當她臨走時，留下這十二字批言的時候，我就一直覺得很不安……」他從口袋裡拿出一張紙片，攤在辦公桌上。

小范和卡羅特都湊過頭去，只見那張紙片上寫著：「橫豎八，腰無肉，米自走，人皆說」十二個字。

「這是……」

「我母親臨終前交給我的，她說要我謹記這十二字批言，一旦這批言實現，我們家就會有災禍將臨……」蕭守成嚴肅地說。

「哦？那這批言實現囉？」小范臉上閃過一抹調皮的笑容，半嘲弄地問道。

「是的，范先生，這事很嚴重，我怎麼也沒想到這批言所說的事情會在二十年之後突然出現，這是劫數啊……」蕭守成面帶驚惶，聲音甚至有點發顫，「這是上星期五的事，那天是十五，我照樣給神明祖媽上香，那天還拜了一尾鯉魚，那是晚餐前的事情……我們全家都上過香離開之後，我就把神明廳給鎖上，依習慣，我們到第二天早上才會去收那些菜。結果你知道嗎？我第二天一進神明廳就嚇到了，那尾鯉魚肚子上的肉竟然被偷吃了！這以前從沒發生過啊！范先生，我當時第一個想法就是：魚腰上的肉被吃了，這不就是『腰無肉』嗎？」

蕭守成面色鐵青，眼中充滿恐懼。小范倒還是溫和地微笑。「會不會是有人偷吃呢？」

「不可能，神明廳晚上我親自上鎖的，鑰匙就在我口袋裡，窗戶也都有加欄杆，外面的人是進不去了，再說，賓士就拴在那裡，一有人牠一定會跟著吠的……而且燕歸是鄉下地方，有誰那麼大膽敢偷吃神明的東西？」

「或許是老鼠或其他什麼的……」

「這也不可能的，賓士就在門口，老鼠根本就不敢過去，再說……我們家還有貓，牠平常也都在神明廳附近晃，福特抓老鼠本事一流，我們家十幾年沒鬧過老鼠了，不會是老鼠。」

「搞不好那貓自己……」

「也不會啦，范先生，我們家的福特很有教養的，只要餵飽牠，牠就不會隨便去偷東西吃，我們也不是第一次拜魚了，以前拜也都沒發生過……范先生，你說是吧，一定是個徵兆，我阿母的十二字批言就是這樣……」蕭守成扶了扶下滑的眼鏡，神情十分緊張。

小范苦笑說：「好吧，那也不過是一個『腰無肉』而已，應該還不能代表什麼吧。」

蕭守成說：「不不不，不是這樣的，問題越來越嚴重。就在那天，星期六那天……我兒子就開始生怪病，全身長紅疹，癢得不得了，還會偶爾哮喘……寶成以往身體都很好……從來沒病成這樣，這一定是瘟神在做怪了……然後，范先生，你一定不敢相信，星期六晚上又發生了可怕的事情……我聽見我們家的米在走路……」

「米……煮來吃的米？」

「是啊……就是一般的白米……米自己會走路，那就是『米自走』啊！」

小范終於露出比較感興趣的表情，問：「我不知道米要怎麼自己走路，您還是仔細對我說明一下吧。」

蕭守成緊張地說：「好，我就把事情說清楚一點。星期六晚上我在床上睡覺，睡到一半，好像有隔壁廚房裡有輕微的腳步聲，當時我還沒反應過來，過了一陣子，又聽到廚房裡有腳步聲，這時候我才真的醒了過來，趕緊起床跑進廚房一看，你知道多可怕嗎？我看見我們家的米箱蓋子是開的，有一些米掉在地上，從廚房裡一直延伸到外面去，我跑出東廂，沒看到半個人，只看見院埕上也有幾粒白米……范先生，我剛開始也以為是小偷，但賓士就在那邊愣愣地看著我，牠好得很，沒被下毒或打昏，但牠也沒吭半聲，那就表示沒人進來過，所以……這些米是自己走的啊……我聽到的是米的腳步聲……這就是『米自走』啊！這又是一個徵兆啊！」

小范摸了摸下巴，說道：「『米自走』？嘿嘿，這倒有趣多了……還有嗎？」

蕭守成說：「當然還有啊，我說過事情是很嚴重的……隔一天，星期日，寶成的病突然自己好了，但奇怪的是，到了晚上，他房間旁邊那間衛浴卻出現很多隻蟑螂，大概有四、五隻吧……我們家一向很乾淨，突然跑出這麼多隻蟑螂，一定是不祥之兆，蟑螂可能是什麼妖魔的化身啊……偏偏我太太嘴巴又不嚴，跑出去到處跟別人說我們家發生的怪事，搞得街坊鄰居都把這件事當茶餘飯後的消遣在說，人人都在說這件事，那不就是『人皆說』了嗎？」

小范喝了口茶，皺著眉說：「蕭先生，這個說法太牽強了，而且這也不過是三個徵兆而已……第四個……」

蕭守成用力地搖搖頭，說：「范先生，我不會無緣無故來找你的，以上發生的事情，是弄得我心裡毛毛的沒錯，但我想說過去就算了，後來也沒發生什麼事；不過……你知道嗎，天命難違啊，昨天我在整理祖厝外圍那一圈花圃的時候，竟然在西邊的花圃中找到這個……這個……這個『8』……『橫豎八』……我的天啊……天意……」說著他從手提包裡拿出一個透明的雕塑品，遞給小范，那是一個透明的「8」，大約有兩個手掌那麼大。

蕭守成顫抖地說：「范先生，那十二字批言是我阿母留給我的……她的那種能力……我是從小看到大，毫不懷疑……現在又發生這麼多怪事……范先生，雖然我不是個很好的生意人，幾乎把我阿爸留給我的事業給搞垮了，但我還是一個好丈夫、好爸爸啊，我得保護我的太太和小孩，現在這十二字批言都發生了，我們蕭家就有大禍要臨頭了……范先生，我聽說你無所不能，只要有疑難雜症，你都可以解得開，請您幫幫我的家吧……拜託！拜託！」

## 三

小范將那個「8」在手中把玩了好一會兒，然後將它橫放在桌上，輕輕地笑了笑。

「蕭先生，像這種超自然的問題，我看你是不是要去拜個拜，或是求個道士問一下比較好，恐怕我……」

「不不不，范先生，人家說你上知天文下知地理，上次那回蜈蚣鄉的鬼屋鬧得那麼大，聽說你到現場三兩下就解決了，你一定也有和我阿母一樣的那種能力，求求你救救我們家……求求你……」蕭守成急得都快哭了出來，抓著小范的手，拚命懇求著。

「蕭先生，你……你先冷靜一點，我沒有什麼超自然的能力，我只是想像力比較豐富，邏輯又比較嚴謹而已……我聽你剛剛講了這麼多事，加上我自己做的功課，我想……我是能給你一個答案的……」

「多謝你，多謝你……」蕭守成喜極而泣，彷彿真得到救贖一樣。

小范將手抽回來，清了清喉嚨，說道：「那，蕭先生，我再問你最後一個問題，府上的貓和狗，都是誰在餵的？」

「我兒子，寶成……寶成很喜歡動物，每天晚上八點都準時餵牠們吃一頓，他說餵太多反而不大好。」

「是一起餵的嗎？」

「是啊，通常是用一個大鐵鍋，把我們吃剩的東西裝一裝，放在神明廳前，賓士和福特會一起吃，牠們感情很好，不會吵架……」

「好吧，那事情大概就是這樣了……」小范雙手指尖頂著指尖，放在胸前，開始陳述他的推理：「蕭先生，你所看到的一切怪象，我相信都是同一個事件的不同面向而已；不巧的是，這些面向『剛好』符合了令堂所留下來的批言，所以讓你產生了被害的妄想，其實如果你能每件事情都冷靜下來想想，真相是非常顯而易見的。」

蕭守成聽了小范的開場白，仍然是一臉茫然。小范繼續說：「我們一個一個來吧……先說『腰無肉』這段，那尾鯉魚被鎖在神明廳裡，除了你之外，一般人不可能進得去，所以我們就把人為偷吃的可能給排除了，那假設，如你所說的，『不會是老鼠吃的』這種說法正確的話，那我想，只有一種可能……就是你們家養的那隻貓了。神明廳的窗戶應該都留有空隙，貓是可以輕易出入的，我應該沒說錯吧？」

「窗戶是有空隙，可是，福特牠不會……」

「餵飽了當然不會，但如果不巧剛好沒餵呢……貓兒一天只餵一餐剛剛好，但恰巧有一天，貓兒依習慣來到神明廳前，卻發現主人沒來餵食，當時牠餓得很，又發現供桌上擺了條魚，那牠……貓總是比較奸巧的，不像狗那麼老實，於是牠就跳進神明廳，將鯉魚最好的肚肉給吃了個乾淨……不過牠還是有訓練過的貓，知道偷吃不對，所以吃飽了就走，沒再動魚的其他部分。而且因為貓和狗是養在一起的……所以貓進出神明廳，那隻狗……賓士也不會吠，這就造成了那個神不知鬼不覺的『腰無肉』了。」

「但我兒子，應該不會忘了餵貓啊，他一直都很規律……」蕭守成搔搔腦袋，神色似乎放鬆不少。

「呵……關於這點，我等一下再跟你解釋，現在來說說『米自走』吧；你說府上總是在農曆十五拜拜，那麼上星期五就是十五，隔天則是十六，月亮還是圓的。嗯……月圓之夜……白米，我這樣提示，不知道你有沒有想到什麼？」小范善於用「啟發式推理」，將線索點明，由當事人自己想出答案，這樣會讓當事人有種解謎的滿足感，也可以吸引當事人下次再來光顧。

「米……月圓……我不知道……不是米自己出來走嗎？」蕭守成囁嚅著說。他看起來的確不是那塊料。

小范嘆了口氣，說：「蕭先生，米是不可能會自己走的，要走就要有人帶它走……你想想，月圓之夜……有人帶著白米在屋內走……我想，除了偷米賊外，最大的可能就是有人要做『米向』了吧……」

「『米向』！是我阿母說過的……」蕭守成一聲驚呼，看得出他依然處於五里雲霧中。

「是啊，就是『米向』……那天夜裡，有人進入廚房，用手捧白米，然後跨過整個院埕，走到西廂的浴室裡，將白米倒進馬桶中……手捧白米走那麼長的距離，米會邊走邊掉是很正常的……『米向』一共要倒三捧米，蕭先生大概是聽到後兩次的腳步聲吧……而且，三捧白米倒進馬桶裡，一定將馬桶塞住了……隔天自然會吸引蟑螂……這就是你所謂的『米自走』的真相吧。」

蕭守成摸摸下巴，又搔搔腦袋，似乎還是在半信半疑的階段，他喃喃唸道：「那是誰……誰在『做向』？是我阿母！她在顯靈……她要給我警告，對不對？」

「你又來了，蕭先生，」小范有點不耐煩地說：「沒有顯靈這種事情，我一開始就說過，這一切的怪象其實都是同一件事情，只是以不同的面向表現出來而已，而最後的線索，就是這個。」小范指了指那個透明的「8」，輕鬆地說。

「我……我不管什麼面向啦，這個『8』就莫名其妙地出現在我家花圃裡，又剛好在那一堆怪事之後……我根本就不敢去想，就直接跑來找你了。」蕭守成啞著嗓子說。

小范搖了搖頭，說：「蕭先生，發生了那麼多怪事，你的心已經被那十二字批言給占滿了，整天就在想著『橫豎八』的出現，所以你一看到這個『8』，就直覺認為是最後一個徵兆的出現；如果這個『8』出現在一個星期前，我想，你只要『換個角度』觀察一下，整件事情就簡單多了。」小范特別強調了「換個角度」四字，似乎別有用意。

「我……我想不通啊，這個『8』平白無故的出現，就是天意啊……天意……」

「沒什麼天不天意的，蕭先生，我說過，要『換個角度』來看，只要將這個『8』橫過來看，其實應該是這樣的……」小范說著，將那『8』給橫了過來，變成了『∞』的樣子，微笑說：「蕭先生，你應該也知道這個符號數學上叫『無限大』，英文就叫做Infinity……或許你不知道，最近市區裡一間叫Infinity的pub每個星期五都舉行拚酒大賽，優勝者就可以得到一個水晶製的Infinity獎座……這個『8』其實就是其中一個獎座……你看，這後面還有刻著『Infinity敬贈』的小字。」

蕭守成接過那獎座，摘下眼鏡，不可思議地盯著那行小字看。

小范繼續說：「好，那現在事情就清楚多了，這個Infinity獎座就掉在貴府西牆的外面，翻過西牆，不就是令公子的房間嗎？有沒有可能是有人翻牆進屋的時候，不小心把他好不容易贏來的獎座給掉在外面了呢？」

「你是說，寶成他……他去了那家pub？」蕭守成第一次露出恍然大悟的表情，接受了小范的啟示。

「這點我不確定，不過我這位……助理……」說著，小范指指在一旁的卡羅特，「……上星期剛好就有去拚酒大賽，他說那晚得到冠軍的就是個小夥子……還灌了兩瓶伏特加，如果你有帶令公子的照片的話……」

蕭守成從皮夾裡拿出一張全家福照，遞給卡羅特，卡羅特瞄了幾眼，用力點了點頭。

小范為自己和委託人都重新斟上茶，說：「所以我說你府上發生的一切怪事其實都只是一件事而已，事情應該是這樣子的：令公子上星期五吃完晚飯後，便偷偷地溜了出去，可能是朋友慶祝或是其他原因……反正星期五晚上年輕人出來瘋一下是很正常的……他本身有交通工具嗎？」

蕭守成搖了搖頭，小范又說：「嗯，既然這樣，那應該就是朋友來載他了……他離開得應該滿突然的，甚至連餵貓餵狗都來不及。他去 Infinity 參加了拚酒大賽，破了家裡的酒戒，還贏了個獎座……他平常應該也不會喝酒，一喝就喝成這樣，可見那晚他們真的玩得很瘋了；他醉醺醺地回到家，想不到翻牆進屋的時候卻把獎座給掉在外面了……我想他當時一定醉得不得了，意識不清，以至於後來再怎麼找也找不到那個獎座，反而被您在打掃時發現了……他喝酒回家第二天，身體開始出問題；我想這是你們家族遺傳的酒精過敏體質，你不是也說你聞到酒味會呼吸困難嗎？那令公子一口氣喝了那麼多烈酒，全身起酒疹和哮喘就不令人意外了，這大概也是為何蕭家祖先要求子孫不得飲酒的原因吧……令公子發現自己身體過敏的時候，誤以為是他破了酒戒，引來祖先不高興，這時他想起了祖母講過的『做向』方法，他知道自己流有先生媽的血，所以決定試一試；當天夜裡，他就按著祖母所傳的儀式，捧著白米，倒進馬桶中，想為自己消災解厄；但荒謬的是，這種過敏隔個一天就痊癒了，或許他會以為真的是『做向』

有用吧。他應該沒想到，就因為他忘記餵貓、捧米『做向』、還有掉了個水晶獎座，會被他的父親以為是天降災禍吧。」

蕭守成仍然是一副不可置信的表情，他茫然地看著小范，彷彿看到神明一樣，虔誠地說：「那麼，這一切，都是我那個兒子造成的？不是劫數，也不是天要滅我蕭家了？」

小范聳了聳肩，說道：「也不盡然……畢竟，蕭先生……這件事還是讓你花了二十萬，『破財之災』啊！」

蕭守成大大地呼出一口氣，仰頭拜道：「感謝天公伯！感謝天公伯！我蕭守成願一世人吃素唸佛，感謝天公保祐我們蕭家。」說完又握緊小范的手，感激地說：「范先生，您真是太了不起了，就因為你一句話，就為我們家改了天命，你一定是羅漢下凡，我……給你拜……」說著就要在辦公桌旁拜下去。

小范被這歐里桑弄得哭笑不得，趕緊將他扶起，說：「蕭先生，你不要這樣，這根本就只是一場誤會，我只是幫你把誤會解釋清楚而已，沒有什麼改不改命的，你不要想太多了。」

蕭守成還是一臉虔敬的表情，對小范說：「范先生，不瞞你說，我阿母臨走前也有跟我說，要是這十二字批言真的實現，那就會有一位『有水有草』的貴人來幫助你解開這道批言……那就是在說你啊，你這個『范』字就是有水有草啊，你一定是神仙羅漢下凡，我回去一定會為你立一座生祠，每天上香，好答謝你的救命之恩。」

小范嘆了口氣，說：「蕭先生，你實在迷信得太誇張了。不過令堂說得沒錯，我的確能為你解開那十二字批言，你想試試嗎？」

「批言？那……那還要怎麼解？你剛剛不是解開了嗎？」

「哈哈，」小范笑道：「你付我二十萬已經太多了，這個服務就算免費好了。令堂是個了不起的先生媽，不過她也是個聰明理性的女人。她留下這十二字批言，希望給您一些啟示，只是這幾十前來，你都沒發現而已。」

小范拿起那張紙，說：「這十二字批言，其實不過是個字謎。『橫豎八』，一橫一豎一撇一捺，是個『不』字；『腰無肉』，把『腰』字的肉偏旁去掉，不就是個『要』字嗎？『米自走』，在『米』旁加個『走』部……也就是『辶』部，那就是個『迷』字；『人皆說』，也就是『人言』了，是個『信』字……這十二字批言加起來，就是『不要迷信』四字，這就是令堂要給你的啟示啊……」

蕭守成聽得目瞪口呆，他接過那張紙，反覆看了半天，呆呆地愣在那兒。

小范又點上一支菸，淡淡地說：「令堂知道你崇信她的能力，也知道你對其他超自然的事務都十分迷信，但她也清楚，一味的迷信只會害了你，害了整個家，所以留下了這十二字批言，算是個警告吧。唔……一個法力高強的先生媽，卻要自己的兒子不要迷信，這點還真頗耐人尋味啊！」

# 紅花樓之謎

# 一

「『禽獸爹地，汽車旅館教訓女兒』。國內又傳出亂倫事件。居住於臺中的謝姓少女日前向本報投書，指訴她的父親兩年來對她性侵害上百次，更明目張膽地帶她去汽車旅館開房間，並用各種情趣用品侵入其下體，說是要給她一點『教訓』。更驚人的是，她的母親明知此事卻置之不理，還要她『多忍耐』。最近她認識一男友，男友發現她對於親密關係有排斥的情形，詳加追問之下，發現父親性侵之事，大為震驚。『一定要站出來，要給那個禽獸一點教訓！』男友鼓勵她。

「謝姓少女現年十五歲，還在就讀國中二年級，她表示，從她發育開始，她的父親便常常會捏她的胸部或撫摸她的下體，去年暑假更藉著『機會教育』，帶她前往住家附近的汽車旅館開房間，並對她性侵得逞。之後每隔三、四天便帶她前往該汽車旅館一次，令她痛苦不堪。她曾向母親哭訴此事，母親竟然告訴她：『爸爸也是有需要，要多忍耐。』

「據瞭解，謝姓少女的父親為國內某知名企業的高層主管，平時給人嚴謹正直的形象，對於傳出亂倫醜聞，謝父友人均甚感震驚，表示謝父上班作息一向正常，也經常對外誇耀他對獨生女兒嚴格的教育方式，沒想到私底下竟有如此獸行，實在難以想像。

「目前謝姓少女的父母均於國外出差，尚無法取得聯絡，待他們回國之後，本報將有更進一步的報導。」

「這就是你說的大新聞？」小范斜倚在辦公椅上，將一支菸叼入脣中。現在是星期日下午三時，斜陽西晒，將這辦公室烘得略嫌悶熱，不過小范似乎對此不大在乎，十月剛過，他就將空調的電源切斷，連電風扇都鮮少使用。

「夠震驚吧？我連照片都準備好了，就等頭版讓出來，」我將稿件往桌上一丟，說：「我這次一定要證明我還有點料，我要告訴那些小子，我這個歲數還要跑外面，不是升不上去，是不想上去！」

小范低著頭將菸點上，含糊說：「聽起來都是那個小女生講的，你有問過她父母親了？」

「我有寫，他們都在國外，我只有留訊息給他們……不過，當然，查證這種事我一定會做，」我從資料中抽出一疊表格，丟給小范，「這是那間汽車旅館的住房登記，有一大堆那個父親的簽名……我親自帶那個小女生去走了一趟，櫃檯的人對她都有印象……她事先還跟我描述了房間的樣子，跟現場完全符合。告訴你，這篇沒問題，明天一定是頭條，你等著看好了！」

小范稍稍翻閱了那些住房登記表，問道：「只有這兩個月？」

「對，怎麼了？」

「你報導上說那個父親從去年開始就帶他女兒上 motel 了？」

「是這樣沒錯，可是……這有什麼差別，櫃檯方便提供的就是近兩個月的，有就好了，幹麼要上窮碧落下黃泉？」

小范皺著眉想了一會兒，又問：「那間 motel 離那個女孩家很近？」

「差不多隔兩條街，就在父親公司附近。」

「很豪華嗎？」

「沒有，破破舊舊的……那間我以前跑過好幾次，常常鬧販毒或是強暴，大概有十年了，東西都滿舊的。」

「那個女孩家中，除了父母和她之外，還有其他人嗎？」

「沒有，我有寫……她是獨生女，他們家就三口，住在一棟公寓的二十樓。」

「嗯……」小范沒有再說話。他將辦公椅轉過去背對著我，頭靠在椅背上，一陣陣的煙霧從他口鼻中噴出來。

「媽的，小范，有話就直說，不要裝模作樣……」

「我只是認為……有些地方不大對……」小范雙眼瞪著天花板，繼續不斷地吞雲吐霧。

「什麼地方？媽的，我都做到這種程度了，還有哪裡不對？」

「我不知道我想的是否正確，只是一個小疑點而已……」小范將椅子轉回來，熄了菸，說：「依照你的報導，那個父親對女兒性侵，母親不但早就知道，而且還容忍這樣的做法，而且他們家裡面又沒有其他人……既然如此，那父親為什麼要特地跑去一間破舊的汽車旅館，在家中解絕不是更好？」

「嗯……他們那是公寓大廈，可能怕左右鄰居發現吧。」

「這樣還是不合理，如果怕熟人發現，那就該跑更遠一點，不應該選離家只有兩條街的motel，更何況你說那間 motel 就在父親的公司旁？」

「這個……」我支著下巴想了一陣，「但是那些住宿登記……？」

「你有開過房間吧，胖子？汽車旅館有需要出示證件才能開房間的？」

「所以那些登記可以造假？」

「我沒這麼說。」

「你的意思就是這樣。」

「嘿，」小范又點起另一支菸，說：「另一個讓我在意的，是你報導中的一個矛盾。」

「哪裡矛盾？」

「你前面寫道『她認識一個男友』還有『親密關係』，後面又寫道『父親嚴格的教育方式』？」

我心頭一跳。「所以你認為其實是……」

「不不不，胖子，我沒有認為其實是如何……」小范站起身來，夾著菸的左手在空中舞動著，「我開這間『疑難雜症事務所』，幫人解決問題，並不是坐在椅子上，聽完故事就能找到真相，那只是小說情節……我比你或者一般人高明一點的，是在於我能從一團混亂中找出頭緒，然後沿著頭緒找到真相。」

我沒有說話。

「我講個故事好了。從前有個國王要招駙馬，結果來了幾千人要應選，為了選出誰最聰明、最適合當駙馬爺，國王決定出個題目給這些人：他發給每個人一條絲線，一顆穿有洞的珠子，看誰有辦法將絲線穿過那珠子，誰就當選。」

「聽起來很簡單，以前我媽做家庭代工，一天穿幾萬顆都沒問題。」

「對，大部分智商和你差不多的人都這麼認為，但其中還有陷阱：那珠子中間的洞並不是貫穿的，而是有許多上下曲折，因此即使有人將線頭捏得再緊，或是穿上縫衣針，還是沒辦法穿過那個洞。」

「喔，那國王還滿詐的。」

「就當全場應選者都苦惱不已的時候，有個年輕人跑出來，他手中拿著已經穿過線的珠子。國王十分吃驚，便問他怎麼將線穿過去的。那位年輕人說：其實很簡單，他先抓一隻螞蟻，將絲線綁在螞蟻身上，然後把螞蟻放進珍珠一邊的洞口，並在另一邊的洞口塗上花蜜，那螞蟻受到花蜜香氣引誘，就會穿過那些曲折的路徑，將絲線帶到另一邊去了。」小范走到茶几旁，將水壺湊到水龍頭下接水，說：「我也是這樣，當當事人給我一個珍珠和一條絲線時，我並沒有那種神通將絲線一下就穿過那個洞。我所能做的就是找到那隻螞蟻，並由那隻螞蟻帶我找到答案……」

我突然說：「不對，小范，你沒有辦法將線綁在螞蟻身上，螞蟻太小了，你如果綁上去，螞蟻會……」

「你不要打岔！」小范白了我一眼，繼續說：「胖子，我剛剛那些問題，就是你的螞蟻，你要不要綁住牠無所謂，反正你不是法官，你要怎麼報都可以……新聞自由嘛……只是你要想想，那個父親是白領階級，要是他告你毀謗……」他說著將水壺蓋子蓋上，放在瓦斯爐上，點上火。

「我知道，媽的，上次我差點被辭掉，」我又看了看稿子，然後丟在桌上，「又是這樣，查證查證……我看別人爆料都像吃飯一樣，我要追個新聞為什麼這麼辛苦？為什麼？小范，告訴我……」

「因為你太胖了，」小范走回辦公桌前，從文件匣中取出一張白紙，遞給我說：「既然你這麼慘，我還是大發慈悲施捨你一個案子吧，今天早上傳來的 E-mail，我把它印出來，你看看有沒有興趣？」

我接過那張紙，上頭只寫了幾行字：「范先生，關於苗栗南庄紅花樓的詭異事件想請您幫忙，是黃曉燕小姐介紹我來的，這邊通訊不方便，無法詳述，這個星期日下午三點半，我會親自去您辦公室，請您務必幫忙。邱安瑾」

「南庄紅花樓？沒聽過。」我將那信還給了小范。

「我也沒有，南庄去過幾次，但沒聽過有這個建築……」小范躺回辦公椅上，說：「這位邱小姐並沒有打電話給我，她說『通訊不便』，可見那個地方真的偏僻，嘿，一棟位在南庄偏僻山區的建築，發生了『詭異』的事情，這不是比老爸性侵女兒更有吸引力嗎？」

「你想會是怎麼樣的事件？」

「我不知道，不過時間也差不多了……說曹操曹操就到，警衛來電……是，是約好的，請她上來吧。」

## 二

邱安瑾小姐大約二十七歲上下，纖細修長，留著一頭及肩的直髮。那天她穿了一件暗紅色的套頭毛線衣，搭上復古款式的牛仔褲，薄妝的臉龐上，流露出一股學生的氣質。

「范先生你好，我是邱安瑾，我和黃曉燕是高中同學，她說遇到像我這樣的事情，可以來找你幫忙。」邱小姐直接走到辦公桌前，雙眼盯著小范。她沒有握手或是掏名片之類的動作，也沒有說什麼客套話，只是站在那邊，流暢地說出她前來的目的。

「你好，邱小姐，請坐，」小范指著對面的椅子，「這位是我的助手卡羅特，妳也可以叫他胖子。」

「你好，卡羅特先生，」邱安瑾對我點了點頭。

「謝謝捧場，嗯，這是我的名片，我是記者……這邊有我部落格網址，如果有空可以去留個言，記得要多寫一些好的話，我們主編有時候會……」

「邱小姐，」小范拉高了音量，打斷了我的自我介紹，「我想在開始之前，我還是應該要先告訴妳一些事情，我幫忙別人處理一些疑難雜症，但我的費用在同業中恐怕算高的，介紹妳來的人應該有跟妳提過……」

「當然，這點我當然知道，不過這不是問題，我帶了一些現金……」她從皮包裡掏出一個信封袋放在桌上，「……這邊是十萬，我不知道依我的情況，這樣夠不夠？」

「妳不必先付我錢，」小范說：「我是事後收費，事情沒成，一切花費由我負擔，而且收費多寡，要看案件的難易度而定，如果說您的案件只是『詭異』而不到『棘手』或是『複雜』程度的話，我想十萬元應該是夠了。」

邱安瑾笑了笑，說：「你的確是很特別，我從來也沒想過會和徵信社打交道，不過這次……范先生，我所遇到的，是一件很詭異，很……怎麼說呢？很離奇好了，反正這件事情從頭到尾讓人難以理解。」

小范指了指掛在牆上的一幅書法，說：「『解惑』，邱小姐，這是我的工作。我不是普通的徵信社，我不大做跟蹤或監聽這種事情，我是靠腦子在辦事情的，妳將妳所遇到的事情告訴我，我會幫妳找到解決的方法。」

「好，那我就開始了，」邱安瑾調整了一下坐姿，從皮包中拿出一張折疊好的紙，交到小范手中，說：「一切就是從這封電子郵件開始的，我大約是半年前收到這封信，昨天回家，特地把它印出來。」

小范很仔細地將信給讀過，然後遞給我，對邱安瑾說：「看起來這件事的確不尋常。」

「對。」

我將信攤開在桌上，信的內容不長，寫道：「邱小姐惠鑒：我們是一對老夫婦，住在苗栗南庄的紅花樓，我們都很喜歡讀詩，因此蒐集了上千本的詩集。不過由於最近因為老化，視力衰退，不方便看書，因此我們亟需一位祕書，一方面為我們整理詩集，一方面將詩錄成錄音帶，方便我們以後收聽。我們在網路上看過妳的履歷，認為妳是最適合擔任這一份工作的人選，我們提供食宿和日常必要的支出，每個月並支付十二萬的薪水，希望妳能夠慎重考慮。」信末的署名為「詹仁佑、詹陳豔雪」，並附上電話和住址。

邱安瑾說：「我接到這封信的時候，在電腦前面至少發了三分鐘的呆，然後馬上上人力網站去把我的履歷再看一遍，看看有什麼誇大不實的地方，結果沒有……范先生，我是一個完全不起眼的人，普通大學中文系畢業，學校成績也只是中下，畢業後先在一間廣告公司當文案，後來又做過兩間出版社的編輯，我拿的薪水從來沒有超過三萬元，現在對方突然一下子開出十二萬的價碼，我真的完全嚇傻了。我第一時間以為是詐騙集團的把戲，但心底又拚命禱告不是，我馬上拿起電話，撥了上面的號碼。」

小范食指輕點著桌面，沒有說話，他的委託人繼續說：「接電話的是詹太太，她的聲音很慈祥和藹，她很熱心地告訴我紅花樓的狀況。她說紅花樓位在南庄山上，是他們家祖傳的財產，她和詹先生在那裡住了一輩子，還有一位歐巴桑幫忙打掃煮飯。她和詹先生都是退休公務員，靠退休金還有一些祖上遺產過得很充裕。他們的生活很單純，每天就是看看書，養養花，或是爬幾座山運動一下，不過他們家裡的藏書實在太多了，她和她先生又沒力氣整理，所以希望請一個祕書來幫忙，也算多個人作伴……她一直強調他們生活很單純，希望我不要擔心，工作只是將一些詩歌朗誦錄音，然後將書編目歸類就好，很簡單，很單純……」邱安瑾稍稍挪動身體，繼續說：「……我告訴她我的問題不是這個，是薪水的問題，她連忙說：『太少嗎？那我們可以加到每個月十五萬……』我說我不是這個意思，只是這種工作開那麼高的薪水，感覺有點怪，她解釋說因為紅花樓在很偏僻的地方，他們害怕我這個臺北女孩不願意離家太遠，所以願意付比較多的薪水。」

「最後妳還是接受了？」小范說。

邱小姐點點頭，說：「當然，范先生，我是個孤兒，從孤兒院出身，高中大學唸書都得靠打工和貸款，現在出來做事也一樣。老實說，一個月三萬不到的薪水，在臺北生活是很絕望的……對，我需要錢，而且需要很多錢，現在有這樣一個工作，整理一些舊書，陪陪老人，供食宿，每個月十幾萬的薪水，就算是在玉山上我也可以去。」

「的確是很吸引人的條件……妳是幾月幾日收到這信的？」

「四月十一日，信件上有附日期……我稍微處理一下臺北的事情，四月十五日就動身南下了。」

「妳一個人過去？」

邱安瑾點點頭。「否則我還能找誰？朋友在忙，又沒男朋友。」

小范嘴角微微上揚，續問道：「這紅花樓在南庄山區，妳怎麼上去？」

「詹太太有告訴我詳細的交通方式，我還特別抄下來。我得先坐火車到竹南，轉新竹客運到南庄，再轉一班苗栗客運的小車，坐到大紅花站，詹先生和詹太太會來站牌接我。」

「聽起來的確很偏僻。」

「偏僻透了，」邱安瑾笑著說：「從南庄到大紅花站的車每天只有三班，在山路上繞了一個多小時才到，之後還得開十幾分鐘的車才到紅花樓，我相信那是我出生以來到過離人群最遠的地方。」

「當時妳後悔了嗎？」

「不，正好相反，我完全著迷了。那時候是四月中，整個南庄山上開滿了桐花，一片雪白，這已經夠令人讚嘆了。一到紅花樓，我的天啊，房子的四周是一整片櫻花林，山櫻花，火紅的顏色，點綴在一片雪白之中，就像美女臉上的一抹紅脣一樣，太美了，美到我說不出話來，你能想像那個場景嗎？」

我和小范都不由自主地望向安瑾的脣，她的膚色不夠白，脣色也不夠鮮豔，不過從她眼中所散發出來的光彩，可以想像紅花樓那片壯麗的場景。

「紅花樓是一棟老式的巴洛克式洋樓，紅磚黑瓦，就坐落在一大片花海之中，詹先生跟我說，他的祖父靠木材生意發跡，恰巧發現這個山頭氣候溼冷，適合種山櫻花，所以就蓋了這棟樓，取名叫紅花樓，算一算也有一百年的歷史了。房子很舊，但保存得很好，牆上的浮雕完整，客廳裡還有一座暖爐，一座大鐘，手工雕刻的書櫃等等……一進到那棟房子裡，感覺時間好像停住了，一百年前的東西，完完整整地保留到今天。」

「聽起來很迷人，」小范說：「不過也聽起來有點恐怖，一般鬼屋也是那個樣子。」

邱安瑾笑了，「對，鬼屋，我第一眼也是這麼想，不過來都來了……我的八字重，一向不在乎這種東西。」

「那棟房子整體格局怎麼樣？」

「房子本身其實不大，一樓就是客廳、餐廳、廚房、傭人房和儲藏室，二樓一上去是一個起居室，左右各有兩個房間，我工作的書房就在左手邊的第一間，詹先生他們的主臥室在右手邊。

「我到那裡的第一天，詹先生與詹太太是親自到公車站牌來接我的，他們開了一輛黑色的凱迪拉克轎車，就像總統座車那樣。詹太太是一個和藹慈祥的女人，身高不高，有一張圓臉，隨時保持微笑；詹先生同樣也不高，看起來有點嚴肅，話也不多，不過應該也是面惡心善的人。他們夫婦給我的感覺都很好，就像古早時那種受過高等教育的有錢人，氣質、談吐都十分優雅，反倒是我這種沒什麼教養的女孩子，站在他們面前有點自卑。紅花樓裡面另外一個人就是那個歐巴桑，我都叫她阿善，她長得瘦瘦高高的，鼻子又高又尖，很少說話，對我的態度也很冷，詹太太說她人本來就比較內向一點，叫我不用太在意。」邱安瑾喘了口氣，看著小范說：「這樣說清楚嗎？」

「目前為止沒什麼問題，不過我還是不清楚妳的問題在哪裡。」

「好，范先生，我現在要開始說重點了。我剛剛說過，我到南庄的第一天，是詹先生和詹太太一起來公車站接我，詹先生開車，我和詹太太在後座聊天，聽她說一些紅花樓的歷史，到這邊一切正常，問題就在我步入紅花樓的那一刻……當時是四月，山上天氣還滿冷的，所以客廳的火爐中還有升火，我們三個人走進客廳之後，詹太太突然向詹先生使了一個眼色，詹先生點點頭，便走過去將爐火給熄了；」邱安瑾的表情變得有些僵硬，「那個火爐只是外型復古，其實是用瓦斯點火的，詹先生就這樣走過去將瓦斯轉掉，然後又走回沙發坐下……他的動作很自然，但當時我整個人都嚇傻了。」

「為什麼？」小范困惑地看著他的委託人，說：「這看起來是很普通的……」

「不，不是這樣，」邱安瑾說：「范先生，我有恐火症。」

「哦？」

「我剛滿七歲那年，家裡發生大火，我的父母都在那場火災中喪生了，只有我和我姐姐活了下來，所以我才會進孤兒院。從那個時候開始，我就有恐火症，即使是打火機打出來的一點火焰，也都會讓我覺得害怕或不舒服，問題是……我有恐火症這件事只有我在孤兒院的導師和幾個比較親密的朋友才知道，那天是我和詹氏夫婦第一次見面，他們將火熄掉這個舉動，讓我覺得很不尋常。」

「或許他們從妳的反應看出妳對火會恐懼，所以將爐火給熄了。」

「哈哈，」邱安瑾笑了兩聲，指著一旁正在煮水的瓦斯爐，說：「如果是這樣，那他們的觀察力可比你這個名偵探強多了……你不要誤會，范先生，我不是那個意思，這個恐火症跟了我二十年，我已經懂得怎麼去控制自己的情緒了，我看到火焰心裡的確是十分害怕，但我可以偽裝成完全沒這回事的樣子，自從我十五歲之後，再也沒有人可以『看出』我有恐火症，就像你這樣……詹仁佑夫婦也不會是例外。所以，他們將火給熄掉或許是很貼心的舉動，但我當時卻嚇了一跳，心想：他們怎麼知道？」

小范有點尷尬地將瓦斯爐給關掉，將滾水注入一旁的茶壺中，倒出第一泡的茶水，然後再注入滾水，同時對邱安瑾說：「非常抱歉，邱小姐，是我太大意了……妳當時有直接問主人，為什麼要把火給熄掉嗎？」

邱安瑾搖搖頭，說：「沒有，我很努力回想過去知道這件事的人，看有沒有誰跟這對夫婦有連結，不過怎麼想都想不到。我也不知道怎麼開口問這件事。只聽詹太太開始告訴我工作和生活的一些細節，然後帶我去臥室，過了一下子，我就把這件事給忘了。」

小范笑說：「看樣子妳不是一個會鑽牛角尖的女孩子。」

「我一直都不是，我比較男性化吧，」安瑾笑了兩聲，她的笑聲爽朗，笑的時候身體前後搖擺，「……然後我就開始了在紅花樓的日子……說老實話，我在那邊過得很不錯，他們給了我一間很大的臥室，還有獨立的衛浴，比我在臺北租的房間大上兩倍，而且看得出來是特別布置過的，只可惜……哈，不是我的風格，床單是粉紅色加蕾絲邊，地毯和窗簾也是粉色系的，窗口還掛了一串風鈴，太粉嫩了，我很受不了，我一到那邊就將風鈴給拿了下來，其他部分能改就改，不能改的也只能將就，不過久了就習慣了。其他在生活上都沒什麼問題，吃就是一般家常菜，也都滿合我胃口的，平常晚上我就是看看他們的書，看看電視，偶爾打電話找朋友聊天，周末放假要不就陪他們爬山，要不就下山到南庄或是苗栗逛逛，反正就像詹太太之前講的，很單純，雖然有點無聊，但感覺也滿愜意的。」

「工作呢？真的就是請妳幫忙唸詩？」

「對，完全沒有別的要求。我每天大概就是九點進到書房……其實那不能算是書房，應該要說是圖書室，那房間超大，裡面大概有幾千本書，中外名著都有……我每天的工作就是進去挑一本詩集，打開錄音機和麥克風，然後將詩一首一首地錄到錄音帶裡面。其實你聽我說話也知道，我國語沒多標準，也不會詩歌朗誦那套，所以只能隨便唸，我曾經跟詹太太提過這點，但她表示沒關係，只要有唸就好。我早上大概工作到十二點，下午二點到五點，和一般公務員一樣，下午三點半左右，阿善還會送花茶和點心進來，有時候我沒心情唸詩，就隨便挑一本小說看……在那邊工作會讓我想到，以前在出版社做得半死、還只領兩萬五的日子，真不是人過的。」

「聽起來的確是這樣，妳在紅花樓的生活，聽起來像是十八世紀的英國貴族。」

邱安瑾雙手一攤，說：「對，很迷人的生活，陷進去幾乎拔不出來……但我住了一陣子，馬上就覺得……詹仁佑夫婦外表雖然對我很和善客氣，不過背地裡似乎藏著些什麼。」

「除了那個壁爐以外，還有什麼嗎？」小范說著，將一杯斟好的茶遞至邱安瑾面前。

邱安瑾扶著下巴，說：「很多，壁爐只是個起頭而已。」她略一停頓，續道：「我在那邊做了一個多禮拜之後，一天傍晚，我從書房走出來，聽見一樓有鋼琴聲，我走下樓，發現詹太太正在彈琴，她彈得非常棒，旋律很美，我就站在那裡看。她一曲彈完，我用力地幫她鼓掌，大叫安可，她轉頭對我笑了笑，問我會不會彈鋼琴，我跟她說我沒學過，她看上去有點失望的樣子，不過馬上說：『沒關係，妳來這裡坐一坐，像妳那麼漂亮的女孩子，坐在鋼琴前一定更漂亮。』

「既然她都這麼說，那我也不能拒絕，我坐在那個椅子上，就像所有不會鋼琴的人一樣，隨便按幾個琴鍵，這時候我發現詹太太正用一種很困惑的眼神看我，我問她怎麼了，她回過神來，問我：『邱小姐，你穿不穿洋裝？』

「我搖搖頭，告訴她我不大穿裙子，她說：『妳的腿那麼長，穿裙子彈鋼琴一定更美……啊，妳等一下。』說著她跑進儲藏室，拿了一件連身禮服出來，說：『來，這是我年輕時候穿的，妳試試看。』

「那是件黑色的禮服，合身剪裁的那種，裙襬還有開衩……平常我要穿件牛仔裙我都要掙扎很久了，何況是那種衣服。不過詹太太一直催促我，我也不好意思拒絕，只好回房間將衣服換上。那件禮服很合身，不過我穿起來還是很彆扭，詹太太則直說好看，還要我坐在鋼琴前拍照，我沒有辦法，只好隨便擺幾個 pose 讓她照，不過就在她猛按快門的時候，我聽見她喃喃地說：『Oh，Angel，Angel！』我轉過身來，問她 Angel 是誰，她說：『喔，不是什麼人，我只是說妳很美，像天使一樣。』這句話轉得很硬，不過我英文不好，也沒辦法說什麼。」

「就這樣？」小范見邱安瑾停了下來，身體稍稍前傾，說道：「是有點奇怪，但還不到詭異的程度，妳身材很好，穿上合身剪裁的晚禮服一定很漂亮，坐在鋼琴前面……嗯，」小范闔起眼睛，似乎在想像那個畫面，「如果能加上一條銀質項鍊，碎鑽的耳環，把頭髮盤起來，口紅搽深一點，那就幾乎是完美了，詹太太或許也是這麼想吧。」

「完全不是這樣，」安瑾將面前的茶水一口氣喝乾，說：「問題出在那件禮服上。」

「嗯？」

「詹太太說那件禮服是她年輕時候穿的。她大概只有一百五十五、六公分，我有一七〇，但那件禮服穿在我身上卻是剛剛好……人的胖瘦會變，但身高不會差太多，那件根本就不是她的衣服，她說了謊，但我不知道她為什麼要這樣做。」

小范若有所思地點了點頭，為安瑾又斟了杯茶，說：「的確是很耐人尋味，我開始能體會妳的感覺了，還有嗎？」

「當然還有，這也是一個謎，」安瑾靠在椅背上，說：「我剛說過，紅花樓二樓一上去是一個起居室，右邊分別是主臥室、我的臥室，還有一間客房，左邊第一間則是我工作的書房，第二間……也就是房子最底部、最陰暗那間，則是一個神祕的房間……紅花樓是一棟老建築，建料都很講究，所有房間的門都是木製，只有那個房間是用鐵門關起來的，門外面還有加一層海綿，就像錄音室那樣；而且我仔細看過，那鐵門很厚，幾乎沒有留門縫，而且隨時上鎖……一整個神祕。」

「妳有進去過嗎？」

「當然沒有，我連看門打開的機會都沒有，嗯……這樣說好了，我在書房工作的時候，有時會聽到那扇門開關的聲音，但我卻從來沒有親眼看過有人進出那房間。我曾試探性地問過詹先生或詹太太那個房間的功用，他們都很快地將話題給帶開，或是說就是個空房間而已。」

小范笑了笑，說：「我想妳不會就這樣罷休吧？」

安瑾也笑了，她說：「對，范先生，我不是這樣就會罷休的女孩子，我有好幾次是在書房中聽到門開的聲音，馬上就跑出去看，但只看到詹太太或阿善站在門口而已；還有幾次我就埋伏在書房門口等待，但若是這樣，那扇門就不會打開，彷彿有人監視我在書房裡的一舉一動般，換句話說，只有當我坐在書桌前，他們認為我來不及衝出書房，他們才會從那個房間進出。不過……嘿，最後我還是想到了一個方法。」安瑾眼中透出一絲狡猾的神色，「書房裡面隨時準備有一大壺清水，那是我要求的，因為我不習慣喝茶或咖啡之類的飲料。那天我進到書房之後，先倒了一大杯水放在桌邊，然後就開始等，等到隔壁房門第一次開關之後，我便假裝伸個懶腰，端著水杯走出書房，看看四下無人，便將那杯水全部灑在鐵門前面，然後四處閒晃一下，再裝作喝水的樣子，拿著水杯走回書房。」

「嗯，這樣在監視妳的人，以為妳只是出去透透氣，而那杯水是被妳喝光的，不會特別提防。」

「既然他們在監視我，我也只好做做樣子給他們看了。」安瑾聳了聳肩，繼續說：「我在書房內豎起耳朵慢慢等著，不久便聽到隔壁房門打開的聲音，然後是碰的一聲：有人滑倒了！我馬上跑出書房，衝到那扇門前，看到詹太太跌坐在地上，我趕緊上前去，嘴巴是說：『詹太太，妳沒事吧？』不過眼睛卻是往那個房間裡看。」

小范笑說：「高明。」

「……但就在這個時候，那門忽然碰的一聲關上了，我看見詹太太扶著門慢慢爬起來，她原本那種和藹的表情不見了，她的臉脹得通紅，雙眼死死地盯著我，牙齒緊咬，一副要撲過來的樣子，我從來沒有看過她這個樣子……我整個嚇到了，連忙說：『我……我去找抹布來擦。』說完就跑掉了。」

「結果呢？妳有看到什麼嗎？」

安瑾搖搖頭，說：「我有看到房間的一部分，不過沒什麼，只是一個普通的起居室而已，幾張簡單的椅子、桌子，總而言之就是……就是一個起居室，害我大失所望。」

「要不然妳想要看到什麼？」

「我也不知道，科學怪人、發光的水晶球、飛來飛去的小鬼……不過沒有，只是很普通的房間。」

「事後他們有向妳提起這事嗎？」

「沒有，過了一天，詹太太又恢復平常那種態度，依舊是笑咪咪地招呼我吃飯喝茶，反而我自己心底總是毛毛的就是了。」

「嗯。」小范又喝了杯茶，說：「不過，邱小姐，如果只有以上這些事，我還真聽不出來，妳有什麼必要來找我……」

「還有一件事，」邱安瑾打斷了小范的話，大聲說：「……最後一件事，這才是真的把我嚇到、逼得我不得不來找你幫忙的原因……是一尊日本娃娃……」安瑾的眉頭深深蹙起，沉默半晌，說：「是前天的事。」

「請說。」

「前天半夜，我睡到一半醒過來，覺得十分口渴，便下樓到廚房倒水喝。那天月色很美，我倒了一杯水，倚著窗子欣賞夜景，突然有一隻動物……應該是飛鼠之類的，從我面前飛過，我嚇了一跳，玻璃杯就摔在地上碎了一地。我一邊罵，一邊撿拾碎片，那時候很晚了，我也不好叫阿善起來打掃，就決定自己處理一下。平常掃具都是放在庭院裡，不過當時外頭很暗，我不敢出去，只記得一樓儲藏室裡面還有一支小的掃把，所以就去那裡找……我跨過客廳，進到儲藏室，裡面東西很多，大部分是舊的家具，還有一座很大的衣櫃，堆滿了詹太太要我穿的那種洋裝……我一時找不到電燈開關，只好藉著月光，一件一件翻……然後我就找到了那個……」安瑾深吸一口氣，「……那尊日本娃娃，穿著紅色的和服，白色的腰帶，大大的眼睛，但沒有嘴巴。」

「那尊娃娃對妳……很特別？」

邱安瑾遞給小范一張泛黃的相片。相片裡一個小女孩，正嘟著嘴吹熄蛋糕上「8」字型的蠟燭。小女孩手上抱著一尊日本娃娃，紅色的和服，白色的腰帶，臉上點綴著兩個大大的黑眼睛，但沒有嘴巴。看起來是十幾年前的相片。

安瑾臉頰肌肉浮動，說：「這張照片是從我家的廢墟中找出來的，我一直都把它藏在櫃子的深處，藏在我拿不到的地方……直到今天，我才又將它給翻出來，那是……那是那年我生日照的，那尊日本娃娃是我爸爸送給我的生日禮物！」

小范仔細端詳著相片，聽安瑾說道：「我印象很清楚，那尊娃娃是我爸爸特地從日本帶回來的，很可愛，我好喜歡她，還給她取了個名字……忘了……結果，一個星期之後，我們家就失火了，我父母葬身火場，那個娃娃也被燒成焦炭……有時候我會想，或許那尊娃娃帶有什麼詛咒吧，帶走了我的父母……但我怎麼也沒想到，竟然在紅花樓又看見這尊日本娃娃！當時我整個人都呆住了，我感覺四周的牆壁開始燃燒，背脊滾燙，就像被幾千把刀子來回地劃過一樣，然後我開始咳嗽和嘔吐，想呼吸卻吸不到空氣……你能瞭解那種感覺嗎……痛苦的回憶意外地湧出來，幾乎像真的一樣！」安瑾說這些話時臉脹成紫紅色，彷彿真的快要窒息一般，我為她倒了一杯水，她一口氣喝完，用力地喘著氣。

小范看著她，隔了一陣才說：「邱小姐，還可以繼續嗎？」

「當然，」她拍了拍雙頰，呼口氣，說：「我好得很，那天實在是因為那尊娃娃出現得太突然，否則我早把過去的事情給忘光了。」

「妳有沒有想過，那尊娃娃可能只是……」

「對，你或許會說，那可能只是同一款式的娃娃而已，日本娃娃那麼多，就算詹先生他們有一個和我一模一樣的娃娃，那也只是巧合而已。但不對，范先生，我仔細看過，那尊娃娃的頭髮和臉都有燒焦的痕跡，天下沒有那麼巧的事，同款式的日本娃娃又同時被火燒過，這不是巧合，那一定就是我的那尊娃娃！」

「的確，」小范喃喃地附和道：「沒有那麼巧的事……」

「我在原地又咳又吐了一陣子，等一回過氣，馬上就往外面跑，卻在房門口與詹先生撞了個滿懷。他看到了掉在地上的那尊娃娃，他一定知道發生什麼事，但他還在那邊說那是很久以前買來送給朋友小孩的，但人家不要……哈，完全是胡扯，我推開他，衝上二樓，躲進我的房間，開始收拾行李。第二天我告訴他們我要請假，他們也沒多問，於是我就下山，找了間網咖寫 E-mail 給你，然後就跳上火車，跑到你這邊來了。」

安瑾講完她的故事，稍事喘息，將面前的茶給喝盡，然後自己再添一杯，再將茶水喝光，說：「范先生，怎麼樣？這件事情夠詭異吧？」

「聽起來的確很詭異，邱小姐，」小范搓著手，說：「但我不知道……妳要我提供怎麼樣的服務？」

「我希望查清楚詹仁佑夫婦的底細，還有紅花樓裡到底有什麼祕密，為什麼找我去當祕書？又為什麼知道我有恐火症？那房間裡究竟藏了什麼？他們又為什麼會有我的日本娃娃？這樣夠清楚嗎？」

「當然，邱小姐，」小范點了點頭，說：「不過我想再請教一下，妳確定妳之前不認識這對夫婦？也許他們是妳的遠房親戚，或是妳父母親的朋友之類的？」

安瑾搖了搖頭，說：「不可能，可以查的我都查過了，我們家沒有什麼親戚，至於我爸媽以前的朋友，我是有認識幾個，我也問過，沒有人知道詹仁佑或他太太的。我還特別回孤兒院和以前我唸的學校查過，都查不到和詹氏夫婦相關的線索。」

「所以妳和他們是……？」

「毫無關聯，至少就我所知是這樣。」

小范抿了抿嘴脣，那是他思考時的習慣動作。他說：「好的，邱小姐，我會處理妳這件案子，幫妳調查詹仁佑夫婦的背景，至於費用……十萬是合理價碼。」

安瑾點點頭，笑說：「很高興你能幫忙，有個人在背後支持，我會比較放心了……你接下來打算……？」

小范一向不喜歡當事人問這個問題，只是淡淡地說：「我有我處理的方法，現在的問題應該是，妳打算怎麼做？」

「我嗎？」安瑾伸了個懶腰，說：「我打算回去。」

「妳不怕……？」

「心裡當然是有些疙瘩，不過後來想了想，反正他們也沒有傷害我，了不起就是嚇嚇我而已，我回去應該也無妨。再說……嘿，現在是月底，我總是月初才領薪水。」

小范笑說：「這的確是重點。從妳剛剛所描述的情節來看，妳回紅花樓應該還不會有什麼切身的危險，不過，邱小姐……」他斂容說：「……我希望妳還是要多加小心，有什麼事馬上打電話給我，我二十四小時為妳待命。」

安瑾說：「謝謝，如果我又找到什麼線索，我會再告訴你，那……如果你有任何消息，也麻煩立刻通知我……」她說著站起身，從皮包裡拿出一張紙片，遞給小范，說：「這上面有我的手機號碼、**E-mail** 還有紅花樓的電話，不過那個地方手機是不會通的，電話我也不方便接，**E-mail** 或許好一點。」

小范將紙片夾進筆記本中，說：「沒有問題，我想幾天之內應該就會有結果，喔，對了，邱小姐，這張照片可以先給我參考嗎？」他拿起那張小女孩與日本娃娃的相片，向安瑾示意。

「當然可以，那對我也沒有用。」

小范同樣將相片夾進筆記本中，說：「今天先這樣子吧……喔，錢妳還是先帶回去，我一向是事後收費。」

安瑾轉過身，直接往門口走去，揮揮手說：「不用了，錢我付了，就算沒有結果還是付給你，我在那邊拿太多錢了，不花掉一些感覺很罪惡。」

「很勇敢的一個女孩子，」我拆開一片巧克力塞進嘴裡，說：「要是一般女孩子早就逃之夭夭了，誰敢留在那種鬼地方。」

小范點了根菸，說：「勇敢我不敢說，不過應該也是為了錢吧，那樣的工作，換作你，你會怎樣？」

「堅守崗位。」

「那就對了。」

我又拿起一片巧克力，在指頭中間翻弄，說：「接下來你打算怎樣？」

「我打算想一想。」

「嗯？」

「螞蟻啊，要找到螞蟻。」小范站起身來，在辦公室裡踱步，「她剛剛說了好幾個事件，有很多矛盾的地方，你沒發現嗎？」

「矛盾？」我仔細回想安瑾的陳述：壁爐、鋼琴、神祕房間還有日本娃娃，然後搖了搖頭。

「這就是你和我不一樣的地方，」小范說：「我打算好好想一想，把螞蟻從這些故事中找出來。」

「你不去挖詹仁佑夫婦的底？」

「這種工作……」小范拿起桌上的信封，抽出一疊鈔票交給我，「……你比較適合，不是嗎？」

我手中巧克力掉落地上，說：「我……可是我那篇禽獸爹地的報導……」

「你那個東西沒啥了不起，就先幫我跑一下南庄吧。」

「幹麼跑那麼遠，網路上跑一下應該就有結果了。」

「如果那麼簡單人家幹麼花十萬元請我？你去一趟南庄的地政事務所，查一下紅花樓的資料，應該可以找到一些線索。」

「嗯，跑得了和尚跑不了廟？」

「就是這樣。」

## 三

「你說買紅花樓的那個歐吉桑？有，我當然有印象……嗯，詹仁佑，對，就是這個名字，我找看看……」賴矩銘一頭鑽進他位置旁的檔案櫃，像穿山甲一般咻咻地翻找著大堆的資料。

「是兩年前的案子？」

「差不多，九十……九十二年，對，這件是那年我手上最大的案子，印象很深……咦，怎麼沒有……」他從櫃子裡抽出身體，拉開下層的抽屜繼續努力搜尋著。

「你知不知道詹仁佑的來歷是什麼？」

「來歷？」他稍稍抬起頭，隨即又埋進資料堆中，「問得好，這點我也很好奇，會買下紅花樓的人，應該都有些來頭。」

這裡是南庄街上的一間房地產仲介公司，外頭的玻璃櫥窗上貼滿了各式各樣的租買訊息。這幾年來南庄的觀光業發展得不錯，房地產交易也越形熱絡，我到的時候有兩組客人在裡頭談交易，不過賴矩銘並不在其中，他坐在最裡頭的位置，悠閒地看著報紙。

小范的判斷很正確，紅花樓的地籍資料的確洩漏了詹氏夫婦更多祕密。我今天一大早從臺北驅車到了南庄，趁著地政事務所剛上班人潮還不多之際，花了四十元將紅花樓和基地的地籍謄本調出來，所有人是詹仁佑沒錯，但所有權登記時間卻是九十二年八月十四日，原因是買賣；我又調出了土地登記簿，發現這棟房子的前手叫于懷恩。

詹仁佑夫婦告訴安瑾說紅花樓是他們的祖產、說他們在南庄住了一輩子等話，顯然是個謊言，不過這除了將事情搞得更複雜外，對於調查他們的底細沒什麼幫助。我湊上櫃檯，佯稱是從北部來的觀光業者，對於紅花樓有高度興趣，想詢問一下現在所有人的情況，看看有沒有合作的機會。經過櫃檯一堆人交頭接耳，甚至連課長都跑出來參與討論之後，他們給了我一個一致的答案：不知道于懷恩，也不知道詹仁佑，連本人都沒看過，只是依規矩登記而已。不過正當我準備失望離開時，那位課長又給了我一個積極的建議：這筆登記是由劉代書跑的，他的辦公室就在地政事務所對面，建議我可以去問看看。

劉代書大概五十開外，頂門微禿，當時他正用客家話大聲地講著電話，看見我進來先打了個招呼，請我在一旁坐下，然後很快地結束電話，詢問我有什麼需要。我將剛剛的那一套再說一遍，他皺起眉頭，從後面的書櫃裡拿出一個檔案夾翻了一下，告訴我他聽過于懷恩，但不知道詹仁佑是誰。于懷恩是以前一個苗栗老議員的兒子，但十年前就去大陸了，至於詹仁佑……他說當時這筆交易全部由房仲出面，他只是配合跑一些程序，完全沒有見過買主本人，也不知道他什麼來歷，唯一讓他有印象的，就是這件案子佣金很高，顯然詹仁佑出手十分大方。他告訴我這件案子經手的房仲是賴矩銘，公司在南庄街上。

「紅花樓是古蹟啊，最早是一個日本商人蓋的，應該是蓋來當別墅的。光復以後就被國民黨接收了，民國四十幾年的時候又不知道為什麼登記到一個老議員的名下，于懷恩就是那個老議員的兒子。」賴矩銘還是蹲在那邊，拉開每一個抽屜，逐一搜尋兩年前那筆交易資料的下落，「于懷恩十幾年前就去大陸做生意了，紅花樓他用不到，就委託我們公司幫他出售，我進公司之後才從學長手上接下這筆單子的……啊，在這裡，找到了。」

他從抽屜中拿出一個牛皮紙袋，轉開封口的繩線，將裡頭的文件全倒在桌上。

「十幾年前……過了那麼久還賣不出去？我看那個地方不錯啊。」

「唉，我就說紅花樓是古蹟嘛，規矩一大堆，一有買賣，文化局的人馬上就跳出來，說那個不能建、這個不能拆，而且賣方那邊價格一直都開很高，降不下來，有興趣的人一聽就打退堂鼓了，哪賣得掉。」

「那詹仁佑……？」

「只能說是奇蹟……」他抽出一張文件，遞給我，說：「這是他當初填的委託書……嗯，對不起，先生，你貴姓？」

「我姓蔣。」我和小范不一樣，我在做這種調查時不習慣留下真實姓名，人家問我貴姓，我就依百家姓回答，今天剛好輪到「蔣」。

「蔣先生，你問紅花樓是為了什麼呢？」賴矩銘坐回椅子上，喝了一口茶，他是個短小精悍的年輕人，一雙眼睛炯炯有神。

「我們是做觀光創投的，全省四處跑，看看有沒有什麼點可以投資，我比較擅長的就是古蹟再造，想辦法把一些舊的東西重新包裝，吸引觀光客……高雄英國領事館你知道吧，那個就是我的作品。」高雄英國領事館是漢來飯店經營的，不過我想借用一下他們應該不會介意。

「那你很有眼光，紅花樓其實滿有潛力的，」賴矩銘說：「不過你慢了一步，我想詹仁佑應該不會賣，他當初說買那房子是要自住的。」

「知道他哪裡人嗎？」我看著那份委託書，上面除了詹仁佑的簽名以外沒有什麼可供參考的。他的字跡筆畫深長，帶有一種古典的氣質。

「不知道，我見過他幾次，不高，可是氣質很好，看起來有點嚴肅，話也不多，我有好幾次問他從哪裡來、從事什麼行業，他都只是笑笑不說話，只說他很喜歡那邊的環境，想買下來自己住。你看，他也沒有留什麼資料，只留一個手機號碼而已，以往我們是不會這樣做，可是他花錢實在很阿沙力，從看屋到付款過戶，一個星期就搞定了，所以我也沒跟他囉嗦。」

「價錢多少？」

「嘖，嘖，敏感問題，」賴矩銘翻弄著文件，「房子加基地，八位數字，四開頭，而且是一次付清。這在都市可能沒什麼，但在山區可是一筆天價，我光靠這一件，一年業績就飽了。」

「有見過他太太嗎？」

「一次，去看屋的那次，他太太比較親切一點，會跟我聊天，不過也就這樣，沒什麼特別的。」

我沒有再說話，因為不知道要再問什麼。詹仁佑夫婦就像基督山伯爵一樣，走進這個南庄小鎮，撒下大筆金錢，然後便隱居在一片花海之中，遺世獨立，與周遭的接觸皆只是蜻蜓點水而已。他們從哪裡來、為何如此富有、又為何要重金聘請一個不出色的女孩去當祕書，仍然是個謎。

我在南庄街上找了間咖啡廳坐下，今天非假日，遊客不多，店裡十分清靜。我先解決了一杯冰拿鐵和一塊黑森林巧克力蛋糕，覺得不夠，又點了一杯榛果冰沙、一塊提拉米蘇以及一個巧克力布朗尼，點完之後隨即後悔吃太多甜食，於是又叫了一份燻鮭魚三明治和一客海鮮千層麵，稍微中和一下。

吃到一半，手機響了，我接起電話，說：「阿毛，怎樣，查得怎麼樣？」

「學長你交代的事情，我一向都辦得很好嘛，像查詹仁佑這種事，怎麼難得倒我呢？兩三下，還不是要讓那個詹仁佑底牌亮光光。」

「查到了？」

「查到可多著。」

我將手上叉子放下，說：「說說看，有什麼東西？」

「知名綜藝節目的製作人，最近搶了一個本土主持天王的女朋友，年底準備結婚……學長，那個女的很優啊！」

「媽的，」我拾起叉子，挖起一大塊千層麵塞入嘴裡，話音變得含糊，「這個我認識，我以前還以為他是同性戀……媽的，我要找的是一個五、六十歲的歐吉桑，你年紀也稍微對一下。」

「喔，你之前又沒說，我看看……有，民國六十二年，彰化和美銀行搶案，搶匪搶走一千三百萬，後來警方趕到，雙方開了十幾槍，搶匪之一就叫詹仁佑，那年大約三十歲，算一下現在大概就是六十幾歲了……」

我將叉子放下，問道：「有沒有進一步消息？像外型、出生地之類的？或是有沒有他再犯案的資料？」

「嗯……」阿毛沉吟半晌，電話那頭傳來鍵盤敲擊聲，「詹仁佑是臺東人，不過是從苗栗的客家幫出身，江湖上綽號叫『圓仔花』，曾犯下三起重大搶案。」

「還有呢？還有呢？」我開始將各種資料相互連結。出身客家幫所以回到這個地方？綽號「圓仔花」所以堅持要買下紅花樓？

「沒有了，學長，他在六十二年那場槍戰中身中八槍，當場格斃，老蔣還特別接見了格斃他的警員……」

「媽的，」我咆哮道：「你專找死人給我幹麼？我要的是一個活生生的歐吉桑……媽的，算了，那陳豔雪呢？」

「呃……我看還是不要講比較好……」

「講一個你覺得比較有可能的。」

「南投埔里的人造花……」

我將手機掛掉丟在一旁，認真面對桌上的食物，千層麵太糊了一點，味道也不夠，燻鮭魚三明治番茄味道還壓過了鮭魚，布朗尼倒是不錯，我吃完之後又再叫了一個。

詹仁佑夫婦的外圍線索似乎是斷了，照一些跡象來看，他們十分富裕，但相對也低調，在南庄本地並沒有太多人際關係，在整個社會上也沒有留下太多痕跡。我想要翻他們的底，恐怕要透過官方管道，國稅局、戶役政資料庫、犯罪資料庫。

我吃下最後一口布朗尼，從過小的座位中抽出身子，走到櫃檯前，表示結帳。

「一千五百六十三元。」小姐的聲音冷淡，換成小范來她或許會振作一點。

「那麼貴？」我嘀咕著從口袋中掏出皮夾。

「先生，你可能吃了三人份的下午茶吧。」

「大概吧，」我發現現金不夠，於是改抽出信用卡，「不過時間也差不多了，晚餐這邊有什麼建議？」

她沒有理會我，逕自刷完卡，要我在帳單上簽名，然後很大聲地說：「謝謝光臨！」又是一個歧視胖子的女人。

我走出咖啡廳，將信用卡收回皮夾裡，朝停車的地方走去，忽然間有一樣東西掉進腦海裡，激起一圈又一圈的漣漪。我拿出手機，照著賴矩銘給我的名片按下號碼。

「喂，你好。」

「賴先生你好，我是今天上午去拜訪你的人，敝姓蔣。」

「喔，蔣先生，還有什麼我可以幫忙的嗎？」

「不好意思，我想再請教一下，你說當初詹仁佑買紅花樓是一次付清？」

「是啊。」

「是用支票嗎？」

「是啊，我當時還很怕是芭樂票，當天就軋進去，不過錢很順利進來，沒有問題。」

「不知道你還有沒有印象……我很好奇，那是哪一間銀行的票？」

「嗯，當然有印象，一輩子要接那麼大一張票機會也不多，好像是外國銀行，我有留複本，你等一下……我看看，好，這裡……W-E-S-T-S-U-X，WestsuxBank，應該是美國的銀行吧。」

# 四

西薩克斯銀行是英國的銀行，更重要的是它並不是一間國際性的銀行，它的主要業務範圍集中在英格蘭西南部，屬於地區性的金融機構。臺灣並沒有西薩克斯銀行的任何據點，甚至連香港也沒有。

對一個有錢人來講，他可以旅居世界上任何一個國家，隨著他所在之處，更換他的律師或醫生，但如果沒有特殊情況，他不會更換他的往來銀行；銀行掌握了你主要的財富，你不會想要去破壞這樣的信賴關係。詹仁佑是個有錢人，他同樣遵守這樣的定律，因此即便他已回到臺灣，他最主要的存款仍留在英國，而且是英國西南部。

我趁著時差之便，撥了一通電話到倫敦的通信社，請求幫忙查詢詹仁佑夫婦的一些資料，英格蘭西部的華人並不多，臺灣人更少，尋人並不困難，第二天一大早，我的電腦裡已躺著一封未讀的電子郵件。

AndersonandEllenZan 都是臺灣移民，大約三十年前移民英國布里斯托。他們從餐飲業做起，之後並跨足零售業，累積了大量的財富，在葛羅斯特、威爾特夏、梭摩斯特郡一帶是知名的實業家；十年前他們退休，隱居在巴斯郊區的一棟古宅裡，從事公益活動。然而二年前不知道什麼原因，他們賣掉那棟古宅，處理掉大部分的資產，離開了英國。

這份報導詳列了詹氏夫婦在英國的各種事蹟，包括捐贈盲人協會、協助地方教育等等，並且仔細介紹了詹氏在英國的連鎖量販店，但這些都不足以吸引我的注意力。在信件的最後一段，提到詹氏夫婦有一個獨生子 David，一九七八年出生，曾就讀倫敦政經學院，兩年前畢業，但之後便沒有進一步的消息。

新聞資料畢竟不如官方調查，倫敦的通訊社只能查到詹仁佑夫婦離開英國，但卻不知道他們實際上是返回了臺灣；同樣的，David 於兩年前畢業後便沒有消息，我可以合理推測，他也陪著父母回到臺灣。

但安瑾在紅花樓住了半年，卻從未看過這位詹公子。

我將電子郵件印出來，興沖沖地往小范的辦公室跑去，這或許是我獨立調查做得最好的一次，勢必要好好炫耀一番。

不過小范並沒有給我太多時間，我到時他已經穿上外套，提起公事包準備出門，看到我馬上大聲說道：「胖子，你來得正好，我們得去南庄一趟，你有開車吧，那坐你的車去好了……有事路上講，路你應該熟吧？」

車子上路後，我問他什麼事情那麼急，他略略整理衣領，說：「當然是有急事……剛剛六點左右，我們美麗的當事人打電話給我，說她在南庄街上，要我們快點過去。」

「發生什麼事？」

「她沒講，我想可能要攤牌了。」

「六點打來你現在才趕過去，不會太遲？」

「我在等一份英國傳過來的調查報告，所以遲了一下，不過我想無妨，這不是一件很嚴重的犯罪事件，只是一對自私的父母搞得鬼而已。」

我聽到「倫敦」和「父母」這幾個字眼，知道小范已經掌握和我差不多的情報，而且看樣子似乎他已解開紅花樓裡的謎，心中不由得有些不是滋味。

「怎麼，胖子？被我搶先一步不開心嗎？」小范搖下車窗，點了一根菸，緩緩地說。

「誰先誰後還不知道吧。」

「說來看看，你這兩天查到了什麼？」

我將倫敦傳來的那封 E-mail 交給小范，並且將昨天我在南庄所做的調查說了一遍。小范仔細地讀完那封信，將手上的菸彈出窗外，然後又再點上一根。「很不錯，胖子，我就說你適合這種調查，要我去查，我也不會做得比你更好。」

「你難得說人話。」

「不過，我還是比你領先一步，你必須承認。」

「你說說看。」

小范從口袋裡拿出一張印表紙，說：「這是邱安瑾昨天回給我的 E-mail。」

我一邊開車一邊讀著那信，信上寫道：「關於我姐姐的事情，我印象已經十分模糊了，二十年前那場大火之後，我們被送往不同的孤兒院，我只知道她被人收養了，之後就完全沒有她的消息，因此無法回答你的問題。我姐姐名字叫邱安琪，她比我大一歲，生日應該比我早幾天，至於生日禮物等細節，我不記得了。」

「安琪、安瑾，」小范喃喃地說：「多好聽的名字……那一場大火，造就了姐妹倆不同的命運，我昨天去了戶政事務所一趟，用點手段調出二十年前的收養文件，查出當年收養邱安琪的，是一對來自英國倫敦的 Steven and Maggie Owen 夫婦。」

車子上了高速公路，上頭車流量不大，我將油門踩到底，看著速度表快速上升。「既然知道邱安琪去了英國，那一切就好辦，我打了一通電話給我在倫敦貝克街的一位朋友，請他幫忙查詢一下那一對夫婦和他們所收養的小孩：Angel Owen，就讀於倫敦政經學院法律系，兩年前在一場車禍中死亡，當時駕駛車輛的，是她的同學兼未婚夫，David Zan。」

「那那個 David……？」

「受重傷，但沒有死，並於該年離開了英國。」

「所以這整件事究竟是……我還是想不通。」

「我剛剛在等的是這個報告，」小范拿出兩張釘在一起的印表紙，「這是我朋友親自去拜訪那對 Owen 夫婦的結果，主要是關於他們收養的女兒 Angel，也就是邱安琪。我唸比較相關的部分：安琪八歲那年家中發生火災，因此有很嚴重的恐火症，看見火焰便會顫抖尖叫……她的個性細膩，注重打扮，衣著或房間擺飾都十分女性化……安琪擅長鋼琴，曾多次參加音樂派對演出，並於某一次派對上認識 David，兩人遂陷入熱戀……二〇〇二年車禍發生時，兩人已訂婚，並在格林威治買好房子，車禍之後，David 痛不欲生，幾次嘗試自殺未果，之後 David 離開英國，希望帶走安琪所有的東西，Owen 夫婦幾經考慮，最後也同意……」小范呼了口氣，翻到第二頁，說：「這裡還有安琪的照片。」

我雙手轉動方向盤，向照片瞥了一眼，說：「好像！」

「對，雖然性格完全不同，不過外表的確很像，」小范說：「這應該就是紅花樓的祕密。」

兩個小時之後，我們走進我昨天盤桓一個下午的咖啡廳，邱安瑾坐在角落的位置上，她穿了一件南庄旅遊紀念 T-shirt，雙手捧著咖啡，一見到我們進來，起身用力揮手，顯得十分急切。

「謝天謝地，你們來得比我想得快多了。」安瑾將對面座位上的報紙扔到一旁，招呼我們坐下。

「胖子開車一向很快，」小范取過 menu，稍稍瀏覽一下，說：「熱的錫蘭紅茶，不用糖，加兩片檸檬，謝謝。」我則是點了一個花生厚片、一份烤馬鈴薯、一杯冰摩卡。

「范先生，我很高興我有去找你，否則我現在完全不知道要找誰求救才是。我已經不敢回紅花樓了，那裡養了一頭怪物，我今天一大早騎腳踏車從上面一路衝下來，嚇死我了。」安瑾雙手用力揮舞著，強調她所受到的驚嚇。

「今早發生的事？」

「應該說是清晨，四、五點，有一點陽光的時候。」

小范啜了一口剛送上來的飲料，說：「妳可以將事情說一遍嗎？或許我們可以將情況弄得更清楚一點。」

安瑾深吸一口氣，兩個黑眼圈不時抽動著，她說：「好，范先生，我承認這次我是嚇到了，是真的嚇到，不是像之前覺得毛毛的而已……前天我從你那邊回到紅花樓，一切如舊，詹太太看起來比較陰沉，話少了很多，不過我也沒什麼在意。昨天我還是做一樣的工作，唸詩、吃飯，晚上收到你給我的信，然後看看書，大概十點左右就上床睡覺了。

「我一向是一個很好睡的人，常常一睡就是八、九個小時，不過昨天怎樣就是睡不好，在床上翻了一兩個小時才勉強睡著，而且是很淺的睡眠，彷彿還可以聽到窗外貓頭鷹的叫聲……不知道過了多久，我聽到一種很奇怪、很詭異的聲音，像是某種動物的嘶吼，偶爾聲音會拉高像是尖叫……我分不清楚那聲音是從房子裡面或是外面傳來的，只是一直告訴自己沒事，強迫自己繼續睡下去。就這樣半睡半醒地過了好幾個小時，我還是醒了過來，睜開眼睛，然後我就看見了那個……」安瑾細長的手指微微發顫，「……就在床邊的窗戶上，貼著一張臉，一張沒有肉的臉，我甚至連有沒有皮膚都不能確定，因為那看起來就像是個骷髏……他的兩個眼珠緊盯著我，掛在臉上隨時會掉下來一樣。他看到我醒來，便開始嘶吼尖叫，然後不斷地拍打窗戶……我嚇死了，一邊尖叫一邊將我手可以碰到的東西全都砸向窗戶，然後抓起錢包就跑出房間、跑出紅花樓，當時山上還瀰漫這霧氣，我也管不了那麼多，我從院子裡牽了一輛古董腳踏車，沿著山路瘋狂向下騎，一直到山下的第一間便利商店，才敢稍微喘口氣。」

安瑾指著店外，那裡停了一輛鐵製的腳踏車，車頭有燈，藉由踩動供應電力的那種。

安瑾又說：「我在便利商店裡買了一罐咖啡壓壓驚，又買了這件上衣，感覺好一點，然後我就打了電話給你，再搭早班公車到南庄街上，躲進這家店裡……呼，范先生，關在那間神祕房間裡的，一定是個妖怪，我上次那樣做冒犯了牠，所以牠要來害我，我只能說八字真的很重，還逃得掉。」她說完，將手中的咖啡一口氣喝盡，然後喘了一口大氣，緩和情緒。

小范聽完安瑾的遭遇，撕了一塊我的厚片，塞入嘴裡，緩緩地咀嚼著，過了半晌，才說：「邱小姐，那不是妖怪，是個人，不過我不知道為什麼他會這樣對妳。我想……要搞清楚這整件事，我們還是要上去一趟，對，我們，我和胖子會陪妳上去。」

安瑾咬著脣，猶豫地說：「我還得去嗎？你們替我上去行不行？」

「可能不行，」小范也將他的茶一口喝乾，說：「解鈴還需繫鈴人，當然，這鈴也不是妳繫的，不過妳還是和我們上去一趟比較好。再說，妳牽了人家的腳踏車，也得還吧！」

## 五

誠如安瑾之前所描述的，紅花樓位在十分偏僻的山區，如果不是她帶路，恐怕沒有人會轉上那條狹窄陡峭的岔路。可惜的是，時值深秋，山上樹林雖仍蒼翠，卻見不著油桐山櫻紅白交映的美景。

我將車直接開到那棟古宅前，庭院鐵閘門已上鎖，從外向裡頭看，頗有庭院深深深幾許之感。小范按下壁上的門鈴，許久屋內都沒有回應，他直接走到門前，手穿過閘門欄杆，拉開門鎖，大步走進院子裡，我和安瑾則小心地跟在他的身後。

「你們幹什麼？」一個高瘦的歐巴桑從紅花樓裡跑了出來，手上一柄舊式獵槍瞄準著我們，大聲說：「站住！站住！你們再走一步，我就要開槍了！」

「阿善，是我，」安瑾上前一步，「是我，安瑾，妳不要這樣，我們沒有惡意。」

「冒牌貨！妳這個沒教養的冒牌貨，妳根本就不是Miss Owen，妳竟敢帶外人來，打擾David的休養……妳不要再過來，我真的會開槍！」

「住手，阿善，」一陣渾厚的聲音伴隨著他的主人自紅花樓裡緩緩步出，那是一位年屆耳順的男人，白髮如銀，散發出一股溫潤的紳士氣質，應當便是我昨天辛苦追查的那個詹仁佑。他的嗓音低沉而有磁性，聽來不怒自威。「阿善，我說過，這裡不是英國，不可以動槍，把那東西收起來。」

「可是，老爺，他們……」

詹仁佑轉向小范，說：「你們是安瑾的朋友吧？我很抱歉造成各位的困擾，不過這地方不歡迎客人，各位還是請回吧。」

小范雙手插在口袋裡，說：「詹先生，你確定要趕安瑾走嗎？」

詹仁佑一愣，沒有說話。小范又說：「我們不能把邱小姐一個人留在這個地方，我希望你想清楚，令公子是否還撐得下去？」

詹仁佑臉色倏地轉成青白。「你知道什麼？」

「大部分，除了一些細節之外。」

詹仁佑穩重的身軀開始顫動，他闔上雙眼，許久方才嘆了口氣，說：「請跟我來吧。」

我們隨著主人進入這棟神祕的紅花樓，青白色的花朵雕刻懸在紅磚牆頂，深色的木質地板滲出絲絲涼氣，陽光透過高窗一方一方地印在陰冷的角落，旋轉樓梯旁一座大鐘輕搖鐘擺，滴滴答答地記錄著這樓百年時光。

我們踏上吱嘎作響的樓梯，穿過二樓起居室和走廊，來到那扇禁忌的鐵門前。我看到安瑾的臉頰略現潮紅，呼吸漸促，表情恐懼又有些興奮，小范則仍是一副安然自若的樣子。那位歐巴桑阿善跟在我們後面，手中仍握著獵槍，似乎敵意未消。詹仁佑從口袋中掏出一串鑰匙，挑出一支插入鎖孔，緩緩地將鐵門推開。

一陣嗚咽聲自房內傳了出來。那是一間起居室，幾張木質桌椅簡單地擺設在房間中央，正如安瑾當日所見；房間最內側是一堵白牆，上頭貼滿了某位女孩的照片，牆角擺了一張單人床，雪白的床單上平躺著一人，一位婦人趴在床沿低聲啜泣。她察覺到人聲，回過頭來，先是呆滯片刻，隨即連爬帶跪地趕到安瑾面前，抓著她的手哀號道：「Angel、Angel，救救David，求求妳，救救David！」

我們隨著安瑾的眼光看向床上，那或許就是她昨晚所見到的「怪物」。那是一個分辨不出年紀的人，全身上下找不到任何脂肪堆積，蒼白的皮膚直接貼在骨骼上，手臂凹處青色的血管直要爆出一般；他那一雙突出於眼眶外的眼珠無神地看著天花板，枯黃的雙唇無意識地顫動著。

「我……我不明白……」安瑾困惑地看著跪在地上的詹太太，又轉頭看著小范。

「他是他們的兒子，也是你姐姐的未婚夫，」小范說：「妳姐姐在兩年前的一場車禍過世了，所以他們找妳來，當成妳姐姐的替代品。」

「Angel，求求妳，只有妳能救David……我只有這一個兒子啊，救救他……」詹太太歇斯底里地哭叫著，用力地拉扯安瑾的衣袖，直要將那廉價的紀念T恤給扯破。安瑾一臉茫然，她將詹太太掙開，大聲說：「這究竟是什麼？我不是什麼Angel，我也不認識他，我……我也救不了他，范先生，我……我要怎麼辦？」

「不、不，妳可以救她，妳……妳是Angel，妳嫁給他……David就會好了，求求妳、求求妳，Angel……」詹太太撲到安瑾懷裡，用力搥打她的身體；小范和詹仁佑同時向前，一人隔開了他的當事人，另一人架離了自己的妻子。

「Ellen！冷靜，聽我說，她不是Angel，她是Angel的妹妹！Angel死了，沒有人可以代替她！」詹仁佑在妻子耳邊大聲吼著。

「為什麼不可以？為什麼！」詹太太將丈夫推開，尖聲嘶叫著：「她們是一樣的！David也這樣認為……她就是Angel！她可以救他！你根本一點都不在乎David，你只怕花錢！你這個冷血的混蛋……把我的兒子還給我！」

「我當然也愛David，但是這樣是不對的，安瑾不是Angel，我們把她騙到這裡來已經不對了……妳清醒一點，Ellen，不要再錯下去！」

「錯？我沒有錯！我要我兒子活著有什麼錯？我有什麼錯？你們說啊，我有什麼錯？」詹太太雙眼發紅，髮絲沾著唾沫或淚水，胡亂地貼在臉頰上；她回頭看了一眼病床上的兒子，突然一個箭步衝到阿善身邊，奪下獵槍，持槍指著眾人叫道：「你們都是一群自私自利的王八蛋，沒有一個人關心David，沒有人願意救他……我把你們通通都殺了，對，尤其是妳，Angel，我要殺了妳，是妳害死David，我……我要殺了妳！」

「Ellen，不要這樣！」、「太太，危險，把……把槍給我吧……」、「詹太太，冷靜……」、「詹太太，我真的不是Angel，聽我說……」

詹太太絲毫不理會眾人的叫喚，她舉槍對準安瑾，緩緩地上了膛。小范一把將安瑾拉到自己的身後，說：「詹太太，我知道妳很愛妳的兒子，不過這並不關我當事人的事……請把槍放下，我們可以好好談，或許還能救你兒子。」

詹太太沒有絲毫罷手的意思，她咬牙說：「我知道……你是她的男人？你把Angel搶走了？你這個混蛋，我也要殺了你，殺了你和她，David才可以安息，對，一起殺了！」她將槍口指向小范的胸口，手指搭上扳機。

「媽……夠了……住手……」聲音從病床上傳來。那聲音微弱如蚊子鼓翅，但聽在詹太太耳中，卻有五雷轟頂的震撼。

詹太太丟下槍，衝至床邊，握住兒子如枯柴的手，問：「David，你醒了……David，媽咪在這兒，要不要吃點麵包？喝牛奶也可以……」說著忙不迭地將床頭邊的食物拆開，送至David面前。

但David只是搖了搖頭，他稍稍撐起身體，看著安瑾，虛弱地說：「妳是Angel的妹妹吧？對不起，真是給妳添很多麻煩。」

安瑾驚魂未定，一會兒才從小范的身後走出來，稍稍向前幾步，問：「你……你是我姐姐的男朋友？」

「嗯，」David極緩地點了頭，說：「妳和妳姐姐長得……真的很像……我記得，那天的party上，Angel就穿著這件晚禮服，帶著笑，坐在鋼琴前，就像妳一樣……」他指著一旁牆上的照片，那是安瑾，她穿著一件連身的禮服，彆扭地坐在鋼琴前面，「……那天，她好美，她彈得也好美，我當時便愛上了她，她也說她愛我……我們在一起……一起進大學，她念法律，我念會計，有一天……她告訴我她不喜歡法律，她不想當律師，她只想彈琴……彈一輩子的琴，我笑著說要她儘管彈琴，我會照顧她一生一世……她聽完……哭了，那年春天，我們訂婚……」

房間裡的氣氛沉靜，只剩下David急促的喘息聲。他有輪廓分明的臉孔、高聳的鼻梁，以及修長的身材。他曾有大好的前途與美麗的愛情，但如今卻只剩一副行屍走肉，囚禁在這座森森古宅之中。

「意外發生在那年暑假，我們開車去布萊頓……她吻了我，我也回頭吻她，然後事情就發生了……我只記得車子翻了出去，我被彈出車外，等我醒過來時，車子已經開始燃燒……他們從車裡搬出一具屍體……焦黑的屍體……說那是Angel……咳，myGod……那是Angel……」兩滴淚水順著他凹陷的面頰流下，「……Angel怕火，連打火機都會令她尖叫……她竟然被困在車子裡，到處都是火，一點一點將她燒成那樣……oh，myGod，她有多害怕？她有多痛苦？這一切……這一切都是因為我……都是我的錯……」他大吼一聲，隨即整個人癱在床上，大口地吸著氣，詹太太在旁哭說：「David，不要說了……不要說了……先吃點東西，休息吧……」

David掙扎地坐起身來，說：「我今天必須把話說完，以後便沒機會了……我害死了Angel，讓她用最痛苦的方法死去，我不知道要怎麼擔負這樣的罪？我想死，我自殺過無數次，但都不能成功，我發現這是上帝在懲罰我，祂要我用同樣的痛苦，去彌補我所犯下的罪惡，於是我開始絕食，我想……唯有將自己活活餓死，才能感受Angel死前的恐懼與痛苦吧！從那天起，我便拒絕一切食物或飲料，只喝清水……那真是很痛苦……我可以看到我的肉體消逝，看到自己的骨骼和血管……我的意識也漸漸脫離這個世界，有好幾次……我都看到Angel在不遠的前方等我，但我馬上又被拉回原來的地方……我知道那是因為我受的折磨還不夠，還不足以洗贖我的罪……我只有繼續受苦，才能見到Angel……」

David又喘息了一陣，他抬頭看著安瑾，說：「不過……安瑾，妳來之後，事情有些改變……」他指了指對面的牆，那是一幅單面鏡，可以看到隔壁的書房，安瑾工作用的書桌便擺在鏡子前方，「……我每天躺在這邊，看著妳讀詩，看妳讀到有趣的段落時，嘴角會泛起微笑……那種樣子讓我以為，Angel的靈魂並不在天堂，而是那面鏡子的後方，在妳的身上，我好希望能多看到妳，多捉住一些Angel的影子……我竟開始怕死了，我喝一些牛奶，吃點簡單的食物，為的就是能多看妳一點……」他搖了搖頭，臉上浮現一種既像微笑卻又悲哀的表情，他繼續說：「……不過那只是暫時的，每當我恢復理智的時候，我就告訴自己：那不是Angel，那是我父母親找來的替身，真正的Angel仍然在天堂等我……我不能原諒自己竟然進食，更不能原諒自己將其他女人當成 Angel，於是我加倍懲罰自己……我將所有吃的東西吐出來，吐到只剩膽汁，希望這麼做能獲取一些心安……但當妳再度出現時，我又感到迷惑，又有了生存的渴望，但事後，我仍是後悔不已，並更加嚴格地懲罰自己……」David 的聲音逐漸微弱，「……直到昨天晚上，我又看到 Angel，她就在這裡，穿著晚禮服，彈著鋼琴……我想上去擁抱她，但她卻……突然燒了起來，我大聲呼救，但沒人幫我，我只能眼睜睜看她燒成灰燼，向窗外飄去……我爬出窗外，希望能將她追回來，卻又看到她正躺在另一個房間裡，安安穩穩地睡著……我好怕她又燒了起來……所以我用力拍打窗戶，希望將她叫醒……一直到妳尖叫逃跑，我才發現……那不是 Angel，是安瑾……我站在窗邊，大口地嘔吐，但我連膽汁都嘔不出來，只剩下……血……」

詹太太再也忍不住，抱著兒子放聲哭道：「不要再說了！不要再說了！那不是你的錯，David，是爸媽的錯，爸媽不能將 Angel 還給你，求求你，不要折磨自己了！不要再這樣了……」詹仁佑走到妻子身後，搭住妻子的肩，數滴淚水滴在他粗糙的手背上。阿善站在我們身旁，也已是痛哭失聲。

「安瑾，」David 的雙眼已完全闔上，他向著安瑾伸出那乾枯的手，喘息道：「安瑾，我對不起妳，我明知道妳不是 Angel，卻仍自私地在妳身上尋找她的影子，給妳造成很多困擾，妳……妳願意原諒我嗎？」

安瑾嘆了口氣，握住了 David 的手，說：「你的確給我造成很多困擾，但我能怪你嗎？唉，我原諒你。」

David又說：「那妳姐姐呢？我承諾照顧她一輩子，讓她可以無憂無慮地彈琴，結果我卻做不到……我讓她痛苦的死去，妳覺得……她會原諒我嗎？」

「我不……」安瑾停住了嘴，仰頭想了一會兒，才說：「她會原諒你的，她一定會。」

「謝謝。」David的手從安瑾手中滑脫，落在潔淨的床單上，再沒了動靜。

回臺北的路上，小范一直沒說話，只是不停地抽菸，偶爾倚著車窗碎唸幾句，我只聽到「問世」、「生死」之類的詞語，不明白是什麼意思。回到辦公室後，小范隨意沏了壺茶，坐在窗邊，一面喝茶一面看著窗外的下班車潮。十月的空氣中已略帶涼意，新茶不用多時便失去原有的熱度，但小范仍習慣貼著杯緣吹氣，先咂一口試試溫度，再將茶水灌入嘴中。

直到第四泡時，我終於忍不住，開口說：「小范，這件案子……」

「不行，」小范將茶杯擱下，說：「這件案子你不能報，我知道你們會怎麼處理這個新聞，把紅花樓寫成鬼屋，把詹仁佑夫婦寫成德古拉伯爵一樣的惡魔，把邱安琪邱安瑾姐妹的照片並排在頭版，讓讀者比較看看誰比較漂亮……不行，我不能讓你報這件事！」

「我不是說這個，」我說：「這件案子還有一些我不大清楚的地方，想要問你。」

「都真相大白了，還有什麼好問的？」

「不是結果，是過程部分，」我說：「我去南庄查了半天，從一張支票追到英國，再追到詹仁佑夫婦的，也查到了那場車禍，只差沒挖到那個Angel而已。但你不是，你就坐在這邊，直接跳到Angel這個點，將謎團給剖開……我想知道，你是怎麼找到這個點的？」

「喔，是這個……」小范笑了笑，說：「是邱安瑾帶我找到這隻螞蟻的。」

「邱安瑾？」

「我說過，」小范點了支菸，說：「第一次邱安瑾來這裡所說的故事中，有一些矛盾的地方，當時你想不到，你現在可以理解了嗎？」

我再度仔細回想邱安瑾最初的陳述，最後仍決定放棄。「其實很簡單，」小范說：「打從詹氏夫婦找上邱安瑾開始，我們就知道，這對夫婦與邱安瑾之間一定有某種關聯，只是究竟是什麼樣的關聯？詹仁佑熄掉壁爐這件事，說明他們夫婦知道邱安瑾有恐火症，這是邱安瑾的祕密，詹氏夫婦竟然知道，表示他們關係匪淺；不過從另一個方面來看，詹氏夫婦替邱安瑾布置了一個風格完全相反的房間，他們不知道邱安瑾不會彈鋼琴，也不知道她不穿裙子，又顯見他們對邱安瑾一無所知。

「這就是我所說的矛盾。在什麼情況下，我們會得知一個人極私密的部分，但卻對他的房間布置風格或穿衣習慣等容易觀察的部分一無所知呢？我想了整整一夜，卻找不到一個合理的解釋……不過好在，有這張照片。」

小范將那張女孩抱著日本娃娃的照片從筆記本中取出，放在桌上。

「我看不出來這張照片有什麼特別的啟發性……」我說

「因為你並沒有太多值得啟發的東西，」小范清了清喉嚨，說：「你還記得，邱安瑾說火災發生那年她幾歲？」

「七歲。」

「對，而這尊日本娃娃是火災發生前一週，她父親送給她的生日禮物，換句話說，這是她七歲的生日禮物，不過這張照片中，蛋糕上插的卻是……」

「八歲的蠟燭！」我倒吸一口氣，緊盯著那個「8」字型的蠟燭。

「對。剛開始我發現這事時，還以為是邱安瑾搞錯時間了，於是我將邱安瑾的身分資料還有他們家發生火災的新聞資料找出來，發現那場火災的確是發生在邱安瑾六歲滿七歲那年，而且的確是在她生日的一個星期之後，邱安瑾這點並沒有搞錯。」

「那……究竟是哪裡搞錯了？」

「照片搞錯了，」小范說：「我捫心自問，我現在完全不記得我七歲那年收到什麼生日禮物，更不記得我的兄弟姐妹收到什麼禮物，邱安瑾亦然；她對那尊日本娃娃有印象是因為之後的火災，但對於其他事情可能就印象模糊了。因此當她看到這張照片中有生日蛋糕與日本娃娃時，便直覺認為照片中的人是她，事實上……這是另一個女孩，她與安瑾外表相似，而她八歲生日那天，收到同樣一尊日本娃娃。」

「是她姐姐！」

小范微微點頭，說：「邱安瑾在談話中有幾次提過她有個姐姐，不過沒有詳述。因此我又發了封 E-mail 詢問關於她姐姐的事，就是我之前給你看的那封……她回答得不多，也不記得那年邱安琪的生日禮物是什麼，不過至少我們可以確定，邱安琪長她一歲，而且生日在妹妹生日之前；她們的父親可能剛好買了兩尊相同的日本娃娃，分別在女兒生日時送給她們當禮物。」小范站起身來，右手插在口袋中，繼續說：「釐清了這一節，那紅花樓裡那尊有燒痕的日本娃娃便可以解釋了，那不是邱安瑾的娃娃，而是她姐姐的，換句話說，與詹氏夫婦產生關聯的，並不是邱安瑾，而是邱安琪。另外我又想到，邱安瑾曾說過，同樣在儲藏室中，有一個大衣櫃，裡面堆滿了禮服或洋裝，而之前詹太太要邱安瑾穿上的禮服，也是從儲藏室拿出來的……這些衣服不是詹太太的，是誰的呢？會不會同樣是那個邱安琪的？

「當我把邱安琪這個假設代入算式中，發現原本的矛盾有了答案。詹氏夫婦認識的是邱安琪，她同樣歷經那場大火，因此和妹妹同樣有著恐火症，只是她會彈鋼琴，喜歡穿裙子，房間也偏好女性化的布置，與邱安瑾偏中性的個性大不相同。不過這個邱安琪在哪裡呢？那個神祕房間裡躲的就是她嗎？找邱安瑾來紅花樓的目的又是什麼呢？」

小范將菸熄去，笑了笑，說：「接下來的事你就知道了。其實我當時已經意識到邱安瑾是她姐姐的替身，不過不知道這個替身的目的何在，還以為詹氏夫婦是要利用她騙取什麼財產之類的，不過事後證明，呼……真是小人之心！」

我點了點頭，又問：「那最後一個問題……你剛剛在我車上，一直自言自語什麼問世、生死之類的，那到底是什麼？」

「哦？」小范點起菸，吸了一口，嘆道：「問世間情是何物，直教人生死相許啊！」

我回到報社，發現有一封航空郵件，是那位謝姓少女的父親親筆寫來的。他說關於性侵女兒一事，全部都是他女兒捏造的，他女兒最近交了一個男朋友，還去那間汽車旅館開房間被他撞見，他一怒之下沒收女兒所有的零用錢，還宣稱除非分手，否則一定斷絕父女關係。他認為這是他女兒挾怨報復，才偽稱被父親性侵。信中並提到他將於今日回臺灣，若我有問題可以撥電話給他。

我將信看了兩次，又想到小范的「螞蟻理論」，心裡突然閃過一絲念頭。我將那間汽車旅館的住宿登記影本拿出來，仔細看著上頭我用紅筆圈起來的部分，包括簽名與進退房時間的字跡，與謝父所寄來的信一模一樣。

我打了通電話給那位父親，他先是一再重申他沒有亂倫，然後又痛罵現在社會風氣敗壞，年輕人竟然敢陷害自己的父親，不過當我問到motel的住宿登記時他就安靜了，他支吾許久，最後終於坦承：最近和公司裡一個新進女職員發生婚外情，他倆常趁中午休息時去那間motel，卻不巧被他女兒撞見。他希望我能保守這個祕密，直說這種事情不算什麼新聞。

我坐回我的位置前，打開電腦，隨便鍵入幾個字當標題，但卻無以為繼。我的思緒仍停留在南庄山上，隨著紅花樓裡的大鐘，滴滴答答地轉著。

# 空手而歸的賊

歲。

一

鄭柏良先生於民國九十四年八月九日上午十一時，病逝於臺北榮民總醫院，享年六十七歲。

鄭柏良先生為早期知名的黨外人士，其於民國五十一年就讀臺大時所發表的一篇「草山幽思」，成為往後二十年臺灣民主運動的精神指標，但也就因為這篇文章，他被冠上「通匪判國」的罪名，入獄達十年之久。解嚴之後，鄭先生並未涉足政界，他回到他所熟悉的草山老家，深居簡出，專心著述。每當有人問起他為什麼不從政，他總是回答：「我畢生所知便是追求民主，如今民主已達成，我所知的也已窮盡，我又有什麼資格去插手政治呢？」

鄭先生的另一段傳奇故事，便是他與夫人周子玉女士之間的戀情。周子玉女士與鄭先生為大學同班同學，但鄭先生當時活躍於黨外運動，周女士則是公務員世家出身，兩人始終保持一定的距離。鄭先生入獄之後，每天寫一封情書給周女士，信中談及他對人生的信念、臺灣民主的理想等等，每封信均是說理鏗鏘，熱血澎湃。如此通信將近二年，周子玉女士終於感動，與鄭先生互許終身，成就一段感人的佳話。不過鄭柏良先生對於這段往事始終保持低調，二年前周子玉女士過世之後，他便將所有的情書鎖進一只木盒中，並吩咐兒女，他死後要以這只木盒陪葬，絕不允許任何人將盒子打開。

「我父親真的很珍惜這些信件，」鄭柏良先生的長女鄭容菊說：「他還特地去埔里買了個特製的『朱雀鎖』將盒子鎖起來，只有他一個人知道鎖上的密碼，除了他，沒有其他人可以打開那只盒子。」

不過就在前天晚上，那只供奉在鄭柏良先生靈柩旁的木盒竟然被打開了，那只特殊的朱雀鎖也不翼而飛，不過盒子裡的信件卻仍堆疊得十分平整，並沒有被人翻動過。

「那天是我父親的頭七，」鄭容菊女士感性地說：「我想是他回來了，他回來尋找對我母親的回憶，但他卻帶不走什麼。」

「媽的，你寫這是什麼垃圾？」老編將整份稿件砸在我臉上，咆哮道：「我是叫你去跑頭版，頭版是什麼你知不知道？你有沒有看最近那個綜藝節目？那個模仿我們老董的，他說我們要報的就是『緋聞加醜聞，裸體加屍體』，媽的，人家搞綜藝的都比你懂新聞，你自己看看……這是在幹什麼，寫這是什麼狗屁溫馨小故事？」

「我想靈異事件……應該也很有價值……」

「媽的，」老編罵道：「靈異事件？這算什麼狗屁事件，那個姓鄭的有沒有從電視機裡面爬出來？有沒有哭著說他是被國民黨給做掉的？沒有？沒有這樣還有什麼好報的？你自己摸著胸口說說看，現在有幾個人有聽過鄭柏良這個名字？他就算是顯靈在臺北一〇一上面都沒人有興趣，你寫這篇還想上什麼版面？」

我沒有說話，只是彎下腰將散落一地的稿件撿起，收拾整齊。

老編手肘倚在桌上，用力吸了口菸，說：「胖子，你在這個圈子也十年了，怎麼越寫越回去？你自己看看，阿毛是你帶出來的，現在都幹得比你好，你看這篇『淡水二分局黃姓刑警濫權白嫖，酒家女求助無門』，標題下得多好！讀者瞄到就想看下去，然後你看這照片，這個女的還不錯，這個刑警……瞇瞇眼，一臉豬哥樣……你知道嘛，大家就是喜歡這種調調的東西，官兵與妓女，這樣才有資格上頭版，你寫那種東西，媽的我幫你放在副刊上好了！」

我帶著稿件離開報社，下班時間忠孝東路上車流擁擠，空中一層薄霧遮掩了夕陽餘暉，令成排熄燈的商業大樓更顯黯淡。我搭乘捷運在臺電大樓站下車，信步走進師大夜市，先在韓國飯館點了一客石鍋菜拌飯，然後又擠在學生中買走了二百元的滷味，接著再叫三份生煎包收尾，甜點則讓我傷了一會兒的腦筋，最後我從麵包店裡買了三種不同口味的蛋糕，坐在師大路公園的木馬上，結束了美好的一餐。我習慣靠食物中和生活中的苦悶，百來公斤的贅肉也是這樣層層累積的。

人生不如意之事，十有八九。

離開師大路，我在一間洋酒店買了一瓶單麥威士忌，用我那份稿子裹著，往疑難雜症事務所的方向走去。小范向來只喝茶不喝酒，不過有人可以說話，總比獨飲悶酒好得多。

「范仔，聽我講，這次一定要汝幫忙，汝一定要替我找出是什麼人好大膽，敢這樣汙辱我多桑。」才剛走出電梯，我便聽見阿彪沙啞的嗓音從小范的辦公室裡傳出來。

「大塊仔，汝來就好，」阿彪看見我進門，將手上的菸在菸灰缸中捻熄，用更大的聲音說：「汝也替我說看嘪，若是有人汙辱恁老爸，汝就這樣放伊煞，是不是真不孝？」

「真不孝沒無對。」我將手上的酒瓶擱在小范的辦公桌上，在沙發上坐了下來。

徐世彪穿著那件一年四季不變的黑色尼龍夾克，下半身搭上一條卡其長褲，腳上踩著黑色運動鞋。他的身材瘦長，皮膚黝黑，剃了個三分頭，雖然已年近五十，但頭上卻未見斑白。叫他「阿彪」當然是我們這些熟人的特權，在道上若是沒有在他名字後面加個「哥」或是「大仔」的話，明天就等著掛急診。

「我也感覺真不孝，」小范從抽屜中取出一盒未開封的Dunhill，輕輕拍打菸盒底部，「不過汝進來到現在快要十分鐘，我還是不知恁多桑是怎樣給人汙辱的。」

「好，這樣我慢慢地講，」阿彪身體後仰，右手肘扣住椅背，「我多桑二年前過身了，伊是做工的，跟這個江湖什麼關係都沒。伊過身以後，我將伊火化掉，但是沒有送去納骨塔……納骨塔一大堆放做夥，又隘又擠，不是我多桑應該住的地方。所以我決定將伊迎回我家，放在伊以前住的那個房間裡。」

小范拆開菸盒包裝，挑出一支菸遞給阿彪，阿彪做個手勢拒絕，繼續說：「我多桑生前幾年都和我住，住在淡水。我家是一棟三樓的透天厝，就在真理大學旁邊，我多桑的房間在三樓，那是伊自己選的。從伊的房間，可以看到整個海面，伊最愛坐在窗門前，一邊看海一邊唸歌，所以我將伊的骨灰罈迎回來之後，也就放在那個房間裡。我去訂了一個鑲金的靈龕，將多桑的罈子放在裡面，放在伊平常時坐的那椅子上面，向著海邊，讓伊可以平靜地過伊以前的生活。我又特別去埔里買了一個特製的『青龍鎖』，賣我的那個人說，除非知道密碼，否則絕對打不開。我就用這個鎖將靈龕鎖起來，給我多桑免受叨擾，伊的那個房間……除非是歐巴桑來打掃，平常時也鎖著，反正我不要給任何人來叨擾我多桑。」

「聽起來不錯，」小范呼出一口煙。「若是我以後的兒子可以這樣，我也會感覺真甘心。」

「問題就是出在昨日，我透早去臺南出差……替一個小弟處理一些問題，到暗時八點多才回來，竟然發現我家的鐵門和正門都是打開的！我那個時準想說有賊仔，趕緊檢查有掉什麼東西沒，結果我的古董、金條、現金全部都在，沒減半先。我一個房間一個房間檢查，一直爬到三樓，才發現我多桑的房間是打開的，我衝進去，看到那個靈龕給人動過，上面的鎖不見，靈龕就開在那邊！」

「骨灰罈呢？不見了還是給人摔在土腳？」

「沒，骨灰罈還是放在靈龕裡面。」

小范「喔」了一聲，說：「汝說這是有人要汙辱汝老爸？」

「沒是怎樣？」阿彪的嗓子因菸酒而沙啞，但也更添氣勢，「甘有賊仔會進到汝厝之後，什麼東西也沒拿就來去？就算說那個賊仔發現說伊走不對人的厝，伊去開我多桑的龕是要幹啥？這擺明就是有人要來削我的面子，存心要給我難看的！」

「汝剛剛不是說那個啥……青什麼鎖不知道密碼絕對沒人打得開，怎麼會又會給人打開？」

「我哪知？那個密碼只有我知道而已……」阿彪調整了一下姿勢，續道：「不只是這樣，范仔，汝也知道我家價值的東西多，所以我一直都很小心，我家外面鐵門的鎖就有兩副，厝正門的鎖也是那款五段的，開五千多塊裝的……我多桑房間的鎖也不是隨便的那種喇叭鎖，鎖匙是厚的那種的。我厝裡所有的鎖匙就只有一副，我隨時帶在身軀邊，絕對不離身，誰知所有的鎖都給人開了了，真的是要給我氣死！」

小范低著頭沉思半晌，問：「真的沒掉東西？」

「沒，連一塊桌布也沒。」

「嘿，」小范笑了一聲，「汝甘沒報警？」

「有啊，當然也有，但是報警有啥路用？警察就來，四界照相，沒就拿刷子在那邊不知刷什麼，我和警察交手幾百回了我會不知？淡水的那些警察，根本就不會給我睬，給我一張單子，連筆錄也不做就走了，我哩咧……以前若是來抓我，筆錄就要做整天，現在我報案，就什麼也不問……期待警方替我查，不如期待阿扁拚經濟較實在！」

「話也不是這樣講，臺灣現在這麼亂，我認為在野黨要負較多的責任……」

「沒要跟汝詼這啦！」阿彪大聲說，喝了一口他面前的茶水，「我出五十萬請汝替我找出闖入我家的人，這邊是二十萬的票，做前金。」

「汝也知道我的規矩，不用前金。」

「我就是要付，沒汝是要怎樣？」阿彪將支票推到小范面前，「不管汝用什麼手段，什麼方式，一定要把那個人給我找出來，我會替伊準備好一個骨灰罈，就放在我多桑的旁邊。」

## 二

「誒，范先生，你也搞清楚，咱這邊是警察局咧，不是圖書館咧，哪有可能說汝要借什麼就借汝的，『偵查不公開』你有聽過沒？案件的報告在起訴前都是不公開的，律師來也一樣，你不必多說！」

淡水鎮警察局第二分局二樓，刑事組第二小隊的辦公室裡，刑警黃祖亮端著一杯黑咖啡，斜眼看著我和小范二人。他年紀大概四十初，身材高大臃腫，一張大臉上坑坑疤疤，配上一枚紅通通的蒜頭鼻；他的頂門前緣已禿盡，只能將右側的頭髮拉過來做遮掩，他說話時習慣用手撥弄那串條碼般的髮絲，以確保它們仍然存在。

「但是蔡局長說……」

「蔡勝是蔡勝，」黃祖亮說：「我知道汝在臺北市幾間分局都吃得很開，但是歹勢，這邊是臺北縣……蔡勝也只是跟我說你們會來，沒叫我一定要把東西給你們，伊也知道這樣和規矩不合……我看這樣，我等一下帶你們去吃碗阿給，然後你們就可以坐捷運回去了，好否？」

「若是汝覺得價格太低，我們可以再加。」

「啊呀，汝怎麼都聽不懂，就跟汝說不是錢的問題嘛！這是原則，原則你懂不懂？principle，」他突然迸出一個字正腔圓的英文單字，害我和小范都嚇了一跳，「我跟汝說，汝替徐世彪辦事，不要說我啦，汝在淡水警察局絕對找不到一個人挺你……我們有多少人栽在徐世彪的案子上你知道否？我一個學長，盯他一間地下賭場盯了整年，結果收網那天……夭壽，牌子籌碼全部都不見了，還被他投書到刑事局說我們擾民，害我學長那年考績拿了乙等……」

黃祖亮灌下一大口咖啡，咂咂嘴，「……這種事太多了，我們局長去年尾牙還設了一個特別獎，叫『徐世彪金牌』，就是說下次如果我們把徐世彪抓回局裡，拿這塊金牌的人就可以海扁他一頓，責任我們局長會扛……這當然是開玩笑的，不過汝拿徐世彪的錢辦事，要叫我配合，我只能說……免肖想。」

阿彪的故事我們當然知道很多，不過竟然連鈔票都換不來一份偵查卷宗，看來阿彪和淡水警方結怨還真的頗深。

「黃警官，我不想介入你們和徐世彪的恩怨……不過此一時彼一時，現在徐世彪是受害人，我只是幫他找出闖進他家的人，和你們警方沒有衝突。反正這件案子本來就不會去查，等我找到人，再把情報送給你，這樣你不是占便宜？高抬貴手吧！」小范壓低姿態，試圖讓自己的聲音聽起來誠懇一點。

「就跟你說是原則問題，原則！」黃祖亮將咖啡杯重重放在桌上，瞇起眼睛，說：「好了好了，沒時間跟你們五四三，我還有勤務要出，回去回去！」

「黃警官，」一道閃光掠過我的腦海，將兩個畫面重疊在一起，我說：「最近叫小姐是不是搞得不太愉快？」

黃祖亮的眼睛一下子睜得斗大。「你……你在說什麼？」

黃祖亮適才將眼睛稍微瞇起來，讓我想起了在主編手上看過的那張照片。我從小范手中拿過裝有一萬元的信封袋，說：「黃警官，人賺食查某出來賺的也是辛苦錢，汝這麼有原則的人，玩完不付錢，還給人家欺侮，這樣說不過去啦！這邊一萬元，拿去補償人家。」

「黑白講！」黃祖亮跳了起來，額頂的條碼滑到鼻子上，「什麼我玩完不付錢……我跟汝說，我是清清白白，該付的都有付，你們這種記者黑白寫，我才沒在驚的！」

「那是我學弟報的，我可以幫你處理一下……」

「夭壽骨，本來是說好，四節一萬，可以親可以吸，結果咧，又不給搓又不給親的，搞什麼？我只是叫伊找她們經紀人來跟我談，伊就跑去找記者亂講，貓仔要來弄官府？汝說這還有天理？」黃祖亮越說越大聲，他手中的黑咖啡稍稍溢出，沾汙了他的西裝長褲。

「真的是沒天理，」小范對我使個眼色，說：「胖子，我們走吧！」

「慢咧，慢咧，」黃祖亮趕緊叫住我倆，「大塊仔，汝說汝可以替我處理那篇報導？」

「汝說汝沒在驚的……」

「真正夭壽骨……」黃祖亮低聲咒罵著，轉身打開鐵櫃，拿出一本卷宗，放在辦公桌上，說：「去後面影印機印一印拿回去看，別傳出去……關於那篇報導，汝……」

「這件案子看起來不好辦。」在回臺北市的路上，我一邊轉動方向盤，一邊對小范說。

「對平常人來說的確是這樣。」小范右手擱在車窗上，他手上沒有菸。

「你有頭緒了？」

「沒有。」

「嗯。」

警方的調查報告並沒有給予我們更大的啟示，幾張現場照片均與我們一早去阿彪家實地勘查的情形一樣。警方唯一有價值的線索，是在鐵門與正門上所採集到的幾枚指紋，以及庭院中的一枚清楚鞋印，這些跡證在警方的犯罪資料庫中均找不到適當的連結，對於搜尋人犯身分顯然幫助有限。

沉默了一會兒，我又說：「我想不透那個……人闖進徐世彪家裡要幹什麼。」

「嗯。」

「他不是要竊盜，也沒有要放火或砸毀什麼，也沒有留恐嚇信或在牆上打幾個彈孔，就只是打開了徐世彪老爸的靈龕，這是為什麼？」

「我有假設幾個可能，」小范說：「不過並沒有意義，對找到那個人沒有幫助。」

「例如？」

「例如那個闖入者的確拿走了什麼東西，只是阿彪不知道而已。」

「像是藏在牆壁中的屍塊？」

「或是那只靈龕裡有什麼。」

「對！」我點頭，用力一踩油門，搶過了一個黃燈，「這個很有道理，那個闖入者就是為了拿靈龕裡的東西，可能是什麼重要文件或證據之類的……可能是警方搞的鬼……」

「但我認為很沒有道理，」小范說：「阿彪那樣的人，他爸爸的靈龕裡面有什麼他會不知道？而且我們今天也去看過了，靈龕裡面除了骨灰罈放置的那一塊，其他地方都有一層薄薄的灰塵，沒有其他東西放在裡面，也沒有東西被移動過。」

「那還有什麼可能情況？」

「我不想說，都只是一些無稽的想像而已，我想我們應該從另外一條線著手。」

「什麼？」

「門鎖。」

「什麼意思?」

「我今天仔細看過,徐世彪家裡的幾道鎖就像他所講的,都不是簡單的鎖。最外面鐵門裝的那種可變鑰匙的五段鎖,裡頭有暗栓,下面還有一個二段副鎖,加起來就是七段,阿彪說他三個月前才改過鑰匙,不可能有人有複製鑰匙。另外房屋正門裝的則是連體七段鎖,義大利貨,無鎖心設計,同樣有暗栓,我相信就算是訓練有素的鎖匠,也沒有那麼容易能夠打開。」

「不過就所我知道的,」我將方向盤向右打,切入外線車道,準備右轉,「臺灣鎖匠平均水準都很高,有很多開鎖的技巧只是我們不知道,要不然真的會嚇死人,像上一次我這輛車的鑰匙掉了,人家推薦我羅斯福路上一間鎖店,結果那個老闆過來,直接對著車子的鎖就打了一副新鑰匙給我,這樣才一千五……吶,就現在這支……所以你說阿彪家那三道鎖有多難開,我想也難不倒大部分的鎖匠,搞不好光淡水就有十幾個可以開那種鎖的人。」

「不是只有這樣,」小范換了個姿勢,面對我說:「徐世彪的房子就在真理大學旁邊,案發當天星期三,他早上十點出去,晚上八點左右回來,換句話說,闖入者要進入那幢房子,也就是趁中間這段時間;但這段時間卻也是學生往來最頻繁的時候,你想想看,如果有一個人在那棟豪宅前,對著鐵門又敲又鑽半個小時,一定會有學生注意到,但阿彪自己事後也有去查過,並沒有學生有印象看到有人在開鎖。」

「所以……」

「所以那個人開鎖的動作很快、很俐落,俐落到人們都以為他是拿鑰匙開鎖。他一口氣破解了鐵門和正門上三道複雜的鑰匙鎖，又破解了裝在靈龕上那道特製的密碼鎖，這傢伙不是一般的鎖匠，」小范呼了口氣，看向前方，說：「他是一個出神入化的開鎖者。」

## 三

出神入化的開鎖者！

這個詞彙在我腦中擦出了些許火花，但太微弱了，不足以照明整個思路的行徑。我花了一整個週末挖掘自己的記憶，包括吃飯、睡覺或蹲馬桶時，都不停的問自己，究竟是在哪個地方看過這樣的字眼。我將這個詞彙幾次排列組合後輸進 Google 的搜尋器裡，但只找到了一些鎖店的廣告。

小范說得沒錯，鎖匠或許可以解開所有的鎖，但中間的過程卻容易引人注意。上回我找鎖匠為我開車門時，他提了一整盒的工具，對著我的車門鎖弄了將近一個小時，期間還有巡邏員警前來盤問，我出示行照之後他們才離去。

裝一道好鎖並不保證絕對不會被打開，只是增加開鎖者的成本，讓他放棄意圖罷了。

星期一一早，我走進報社，看見阿毛躺在幾張拼起來的椅子上，桌上放著幾張印出來的圖片，是個中年女子挽著一名高大男子走出汽車旅館的連續照片。

「哎，學長……早啊！」阿毛坐起身子，伸了個懶腰，轉動著頸項。

「昨天沒回去？」

「嗯，在motel外面守到三點，回來又弄這些弄到五點，受不了只好直接睡了。」

我拿起那些圖片看了看，說：「拍得不錯嘛，焦點都抓得很好，臉也清楚……這是誰？」

阿毛拿起一瓶礦泉水漱了漱口，說出一個我耳熟能詳的名字，然後說：「還不錯吧，學長，官夫人搭上男模，你所說的好新聞。」

「嗯，」我回到自己位置上坐下，打開電腦，文件匣裡只有一些舊的報導，沒什麼好新聞。

「我昨天晚上和慧穎去吃飯，」阿毛站起身，開始整理毛毯，「吃著吃著就看到這個男的從二樓走下來，結完帳就出去了。我當時馬上就起了疑心，那間餐廳的二樓都是包廂，那個男的不可能一個人吃飯，但他卻一個人先走出去，感覺上就是在躲著什麼……果不其然，五分鐘之後，這個女的就從二樓走下來，她戴著墨鏡還有帽子，不過我一眼就認出她是誰……嘿，學長，就像你說的，『百萬之中取上將之首，如探囊取物』，才是一個好的狗仔。」

我又「嗯」了一聲，依稀記得自己講過這種話。不過現在我連照片放在眼前都認不出那人是誰。

「我那時候馬上將信用卡丟給慧穎，跟她說十聲對不起，要她去買件衣服慰勞自己。然後衝出餐廳，跳上車，緊跟著那對男女。他們將車開進motel時我就知道機會來了，我把相機準備好，然後一邊撥電話一邊等，我很快就查出那個男的是一個沒啥名氣的模特兒，也順便把他們的親朋好友都訪問了一遍……不過即使是這樣，時間還是很慢，我一直等到快兩點，他們才從motel走出來。嘿，那個男的搭上這樣一個中年歐巴桑，不是要錢就是要名嘛，我成全他，老編一定會給這篇一個大的版面。」

有機會上頭版吧，雜誌封面也有可能。

「學長，怎麼樣，我幹得還不錯吧？你上次跟我說你追到的那個靈異事件怎麼樣了？應該會上頭版吧？」阿毛將寢具收拾好，一邊說話，一邊對著鏡子整理頭髮。

「咳，可能還要追……」我無意識地點動滑鼠，打開了一個視窗，「……嗯，阿毛，你有沒有聽過……『出神入化的開鎖者』？」

「『出神入化的開鎖者』？」阿毛回過頭來，「有點印象，不過不知道是在哪裡看到的。」

「我也是，好像是一兩年前的新聞，不過我怎樣就是想不起來，也找不到。」

「我看看。」阿毛滑動辦公椅回到電腦前，滑鼠與鍵盤併用地搜尋著，他咬著上脣，偶爾扶動一下粗框眼鏡。我也胡亂地鍵入一些文字，暗自期待那小子找不到什麼東西。

「有了，學長，」他大叫一聲，戳破了我邪惡的心思，「不過不是『出神入化的開鎖者』，是『無鎖不入的怪盜』，兩年前的案子，飛陀錶竊案，報導是你寫的。」

我對這件案子有印象。

二年前，瑞士著名鐘錶品牌江詩丹頓於臺北國際鐘錶展中展出兩支二百四十五週年紀念飛陀錶，琺瑯表面，超薄機芯，飛返萬年曆，堪稱是瑞士鐘錶工業的登峰造極之作。兩支錶各訂價新臺幣一千八百萬，展出第二天隨即被訂購，引起收藏界不小的震動。買主雖保持低調，但仍不免曝光，據傳是國內某知名企業的第二代，於收藏界素負豪名，這回一次便訂下兩支千萬名錶，出手之闊綽，令各界咂舌不已。

不過財不露白。這起交易之後不到一個月，兩支千萬名錶即於買主位於臺中七期的豪宅中遭竊，引起一陣軒然大波。據瞭解，本案竊賊手法極為囂張，該豪宅自大門至保險箱所有的門鎖都被打開，監視器與保全防盜等設施則悉數被關閉。更有數名目擊者指出，案發當天上午十點左右，有看到兩名男子開車出入該宅，該兩名男子自大門進出，行止從容，完全沒有惹人懷疑的樣貌。

當時我負責跑這個案件，專案小組都對竊賊的手法嘖嘖稱奇，畢竟那幾道被打開的鎖都是精心設計的機械或電子鎖，鎖具本身完全沒有破壞的痕跡，彷彿開鎖者便是拿鑰匙打開的一般。一名老經驗的刑警更是斷言國內沒有這種開鎖人才，一定是國外的職業竊盜集團所為。當天頭版，我便以「神乎其技的開鎖怪盜」做為標題。

這件案子還有後續發展。專案小組在綜合各項線索之後，將偵查重點放在知名收藏品大盜詹惜恩身上。詹於民國八十八年至八十九年間，曾犯下數起珠寶與藝術品竊案，於八十九年底遭逮捕，判有期徒刑六年六個月，九十二年名錶竊案發生前三個月，他才剛獲假釋出獄，警方從作案手法研判，本案極有可能是詹惜恩夥同另一位開鎖高手所犯下，因此布線準備逮捕詹惜恩。豈知詹於竊案發生之後一個月，便於南投草屯因騎摩托車遭砂石車撞擊，當場身亡，警方循線找到他的住所，起出數件被竊的藝術品，但就是不見那兩支千萬名錶。

這起重大竊案就此告終。警方並無法查出那名共犯的身分，而那兩支名錶也未在黑市上出現，全案逐漸走入死胡同。我追了這個新聞一個月左右，最後隨著專案小組解散，這則新聞的相關資料也歸入了電腦的某個檔案夾裡。

神乎其技的開鎖怪盜?出神入化的開鎖者?

往疑難雜症事務所的路上，我反覆思索「飛陀錶竊案」與「徐世彪宅入侵案」的關聯性。這兩起案件的案發時間都在白天，犯人藉著高超的開鎖技巧當掩護，輕而易舉地進入住宅內，即使有路人目擊，也完全不惹懷疑，作案之後犯人並沒有將門戶重新鎖上，彷彿是向主人示威一般。

不過這兩起案件在許多面向上卻是截然不同，名錶竊案中至少是掉了兩支千萬名錶，但阿彪家入侵案中，卻什麼也沒有遺失；此外，名錶竊案中，竊賊並沒有留下任何指紋腳印，所有的防盜設備也悉數被解除，似顯示竊賊具有專業水準；但在阿彪的案件中，侵入者卻留下了大量的跡證，例如指紋與腳印，似乎反映了入侵者在技巧上仍顯生疏。而且這些跡證並不見於警方的犯罪資料庫中，表示這個傢伙是初犯，至少沒被警方逮過。

這兩起案件或許有關係，但那究竟是什麼，我說不上來。

小范並不在辦公室裡，他的茶壺茶杯全都洗淨倒置於水槽旁，意謂著他出了遠門。我拿起話筒，撥了他的手機號碼。

「喂，胖子，什麼事?」小范接起電話，背景聲音十分嘈雜。

「你在什麼地方?」

「埔里，什麼事?」

「去埔里幹麼?」

「為了你的好朋友徐世彪啊。」

「什麼我的好朋友……徐世彪的事你為什麼要跑到埔里去？」
「因為你的報導。」
「哪一篇？」
「你放在我桌上那篇，鄭柏良的那篇，跟一瓶酒一起放在我的桌上。」
我看看小范的辦公桌，威士忌還在，但那篇鄭柏良靈異事件的報導不見了。「那篇和阿彪的事情有什麼關係？」
「這兩件是同一個案件，你看不出來？」
我想了一想，皺著眉說：「無法理解。」
「回去再告訴你，」小范的聲音略略提高，「你找我又有什麼事？」
我將我所查到的「名錶失竊案」簡要提了一回，說：「我剛剛才找到的，就『開鎖』這點來說，和阿彪家的事件滿類似的，可是其他部分就……」
「很好，胖子，」小范說：「你蒐集資料的功夫比我高一籌，你查到的這件案子應該和阿彪家的事件有關，我想我們接下來可能要去平鎮或是霧峰一趟，你得把車準備一下。」
「平鎮？霧峰？為什麼？」
「當然是要去找那個『出神入化的開鎖者』……我告訴你，這個傢伙可不是普通人物，我們要小心一點。」
「究竟是……」我話沒說完，忽然聽見門口傳來「喀答喀答」的響聲。我一抬頭，只見辦公室大門的喇叭鎖正輕輕震動，被我順手按下的鎖鈕「答」的一聲跳起，門鎖轉動，一名高大的男子走了進來。

他穿著一件黑色的 Polo 衫，搭配一條燙平的卡其褲，頭上一頂棒球棒帽壓得甚低，只留下一方稜角分明的下顎，上頭一道傷疤，隨著嘴唇而抽動著。

「姓范的在哪？」他說。

「鐵花兄，光臨敝事務所，有何指教？」小范在他習慣的位置上坐下，為自己倒了杯茶，一副風塵僕僕的模樣。

「有人告訴我，你在查徐世彪的事。」

「誰？」

「黃祖亮，淡水第二分局那個。」

「喔，是他，」小范喝了口茶，「他人不錯，人親切……徐世彪也惹到你了？」

「沒有，和徐世彪無關。」花仔也喝了口茶，說：「昨天一個叫賴能的老先生家中遭人闖入，將他一個上鎖的鐵櫃給打開。不過奇怪的是，鐵櫃裡面幾十枚古董鼻煙壺一個都沒少，只有那道鐵櫃的鎖不見了。有人目擊那個小偷是上午十一點左右，從大門進出賴宅的，不過目擊者都說，那個人開門進出看起來很從容，一點都不像做賊的樣子，所以也沒有人多留意。」

小范從桌上的菸盒中抽出一支菸，點燃後深深吸了一口，闔上雙眼，再將煙霧從雙唇間緩緩釋出，他問：「這件案子發生在哪裡？」

「桃園平鎮。」

「嗯，事情不止這樣吧？」

「對，他們還找到了一個死人。」

李鐵花是刑事警察局偵一隊的一個小組長，據說他的父親是瘋狂的楚留香迷，所以才給他起了這樣的一個名字。他和小范的交情究竟有多久我也不清楚，只知道他們倆常常合作，花仔會介紹一些案子給小范，小范也會適時地提供他一些資訊，除了小范和我之外，他是第三個擁有這間辦公室鑰匙的人。

偵一隊的業務主要是凶殺案，若只是單純的竊盜或住宅闖入案，自然用不著刑事局出馬。

「昨天下午三點半，在平鎮交流道下方的空地上，發現一具成年男性的屍體。死者被利刃割斷咽喉，當場斃命，現場距離賴能的住宅，大約只有五百公尺，」花仔將幾張血淋淋的現場照片丟在桌上，繼續說：「死者身上除了一般衣物以外沒有其他東西，但他的右手掌心有擦傷痕跡，顯然是原本提著什麼但被凶手硬生生地搶走了……我們查到，死者的名字叫盧堉泓，三十六歲，臺中縣人，職業是一名鎖匠。」

小范又吸了口菸，說：「他就是闖進賴能家的人？」

「對，他也是闖進徐世彪家裡的人，他的指紋和檔案庫裡記錄的完全相符。」

「嘿，很有趣，」小范躺回椅背上，一手托著下巴，說：「再一個問題，你知道那位賴老先生用來鎖鐵櫃的鎖，是什麼樣子的嗎？」

花仔方正的臉上露出一副莫名其妙的表情，說：「不知道，筆錄上沒記……這很重要嗎？」

「什麼東西都沒掉，就只掉了那副鎖，你說不重要嗎？」小范笑說：「你現在要我幫你什麼？」

「我想看看你在徐世彪那邊有什麼進展，可以給我參考一下。」

「的確有東西給你參考……你看過『連城訣』嗎？」

「什麼？」

「金庸的小說，『連城訣』，看過嗎？」

「很久以前看過……但這有什麼關係？」

「我覺得很有關係，當然這只是猜測，」小范笑著起身，將菸屁股丟進菸灰缸裡，「花仔，如果你不介意的話，可能要請你發一道公文到臺中縣霧峰分局去，勤務內容是跟監埋伏……可能需要十個人。」

## 四

「李警官，我們在這邊守著真的有用嗎？」霧峰分局的陳志昇透過望遠鏡看著窗外，他的皮膚黝黑，輪廓深刻，每一句話的尾音會不自主地上揚，反映了他的原住民血統。

「如果沒有用的話，我回去會教訓他的。」花仔叉起一塊菜頭粿放進嘴裡，細細咀嚼著，他所謂的「他」當然是指小范。

這裡是一間裝潢精緻的簡餐店，坐落在省議會北側的山坡上，從這裡可以鳥瞰林世榆那棟五百坪豪宅的全景。陳志昇、李鐵花、小范和我四個人占據了窗邊的一張桌子，每人面前擺了杯飲料，桌上放了菜頭粿、米血之類的茶點。現在是下午二點左右，略斜西的陽光從窗口照了進來，晒得眾人昏昏欲睡。我們的左側坐了一對老夫妻，丈夫手上拿著報紙，妻子面前鋪著雜誌，專心閱讀著，偶爾一人端起面前的咖啡輕啜一口，但有更多時候是端到對方的咖啡。在我們後面的一張桌子則坐了一個大學生，他面前擺了兩個玻璃杯，其中一杯已喝盡，他手中捧著一本大部頭的紅樓夢細細讀著，依他書頁的厚薄判斷，他的林黛玉恐怕才剛進賈府吧。

「我們花了好大的功夫才說服林世榆配合，讓他把一家老小都帶出去，又調了八個人埋伏在這棟房子的四個大門外面。李警官，我們從早上等到現在，也快八個小時了，什麼都沒等到，要是搞到後來什麼都沒有的話……我怕我們局長會……」

「反正是我發的文，責任算在我頭上，」花仔豪邁地說，但隨即湊到小范耳邊，壓低嗓門說：「范仔，沒問題吧，等那麼久……出事的話我的考績恐怕……」

小范攪動著面前的冰沙，說：「我們要等的是一個急性子的人，放心，我掛保證他今天一定出現。」

陳志昇說：「不好意思，范先生，不過我實在很想問一下，我們究竟在等誰？」

「誰？殺害盧堉泓的凶手啊，我想花仔當初發文應該有說明。」

「我知道是這個案件，不過我想請教，為什麼守著林世榆的房子就能逮到嫌犯？盧堉泓那件案子發生在平鎮，和我們這邊一點關係都沒有，我不知道我們在這裡守著，到底有什麼意義？」

「這個……」小范將目光投向花仔，卻聽到花仔說：「我也想知道，范仔，你不能叫我們像白痴一樣在這邊等，你自己知道很多但不肯說。恁娘咧，咱又不是給汝弄好玩的。」

小范又將目光投向我，我夾起一塊米血放進嘴裡，邊咀嚼邊說：「媽的，小范，你就直接說出來，你以為這樣賣關子很了不起？你一大堆東西還不都是我找給你的。」

小范嘆了口氣，舉起面前的玻璃杯喝了一大口，說：「眾叛親離……好，我說。」他從上衣口袋中掏出一張A4大小的海報紙，平鋪在桌上，上頭印了四個彩色圖案，看起來像是四副鎖具，鎖身均雕塑成神獸的形狀，雕工頗為精緻。

「這就是本案的關鍵，『四獸鎖』，埔里鎖具鑄造大師楊四水的閉門作品，結合工藝與科技的創作，四道鎖的外形各是依中國傳統四方聖獸青龍、白虎、朱雀、玄武鑄成，每道鎖身上有七道密碼，剛好就是二十八星宿，表面上看起來只是傳統的機械鎖，不過鎖身採防爆合金，裡頭還有磁石設計，照埔里工藝鎖具中心主任的說法，就是『巧奪天工』四個字而已。這四獸鎖曾於二〇〇三年波蘭華沙世界鎖具大展中獲金牌獎，當時楊四水擺下三天的擂臺，向參展的各國開鎖大師挑戰，結果沒有人可以打開這四道鎖，讓臺灣『四水鎖派』一炮而紅……這是我在網路上找到的波蘭當地報導。」

小范從口袋中拿出一張A4影印紙攤在桌上，上頭大部分是英文字母，參雜著一些字母上頭標上一點或是一撇。

「你會波蘭文？」我問。

「還好，比俄文或捷克語要差一點。有一些字還是要查字典才行……例如『插銷』這個字，就花了我一些時間？」

「什麼插銷？」

小范指著他用螢光筆標起來的一段文字，說：「這裡……這裡寫道，四獸鎖似乎還另有玄機，每隻神獸的頭部都是插銷設計，也就是說鎖本身還可以再嵌進另一件物體中。更有趣的是，這插銷部分上頭還有許多活鈕，會隨著鎖本身的密碼微微調整，因此這篇報導大膽揣測，這四枚鎖可能也是四支鑰匙，調整密碼，當插銷上的活鈕處於正確排列，便能插入某個特製的鎖孔中。不過楊四水本身對記者的猜測並不願意證實，只說一切都只是他個人樂趣而已。」

小范停了下來，看著我們三人，我們三人互看一眼，也直直地瞪著他。

小范喝了口冰沙，說：「好，知道了四獸鎖，我們便來看看這四道鎖在這些案子中的角色……首先，在徐世彪的這件案子中，最令我們困惑的就是那位闖入者的舉動，他大費周章地闖入徐世彪家中，打開了徐世彪父親的靈龕，但最後卻什麼也沒拿走，這樣的行為實在不合情理。不過這其中存在一個簡單的盲點，我可以用另一個例子來說明：今天有一位漂亮小姐搭乘擁擠的公車，突然感覺屁股被人摸了一下，你們認為這是什麼？」

「豬哥。」

「色狼。」

「痴漢。」我們三人各給了小范一個答案。

「嗯，其實那個人是在小姐的裙子上安裝一個小型發報器，好方便跟蹤她。」小范食指輕點桌面，說：「就如同這個例子，我們會受到自己經驗的影響，給予某些事實表徵特定的推論結果，卻忽略了這個表徵另外可能產生的連結。所以講到小姐屁股被摸，就想到色狼，而忘記還有其他可能存在……徐世彪的案子也是一樣，當我們看到那個上鎖的靈龕被打開時，我們直覺認為開鎖者是為了靈龕中的事物，而當靈龕中什麼也沒缺少的時候，我們就感到不可思議。這樣的思考盲點連被害人徐世彪以及去現場偵查的我都無法勘破，他一直強調他家什麼東西都沒有掉，闖入者只是要汙辱他父親的遺骸，而我也只專注於靈龕裡的情況，壓根沒想到，問題是在靈龕外面，在那個消失的鎖上面。

「讓我突破這個盲點的就是胖子這篇『鄭柏良靈異事件』的報導……」小范從口袋中取出那篇皺巴巴的報導，遞給花仔，「……我在很無意的情況下看了這篇報導，腦袋裡馬上把這兩件事情做了連結，同樣是一個上鎖的盒子，同樣是盒子被打開之後裡面東西沒有被動過，更重要的是盒子上的鎖具都是主人特地去埔里買的，徐世彪所買的鎖叫『青龍鎖』，鄭柏良所買的則是『朱雀鎖』，這會是巧合嗎？直到這裡，我才意識到真正的關鍵是在這些鎖具上，而且交集地點在埔里。

「我前天去了埔里一趟，在他們工藝鎖具中心待了半天，大致上釐清了楊四水的一些事蹟，也確定徐世彪和鄭柏良案件中所遭竊的，就是『四獸鎖』中兩個鎖具，至於另外的『白虎鎖』則賣給了住在桃園平鎮的賴能，而『玄武鎖』則是賣給了住在霧峰的林世榆。」

「難怪你會問我賴能用來鎖鐵櫃的鎖是什麼樣子。」花仔說。

「對，關於這點我已經向賴老先生求證過了，他那道鎖是『白虎鎖』，是他兩年前，也就是九十二年五月左右去埔里買的；林世榆家裡的那道『玄武鎖』我稍早也打電話確認過了，他用來鎖一尊玉觀音。」

花仔點頭，說：「所以說那個盧堉泓的目標便是蒐集『四獸鎖』？不過他已經被人殺了，你怎麼斷定凶手會再來找第四道鎖？」

小范說：「別忘了，盧堉泓是在離賴能家五百公尺左右的地方被殺害，顯然凶手早就盯上他，於他行竊得手之後，悄悄跟蹤他，直到僻靜無人的地方才下手行凶。盧堉泓既然剛行竊完畢，理論上他應該仍攜帶著開鎖工具，至少那三枚他已經到手的鎖他會帶在身上，但是警方發現屍體時卻是什麼也沒有，這樣只有一種可能，那就是那些東西被凶手給帶走了。」

「所以說凶手也想要取得『四獸鎖』？」

「沒錯，因此我才會要求將林世榆全家支開，目的就是要引蛇出洞。」

小范的一番說明，解開了我們一半的疑惑，不過另一半的疑惑卻愈形膨脹，直要從喉舌中滿出來一樣。

「不過，范先生，」陳志昇警官忍不住先開口了，「我還是想請教一下，這個盧堉泓和殺他的凶手要這四道鎖是為了什麼？這四道鎖很貴重嗎？還有必要鬧出人命？還有，你怎麼知道我們要抓的凶手會和盧堉泓用相同的作案手法，會在大白天從大門進出人家的房子？」

小范輕咳一聲，十指交叉置於桌面，說：「要四道鎖可能令人想不透，但是既然四獸鎖還能充作鑰匙，那就好理解一點，凶手和盧堉泓爭奪這四把鑰匙，想必是要打開什麼吧。」

小范頓了一下，續道：「根據埔里鎖具中心的胡主任表示，楊四水是一個有點瘋狂的鎖匠，他將一生所有精力都放在製鎖與開鎖上面，其他事務一概不管；他所有的作品都交由鎖具中心代為銷售，他自己則住在埔里鯉魚潭旁的一間工廠裡，沒日沒夜地從事鎖具研究。

「胡主任說，楊四水打的鎖並不單單只是實用而已，同時外形也具藝術感，有很高的收藏價值，所以一個鎖賣到十萬左右並不稀奇。那年他帶著四獸鎖去波蘭參展後，本來打算開個七位數的價碼，好好大賺一筆，哪裡知道楊四水在四月中旬左右，突然給了他一通電話，要他盡快把四獸鎖給賣掉，訂價一個一千元就好。他問原因，但楊四水沒有解釋，只叫他照做，否則他就自己賣。胡主任最後就訂下這個價格，不到一個星期，這四獸鎖就分別賣徐世彪等四個人。」

簡餐店又進來了一對男女，選在角落的位置坐下，那男的又黑又瘦，形容猥瑣，不過那女孩子卻十分清秀可人。

小范繼續說：「胡主任對於這件事情很不能理解，不過他也表示，楊四水本來就有些瘋癲，搞不好他突然對這四獸鎖很不滿意，所以決定廉價出售；之後他有一個多月沒與楊四水聯絡，直到六月底他才接到消息，楊四水於六月五日出車禍，死了。」

「沒那麼巧的事，」花仔說：「媽的一定有問題。」

「對，如果警方知道楊四水急著出售四獸鎖的事，或許會有人深入調查，問題是這件事沒人知道，楊四水是在騎機車從埔里往國姓方向的途中，意外滑落山谷，重傷不治而死，他年紀也七十二歲了，承辦警方也就當作是一個老人的意外事故處理。」

騎機車？意外？這讓我想到了另一件事，或許……

「嘿，先還不用太驚訝，故事還沒完。那位胡主任告訴我，楊四水一生鮮少與外界接觸，不過他卻收了兩個徒弟，兩個都跟了他十幾年，一個叫劉步登，另一就叫盧堉泓。」小范環視著我們三人，繼續說：「劉步登和盧堉泓原本也都是鎖匠，楊四水認為他們資質不錯，才把他們收入門下，劉步登入門較早，算是師兄，盧堉泓算師弟。楊四水出事之後，胡主任曾試圖找他們兩人詢問詳細情形，但怎樣都聯絡不到這兩個人，他們就這樣消失了。」

花仔皺眉說：「然後兩年之後，盧堉泓又出現，企圖將那四道鎖給偷回來，結果卻被人殺害？不對不對，我還是兜不在一起，這其中一定還少了什麼環節。」

小范說：「對，不過胖子查到一件舊案，或許可以填補這個空缺……胖子，你說說看。」

我將兩年前那件「飛陀錶竊案」簡要提了一遍，然後對小范說：「你是懷疑這件名錶竊案是楊四水兩個徒弟幹的？但這跟四獸鎖又有什麼關係？好吧，假使說四獸鎖和那兩支被竊的名錶有關，盧堉泓又怎麼會拖了兩年才來找四獸鎖？」

小范搖搖頭，說：「我說過我查到事實只夠猜測而已，名錶竊案和楊四水師徒等人有沒有關係，我不能斷言，但以開鎖的技術水準來看，的確有可能是他們和詹惜恩聯手犯的。至於四獸鎖與那兩支失蹤的名錶的關聯……前面說過，四獸鎖本身也是四把鑰匙，若偷回來的名錶被鎖在某個地方，某個連盧堉泓都無法打開的地方……」

「我知道了！」李鐵花一拍大腿，說：「必須要拿回四獸鎖，才能打開名錶的……嗯……說保險箱好了，所以盧堉泓才必須將鎖一個一個偷回來。」

「嗯，」陳志昇警官點了點頭，「這樣說起來，能夠製造出連盧堉泓都打不開的鎖，製鎖技術一定更高超，八成就是他師父楊四水才辦得到……這樣說起來，楊四水當初急著將四獸鎖賣掉，也比較有道理了。」

到此我才理解了小范之前所提到的金庸小說「連城訣」。在「連城訣」裡，「鐵骨墨萼」梅念笙手上的「連城劍譜」隱藏了一筆天大的寶藏，梅念笙因知悉他門下三個弟子萬震山、言達平、戚長發心懷不軌，於是一直拒絕將劍訣傳授給他們，萬震山三人按捺不住，遂聯手將梅念笙殺害，搶得劍譜，卻又因為只有劍譜沒有劍訣，仍解不開寶藏的祕密。萬、言、戚三人一邊尋找劍訣，但又彼此互不信任，於是將到手的連城劍譜鎖在一個鐵盒中，上頭牽了三道鐵鍊，晚上睡覺時三道鐵鍊各繫於三人手上，若有人起身開動鐵盒，其他二人便會發覺。只不過百密一疏，連城劍譜最後還是被三師弟戚長發給偷走，引起師兄弟往後數十年的交相殘殺。

「楊四水一定已經發現他的徒弟心懷不軌，於是事先將偷來的名錶放進某個特製的保險箱裡，再將做為鑰匙的四獸鎖給賣掉，因此現在盧堉泓才會不擇手段，試圖將那四道鎖給偷回來。」我依照連城訣的劇情，給整起案件下了個結論。「但他為什麼拖了兩年才動手？」

「這不確定，或許他壓根沒找到藏名錶的地方，或許他花了兩年時間試圖將保險箱打開，又或許他兩年後才知道四獸鎖是保險箱的鑰匙。」

「那殺害盧堉泓的凶手……？」

「我們可以這樣想，楊四水當初會將名錶鎖起來，並將四獸鎖盡快賣出，可見他對兩個徒弟都不信任，否則他大可將錶或是四獸鎖交給其中一名他相信的徒弟。現在，楊四水死了，詹惜恩也死了，最後一個和這件事能牽扯上關係的，就是盧堉泓的師兄劉步登了，」小范說：「我查過，劉步登於九十二年九月，因為幫助竊盜罪被判一年六個月有期徒刑，今年五月才剛出獄。他是唯一個可能知道四獸鎖與兩支名錶關係的人，他也一定在找這四道鎖。他的師弟盧堉泓捷足先登，拿到了朱雀與青龍兩道鎖，劉步登便直接向賴老先生手中的白虎鎖下手，結果這回雖然慢些，但還趕得上，正巧碰到盧堉泓偷得白虎鎖、離開賴能家時候，劉步登便一舉殺了他的師弟，將他之前所取得的三道鎖據為己有，而今天……他一定會來取第四道鎖。」小范說完將面前的冰沙一飲而盡，拿起餐巾紙擦了擦嘴。

「你說清楚我就明白了，」陳志昇警官吸了一口紅茶，說：「抓一個叫劉步登的人嘛，他也是個開鎖高手，所以他也會利用白天大剌剌地從正門進去，拿了那個鎖之後就走，而且林世榆家裡人多，平常白天晚上都有人在，今天他們全家都被我們支了出去，那個劉步登一定會利用這個千載難逢的機會，所以他今天一定得來，我們在那四個門口埋伏準沒錯。」

「這個劉步登看起來比他師弟危險得多，他師弟也不過就偷幾個鎖，現場還留下一堆指紋腳印；劉步登一來就把他師弟給宰了，而且是乾淨俐落，什麼跡證都沒留下，這傢伙在牢裡蹲了一年多，恐怕學得精得多。」花仔看著窗外，一片烏雲悄悄地跨越山脊，遮蔽了毒豔的陽光，山風順著坡度疾掃而下，帶著滿山樹林沙沙作響。

「要下西北雨了，」陳志昇說：「這樣人不好抓。」

「再調幾個人過來，以防萬一。」花仔說。

「學長，哪裡有那麼多人手，你調你們中部辦公室的人過來吧，不過我猜你們人力也不足。」

「算了，現在這樣應該也夠了，大白天的……不信他還能跑到哪裡去，對吧，范仔？」

小范沒有理會花仔，他把女服務生叫過來，低聲說了幾句話，只聽到那位女服務生說：「是，是，這兩天……對，都在看……對……」小范對她說了聲謝謝，她便離開了。

花仔說：「范仔，你又跟人家小姐說什麼？」

小范笑著說：「沒什麼，問她喜歡我們哪一個而已。」

「結果呢？」

「不要說比較好，否則你會失望。」

就在此時，陳志昇的對講機傳來「呼叫」的聲音，陳志昇給了一個回覆，對講機那頭的警員報告道：「第四號門，第四號門有一名黑衣男子在開門鎖，他現在蹲在門前。完畢。」

此時外頭的天色已經全暗了，從我們這個角度並看不見所謂的「四號門」，陳志昇指示埋伏員警：「盯好盯好，我們現在過去，他門一開就抓人。完畢。」他放下對講機，對我們說：「魚上鉤了，過去抓人吧。」

我和花仔點點頭，抓起外套便要出去，卻聽見小范說：「胖子，你和我留在這邊吧，你們兩位去就好了。」

花仔說：「媽的，這明明是你指揮的……」

小范搖了搖手，說：「怎麼會是我指揮？我只負責動腦，像這種逮捕的工作，應該是你們警察的勤務，我留在這邊等你們好消息。」

花仔還想再說，陳志昇拉住他的手肘，說：「算了，學長，本來就是我們要做的，我們過去就好，他們過去了我怕上面會有意見。」

我坐回位置上，看著窗外陳志昇與花仔駕車離開，說：「為什麼不過去？」

小范同樣看著窗外，說：「為什麼要過去？」

「這不像你的作風，你習慣把事情做到底的。人既然是你找出來的，你為什麼不會想跟過去看看結果？」

小范笑了笑，遠方的天空傳來一陣陣的悶雷，緊接著是豆大的雨滴落在玻璃窗上。

「結果不在那裡，」小范站起身子，「我們要面對的不是一個笨蛋，他的開鎖技術和盧堉泓相當，但犯罪手法卻是更高一層，他不會呆呆地掉進這樣的陷阱中……」他緩步走向隔壁一張桌子，說：「你說是吧，劉步登先生？」

## 五

「怎會知道是我？」劉步登用臺語說。

小范在他的對面坐下，也很自然地轉換成臺語，說：「自今天透早我們進來，汝就已經在這了，我注意到汝喝完兩杯飲料，但是汝手頭的冊卻是翻沒兩頁，反倒是一直往我們這桌看，我叫服務生來問，伊說汝這兩天都有來，都坐整天，而且一直拿著那本『紅樓夢』在看，若是這樣，除非是汝不識字，沒汝看的頁數不會那麼少。所以我知道，汝根本就沒在看冊，汝是在注意林世榆的厝。」小范頓了一下，看看窗外，說：「這個位不錯，可以看到林世榆他家的三個門，又有冷氣可吹，有飲料可喝，換作是我，也會選這裡做監視的地點。」

「嘿，」劉步登闔上手中的紅樓夢，將眼鏡拔下丟在一旁，說：「了不起，本來想說裝做學生較不會引起注意，想不到……嘿，我實在不是讀冊的料。」

他實際年齡恐怕逼近四十，但保養得相當好，配上年輕穿著和粗框眼鏡，的確有當下大學生的樣子。

「那個現在去開鎖的是汝找去的？」

「隨便找一個開鎖的而已，那款鎖……伊可能要舞二十分鐘才有法度打開。」劉登步撥了撥覆額的瀏海，說：「我本來是打算等那個憨生的給警方抓去之後再動手，想不到會給汝看出來，汝不是警方的人，汝叫什麼名？」

「我姓范。」

「名呢？」

「知道我的姓就好。」

「好，趣味，」劉步登仰靠在椅背上，說：「這樣我要請教汝，范先生，既然汝早就看出是我，為什麼汝還讓那些警察去抓那個假的？汝直接叫他們把我抓起來就好了，為什麼？」

「因為我想要聽汝說故事。」

「什麼故事？」

「那四道鎖，為什麼要搶四獸鎖，和兩年前被偷走的那兩支錶又有什麼關係。」

「剛剛汝都有說過了，差沒多少，我和盧仔要拿回四獸鎖，就是要拿出那兩支錶仔。」

「說較詳細一點。」

劉步登從身旁的背包裡拿出一只便當大小的金屬盒，放在小范面前，說：「這是我師父四水師最後的一項作品，『千機玲瓏盒』。」

我和小范不約而同地湊上前去，只見那只「千機玲瓏盒」表面雕刻極為複雜華麗，龍、鳳、龜、麒麟等圖案布滿盒面，令人目不暇給，但仔細一看，在各雕刻之間隱藏了許多鎖孔或按鈕，有的設計成龍珠，有的則藏在麒麟嘴中。

「那兩支錶就藏在這個盒子裡，」劉步登說：「當初是我們師徒合作才拿到手的，誰知道楊四水那個老番顛想要整碗捧去，將錶鎖在這個盒子裡。這個盒子上面鎖匙孔就有十幾個，還有好幾道密碼，有的是真的，有的是假的，不知那個老番顛在想啥，設計這款東西。」

「那四獸鎖是打開這個盒子的鎖匙？」

「應該就是，當初我看到四獸鎖都有插銷，就知道可以拿來開什麼東西，但楊四水安怎都不講，我也沒再問下去。盧仔研究這個盒子兩年，既然伊會去偷四獸鎖，代表這其中一定有關係。」

「汝怎麼知道盧堉泓去偷這四道鎖？汝跟伊有聯絡？」

「沒，怎有可能？」劉步登大笑，說：「伊害我被人關，哪有可能跟我有聯絡，我是看報紙，一篇副刊的文章，說什麼一個死去的人又回來打開伊放批信的盒子，我看到就知道是盧仔做的，那個記者還說這是什麼靈異事件，哈，白目！」

「然後咧？當初你們為什麼要去偷那兩支錶？」

「還不就我師父起番顛，說什麼伊要投資四千萬起一間新廠，做高科技的鎖，伊手頭的資金不夠，才會答應那個詹惜恩，做陣去偷那兩支錶。真正和詹惜恩去的是我，我負責開鎖，伊負責防盜設施，我們兩個從大門進去，沒半點鐘就到手了。說實在話，我這途的雖然會開鎖，但是做賊仔詹惜恩才是專家，什麼地方有保全設定、什麼地方有攝影機伊都清清楚楚，還會提醒我莫留下手印腳印，和伊去一趟真正有學到東西。」

這讓我想到，在徐世彪和賴能的案子裡，盧堉泓雖然也成功地偷得青龍和白虎鎖，但現場卻留下大量的跡證，顯然師弟並沒有從詹惜恩那邊學到這些本領。

劉步登繼續說：「但是錶到手之後，問題才真正開始，一個字：貪嘛！詹惜恩的意思是說兩支錶伊和我們一邊一支，若是要伊代銷，伊還要抽成，但是我們這邊有三個人，照理是應該兩支錶都由詹惜恩賣掉，分成四份才對。為了這件事情，我們吵三暝三日還沒結果，最後盧仔給我們一個建議：將詹惜恩殺掉，錶我們自己拿起來。

「我和盧仔熟識十幾年，我對伊最瞭解，要說去偷錶這種事，我開鎖的技術比盧仔好，也較敢做，但是要說奸巧，盧仔才真正是高手。伊把詹惜恩摩托車的煞車線用火燒融，但是還沒整個斷去……結果你們也知，詹惜恩騎到草屯就被車撞死了。」

小范點了點頭，說：「這樣說起來，楊四水也是盧堉泓害死了？」

劉步登看著窗外的雨景，慢條斯理地說：「當初楊老番顛把那兩支錶給藏了起來，我的看法是好好地跟伊講，了不起我們做徒弟分較少就好，但盧仔是說，要做就要緊，先把楊四水處理掉，錶慢慢再找就好，結果誰知錶是鎖在這個盒子裡，我們兩個用什麼方法都沒法度打開……白目，早知聽我的就好了。」

一輛白色TOYOTA緩緩駛近簡餐店，那是花仔的車，他們應該已經發現抓錯人了。

劉步登說：「後來的事情，汝也都知道了，盧仔去報案說我幫助竊盜……另外一個案件，害我被關了年半，我出來之後四界找伊，但是都沒消息，剛好看到那篇報導……我在平鎮才找到伊，本來還想問伊這個玲瓏盒的開法，但是伊看到我就跑，我驚說又出什麼事情，就追上去，一刀送伊去見閻王。」

劉步登將一把藍波刀丟在桌上，刀刃鋒利，隱隱透出血痕。花仔和陳警官全身溼透，從門口衝進來，正要大聲叫叫，看到小范和劉步登面對而坐，不由得都先愣了一下。

劉步登將他面前的飲料一飲而盡，伸出雙手，手腕向上，說：「汝說是汝姓范？」

小范說：「是。」

劉步登笑說：「很好，范先生，我會給汝記牢，一定會。」

這件案子的結局是皆大歡喜。

小范成功地說服阿彪，將委託費用提高到七十萬。我將這整個故事寫成報導，盤踞了頭版將近一個星期。花仔和陳士昇也記上功勞，小范曾問花仔那兩支飛陀錶的原主有沒有提供破案獎金，花仔只推託說不知。

案子結束後一個月，我衝進疑難雜症事務所，氣喘吁吁地說：「大……大消息，小范，那個……那個……」

小范放下手中的茶杯，笑著說：「我知道那件事，警方已經把『千機玲瓏盒』打開了。」

「不……呼……不……」

「花仔說刑事局請了十幾名頂尖的開鎖高手，花了整整一個月才找出答案。四把鑰匙要先調整密碼，插入正確的鑰匙孔，還有兩三段的變化，才能打開。」

「你……你聽我說……」

「聽起來很不簡單，不過那兩支錶總算也是物歸原主了，聽說那盒子的密封和防震都很好，錶在裡面兩年，一點損害都沒有。」

「呼，我告訴你……」

「我還在想，胖子，我是不是應該去拜會一下錶主人，搞不好有機會……」

「劉步登逃了！」我緩過一口氣，大聲說：「劉步登今天一早逃跑了！」

「什麼!?」

「從看守所押往法院的途中，他打開手銬，打開警備車的門，逃之夭夭。」

「消息從哪裡來的？」

「阿毛告訴我的，他今天去地院的時候，法警都在講這件事。」

「媽的，」小范將手上的菸用力捻熄，說：「法警是在幹什麼吃的，人到手還會讓他跑掉。」

「人家是開鎖高手啊，法警又沒配槍，你也不要太苛責。」

「媽的……」小范眉頭深鎖，又點了一支菸。我可以隱約感到他心頭的焦躁。

電話響了，小范等了四、五聲之後才按下免持聽筒的按鍵，對方的聲音有點熟悉。

「喂，范先生喔？」

「是，你那位？」

「我要請教一下，汝那臺車是加什麼款的油？九五還是九八？」

「什麼？汝是誰？」

「嘿嘿，」那人冷笑了一陣，「我？我那日才和汝在霧峰喝咖啡而已，范先生，汝真正是貴人多忘事。」

「劉步登……」

「我現在開汝的車在加油站，喂，汝快說啦，是要加九五還是九八，後面排很長了咧。」

我和小范衝到窗邊，原本停著小范銀白色 NISSAN TEANA 的車格已經被一輛黑色的BMW給取代。

「嘿嘿，」電話那頭又傳來劉步登的冷笑聲，「好啦，范先生，別生氣，汝辦公室的地址電話是警察給我的，汝差一點就害我被槍決咧，我拿汝一臺車，禮尚往來啦……好啦，緊說，是要加九五還是九八的？」

# 一聲槍響

# 一

楊傳古下定決心，他一定要殺了潘拓。

這不是頭一次了，在過去的三十年裡，楊傳古不只一次動念要殺了他的換帖兄弟。最近一次在兩年前，潘拓開了公司大會，當著幾百個年紀可以當他們孫子的細漢仔的面，賞了楊傳古一巴掌，說他是老番顛，算帳算到後背去，害大家要連續三個月領半薪。

其實潘拓心知肚明，公司有二千萬現金給他的兒子潘豐民拿去砸在賴純純的立委選舉上，潘豐民嘴上說得好聽，但楊傳古都心知肚明，這只是那個敗家子對付女人的手段。

然而如同先前無數次動念一般，楊傳古忍住了，為了「青天」，總是有人得犧牲。楊傳古已經犧牲了三十年，再多挨一巴掌、丟個六十歲的老臉，他還可以忍。

只是為了阿妙，他忍不下去。

楊傳古還記得是阿菊嫂帶阿妙來的，說她是中國四川什麼什麼縣、什麼什麼鄉的人，嫁來臺灣五、六年，一個孩子才兩歲，丈夫前陣子從二十四樓的鋼骨上摔了下來死了，婆家把孩子硬要了回去，給個幾萬元就趕她出門；她在四川的娘家更窮、又嫌她命硬剋夫，不讓她回去，這會兒她是走投無路，才請阿古叔幫忙，給一條活路。

楊傳古聽阿菊嫂拉拉雜雜地講著，一邊打量著眼前這個四川小婦人，她身材中等，腰臀略腴，眼細鼻塌，稱不上好看，只是一雙露出來的上臂白皙圓潤，胸脯也是飽飽的。楊傳古要她走上前轉個圈，順勢在她的屁股上揑了一把，阿妙驚呼一聲跳開，滿臉通紅。楊傳古笑了笑，叫人帶阿妙去做衣服，反正留下這種女人不會惹麻煩，賣阿菊嫂一個面子也是值得的。

不過幾個月內，楊傳古就發覺阿妙與眾不同，她能喝會講，一口帶腔調的閩南語很受歡迎，常常一連幾晚檯都被點得滿滿的；她又懂做人，宵夜、小禮物灑得勤快，「青花」裡頭那些比她年輕的小姐、少爺們，很快就整天「妙姐、妙姐」地掛在嘴上。

阿妙紅得快，楊傳古當然也留上心，幾次叫她下班後留下，問些客人或小姐的事，阿妙見過世事冷暖，總能將人情義理說得井井有條，不搬弄是非，不加油添醋，久而久之，楊傳古發現一天沒和阿妙聊個兩句就渾身不對勁，兩人夜會越來越頻繁，阿妙還會借廚房自己炒些小菜，提半瓶威士忌同楊傳古邊喝邊聊；到後來，楊傳古發現一晚下來，自己說的話還多過阿妙，他什麼都說，從一手打下「青天」江山的風光，到幾次入獄被辱的不堪，過去幾十年來吐不出來的委屈，總算有了個體己的聆聽者。

楊傳古當然有過女人，也曾經愛過女人，不過四十歲後他便斷了什麼成家的念頭，只在難耐之際在「青花」中百來個女人中找些排解罷了。然而阿妙卻像菩薩淨瓶中的露水，令那朵枯老的靈魂有了潤澤，慢慢地活了過來；那天，他們在天色微明的纏綿後，阿妙靠在他懷中，小聲地說：「我有過老公、有過小孩，我們真的能在一起嗎？」楊傳古彷彿是從古井深處湧上的一股悲湧，他流下兩行眼淚，將阿妙摟得緊緊地，說：「我一定娶妳，一定。」

那天起，楊傳古變了，他開始研究學區，將原本敦化南路的房子打掃出來，還添了個孩子房的裝備；他另外換了一輛六人坐的休旅車，想著要養一條狗，給孩子當玩伴。這些都是三十年前本該做的，楊傳古這才發現，他真的是老了，對於江湖上這些是是非非累了，他想要有個家，有個老婆，安靜吃一頓不用喝酒的晚餐，若還有時間，他想看著孩子平安長大。

道上的人要是知道曾經叱吒風雲的「半面人」楊傳古有這種想法，要不是笑掉大牙，要不就是為自己掩面嘆息。

後來楊傳古也去拜了神，問了天，他要的不多，但如此平凡的願景，為何無法實現？五月底，他去了阿姆斯特丹談筆生意，剛開始每天和阿妙通電話，但後來事情一忙，電話變得斷斷續續，等事情結束後，阿妙已經不接他的電話了。楊傳古帶著鑽戒回來，卻怎麼都找不到阿妙，連她之前租的那間小公寓也已經退租，人去樓空。楊傳古將「青花」上下所有的人叫來又吼又罵了一整天，才勉強探出，是潘拓將阿妙帶走了；他這才知道，打從半年前，潘拓來「青花」店裡，總會點阿妙的檯，兩人私下也都會再多聊一陣；前幾個星期開始，阿妙就沒來上班，後來是潘拓派人傳話，說阿妙已經搬進「天城山莊」，不會再出勤了。

楊傳古還沒向潘拓求證這消息，潘拓傳話的人就來了，說潘拓要和阿妙訂婚，因為阿妙是楊傳古這邊出去的人，所以希望由楊傳古來辦文定。

楊傳古並沒有立刻殺上山莊跟潘拓翻臉拍桌，他已經不是那種為愛奮不顧身的年紀，跟了潘拓那麼多年，他很明白，潘拓的事物，他不能搶，就算是乞討也不行。

他一個人鎖在辦公室裡一整夜，當朝陽的曙光移到了腳邊，他下定了決心。

楊傳古知道，要殺潘拓並不容易，事實上，潘拓的人身安全，都是楊傳古一手安排的，包括山莊各角落的查哨、內部的監視設備、訊號干擾機制等等，還有就是阿泰。自從七年前，楊傳古從特勤小組將阿泰挖過來後，就再也沒什麼威脅能近得了潘拓的身。人是他帶進來的，楊傳古明白，要對阿泰動手腳只是徒勞無功，他想了很久，最終拿定了一個主意。他提起筆，著手草擬潘拓和阿妙文定的喜帖。

文定訂在舊曆八月初十，新曆八月二十九，黃道吉日，諸事大吉。

楊傳古一早出門，從北新路上轉134號縣道，在土雞城旁再轉進產業道路，繞過兩個山坳，便看見天城山莊的白色輪廓立在青色的山稜線上。

潘拓十幾年前從國有財產局標下這塊地，原本是打算蓋靈骨塔，結果風水師父說這山是「活龍脈」，只護生人不渡死者，居住可以旺三代，潘拓於是打消了靈骨塔的計畫，蓋了占地四百坪的天城山莊。不過那「活龍脈」似乎是煞了一點，潘拓入厝沒一個月，兩個槍手偽裝成清潔工潛入山莊，在博覽室裡開槍，潘拓的妻子在那場槍戰中中彈身亡，潘拓也因此瘸了一雙腿。

八月的日頭依舊赤炎，照得滿庭園的花草欣欣向榮，楊傳古沿著車道開到主屋前，一名穿黑衣的少年立刻迎上前來為他開門。他拿起副駕駛座上的紙袋下了車，那少年一個九十度的鞠躬後，將車開去地下室，另一邊顧門的昆吉和阿明早堆了笑臉，迎上前來招呼。

「阿古叔，早咧，還提酒過來喔？我們這邊摶幾百瓶了咧。」

「憨仔，叔仔的酒一定蓋好的，你那些哪可以比？」

「法國波魯多拉圖酒莊八二年紅酒，一瓶三萬二。」楊傳古一面將手中紙袋提高，一面解開西裝外套，雙手平抬，定在那邊。昆吉笑著說：「阿古叔啊，你就免了吧！我們哪敢……」

楊傳古一巴掌拍在他後腦上，說：「什麼免啊，規矩都是規矩，今天那麼多人來，泰昌、明輝都來，每一個都免啦，到時出事，你擔得起？」

昆吉和阿明唯唯諾諾應了，只能客客氣氣地從上到下替楊傳古搜身了一回，楊傳古這才扣上外套，又囉嗦幾句「客人多，注意禮貌」、「我訂的規矩要好好做，不要隨便打折」，這才開門進屋。

天城山莊內不准帶槍，這是當年意外後楊傳古訂下的規矩，無論是外人或自己人，槍械一律在門口卸下後才能進屋，連楊傳古、阿泰，甚至是潘拓本人都不例外。為這天潘拓文定，楊傳古早已通令加強保全，門口的搜身要做到滴水不漏，一兩火藥都不能進屋。

楊傳古提著紙袋穿過玄關，只見阿泰一個人坐在客廳裡，頸子上戴著招牌的金披鍊，手中端著一杯咖啡，眼睛則盯著電視上的晨間新聞。見著楊傳古進來，阿泰也不起身，就招呼道：「阿古叔，這麼早！」

楊傳古在沙發上坐下，伸個懶腰，說：「事情多，不早來不使。」

阿泰笑了笑，指著桌上的紙袋，說：「還自己攜酒來？」

楊傳古從袋中拿出一只木盒，遞給阿泰說：「法國波魯多紅酒，給董仔主桌開的。」

阿泰接過來看了看盒上標示，還給楊傳古，笑著說：「我對酒不熟。」

阿泰大約四十來歲，但一身強練的體格還是像二十歲的年輕人一般，大家都知道，他身上那條金披鍊是鍍的，鍊子本身是不鏽鋼，曾經有幾個不知死活的殺手，就是死在這條鍊子下。

楊傳古同阿泰看了一會兒新聞，閒扯幾句，然後就起身表示有事要忙，他拿起木盒穿過後面小飯廳和會議室，來到後頭他專屬的休息室。他進到房中，將房門緊緊鎖上，當他將木盒放在桌上時，他才發覺雙手微微的顫抖。

那木盒的正面盒蓋是用大頭釘釘上的，不過原本膠合的頂板已經被拆開，只用卡榫接上；楊傳古將頂板揭開一角，向著盒內窺看，一段木質的槍握柄露出於白色的餐巾之外，扳機在伸指可及的地方。

這是下港鼎鼎出名的阿瀛師的土製截短霰彈槍，一般又叫「土炮」，槍身只有十二吋，卻能一次裝載兩枚制式子彈；幾年前這玩意兒奇貨可居，一把叫價二十多萬，不過自從阿瀛師被抓去關後，聽說這種土炮就絕跡了。那日阿妙攜來這把槍時，楊傳古心裡不禁突了一下，阿妙說那是她從大陸朋友的圈子裡找來的，人家說這種槍體積小，威力強，瞄不準也有致命殺傷力，適合不常用槍的人。

楊傳古用兩根指頭撫著槍柄，耳中響起前一天晚上，阿妙在電話中如怨如訴地說：「被潘拓看上了，一輩子都逃不了，阿古，你一定要來，你如果救不了我，就一槍打死我！」楊傳古握著那粗糙的槍柄，有一種羞愧、震恐、心疼、悲壯混雜的情緒，他在道上混了一輩子，拿槍的次數卻屈指可數。要救自己的女人，卻是女人帶槍給他，而他自己心底卻還有那一絲絲的猶豫（或是恐懼）。他趁著深夜在山中無人之處試了兩槍，在一輛廢棄小客車的門板上，轟出了數百個彈孔；他握緊槍柄，想像明天潘拓身上也會這副模樣。

文定請的客人不多，都是「青天」自己人，泰昌、明輝幾個堂主在十點左右陸續到達，潘豐民一如往常到十一點才姍姍來遲，臉上還帶著酒意。眾人先向楊傳古打過照面，才陸續到展覽廳中就座。這間上百坪、三層挑高的大廳中陳列了潘拓幾年下來的收藏品，一尊三公尺高、上溯北魏時代的文殊塑像是天城山莊的鎮莊之寶，牆上另外掛滿中西式的古劍、法器、十字弩、盔甲等等。潘拓的房間就在二樓環廳走廊的中央，倚著廊邊可以環視整個展覽廳。

潘拓曾告訴楊傳古，他打算要像奇美公司的許文龍一樣開一間私人博物館，扭轉「青天」的形象。楊傳古嘴上說好，心裡卻想這只是流氓假斯文，底下一堆細漢的為了幾千元的保護費拚個頭破血流，到頭來大哥花幾千萬在這些破銅爛鐵上面。

楊傳古招呼了所有來客後，才悄悄返回自己的休息室，帶著木盒來到展覽廳。當時潘拓已經在主桌坐定，他穿著深色的西裝，一頭銀髮梳得服貼，雖坐著輪椅，上身仍十分挺直魁梧，他和來客大聲地說著話，免不了一些「六十歲還一條活龍」、「呷幼齒補眼睛」之類的玩笑。

潘拓見著楊傳古，馬上舉手大聲說道：「阿古，時間差不多了，叫阿妙下來吧，大家腹肚都餓了。」

楊傳古捏緊了手中的木盒，恨不得立刻一槍打爆潘拓的腦袋。他拿起門邊的麥克風，清了清喉嚨，待現場稍靜下來，他才開口說道：「各位兄弟，各位好朋友，今日是咱潘董事長續絃再娶的好日子，人說：『細漢不可無母，老來不可無妻』，自咱大嫂過身到今也已經十幾冬了，咱董仔身邊無人，也是蓋孤單的，不知的人，還以為董仔和我是一對咧……」眾人都笑了，楊傳古頓了一頓，繼續說：「……今日潘董續絃，找到老伴，咱做兄弟的也真為他歡喜……說到咱新娘阿妙，不只是人美，又是賢慧能幹，潘董可以娶到她，我相信不單是對潘董，對咱『青天』也是萬般有幸。好，咱廢話減說，現在就請咱新娘出來，大家掌聲催下去！」說完他拿起室內電話交代幾句，沒一會兒，一名婦人就帶阿妙從二樓的旋轉樓梯緩緩走了下來。

阿妙穿著一件紅色旗袍，領口鑲上一枚翡翠石，在燈光下搖曳閃耀；各家堂主紛紛起身鼓掌，在阿妙走過時恭敬地叫聲「嫂仔」、「恭喜，嫂仔」，阿妙也一一點頭回禮。阿妙走到主桌，牽住潘拓的手，向主桌客人陪笑著。

「來，現在新娘要給勢大人奉茶。」楊傳古對著麥克風說，雖然他極力克制，但聲音卻也浮出些許顫意。阿妙從身旁一名女侍手中接過茶盤，向幾位輩份高的「青天」大老奉茶。最後輪到向潘拓奉茶時，阿妙突然手一滑，整個茶盤翻倒在潘拓身上。

阿妙的臉刷地整個白了，一面連說著對不起，一面拿過餐紙為潘拓抹去茶水，一旁的女侍們也七手八腳地上來幫忙。潘拓倒是笑著說：「不要緊，不要緊，我上去換一件衣服就好，你們就先開桌吧。」

阿妙說：「我陪你上去換………」

潘拓說：「不用，我自己換就行，妳在這邊陪人客……阿古，先開桌了，你先為我招呼一下，我上去換一下衫就來。」說完便搖著輪椅，搭電梯上樓。

阿妙看了楊傳古一眼，隨即回到自己的角色，她笑著給大家敬酒，說自己人醜手又拙，大哥娶她真是要活受罪了。

楊傳古很快地掃視一回展覽廳，所有客人都在自己的位置上，潘豐民在和女客調笑著，阿泰呷著茶，聽明輝講一些老年再娶的五四三。楊傳古吩咐下面的人開始上菜，他一個人托著酒盒，默默地走進牆角的電梯。

二樓的走廊有五米寬，一側是房間，另一側隔著矮牆便可俯瞰整個展覽廳，走廊黑色大理石地板打了水蠟，光可鑒人，楊傳古的硬皮鞋跟敲在地上，一刻一叩，蓋過了樓下宴席上的喧騰。他規律地呼吸著，腦中盡量不去想接下來會發生的事情。他先前練習過一次，他會進到潘拓房間，告訴他這瓶酒的來歷（如同他今天已說過兩次），然後問潘拓要不要在主桌上開這瓶酒，潘拓會要他把酒拿出來看看，接下來他只要拔出槍，對著潘拓扣下扳機，潘拓的身體或腦袋將會爆開，接下來他會拿起槍指回自己，然後……

當楊傳古走過轉角時，他的腳步停住了，他看見了潘拓。

潘拓身上仍穿著那套濺上茶漬的西裝，坐著輪椅停在房門口，靜靜地凝望著前方挑高的空間。跟了潘拓那麼多年，楊傳古從未見過潘拓現在這表情，那是一分他當大哥的霸氣，混雜著九分一個尋常老人的感傷。

楊傳古的腳步又開始移動了，他開口問：「你不是要換衫，怎會坐在這？」

潘拓仍注視前方，緩緩地說：「我在想一些事情。」

「什麼事情？」

「咱以早的事情。」

楊傳古一手緩緩地揭開了木盒的頂板。「咱以早的什麼事情？」

潘拓說：「我還會記著，二十年前，我頭殼空空，一個人說要去處理王金火，結果給抓起來，那個時候咱二人根本沒名聲，是你不顧性命，出面講價，才把我的命給贖了回來……」

「四十萬……我記得你的一條命值四十萬。」

潘拓微微一笑，說：「七年前那次更危險，就在樓下，四季君那兩個細漢仔像起瘋一樣，四界開槍，那時候我倒在我妻子旁邊，想說死定了，也是你跳出來，我記得你和他們對罵好久，但說什麼我已經不記得了，最後他們兩個就瘋瘋地衝出去找警察拚命……那當時，他們若開槍，咱兩個都已經去見閻王了……」

「若是你要算，這款帳算不完。」楊傳古握住槍柄，另一手鬆開了木盒，他感覺到槍的重量，以及木盒擦著餐巾布緩緩滑落的感覺。

「阿古，」潘拓繼續說：「我知影，這款帳算不完，所以我一直沒去算：我一直以為，咱做兄弟的，錢帳要清楚算，但是恩義相欠是應該的，若是有一天需要清這條帳，這就是我們恩斷義絕的時候。」潘拓控制輪椅，緩緩地轉過身來，問道：「阿古，你真的逼我要算這條帳？」

那木盒掉落在地上，輕響敲得楊傳古微顫，他緩緩地舉起那裹著餐巾的土炮，搖頭說：

「是你逼我的。」

「我不瞭解，到底為了什麼？」

楊傳古下巴往樓下一指，說：「你心內知知。」道出這個最終的判決，楊傳古對著潘拓扣下扳機。

那天，天城山莊裡的所有人都聽到了一聲槍響。

# 二

「要下雨了……」張萬春警官站在落地窗前，望著外頭幾乎壓到眼前的烏雲，喃喃唸道。

這是位在十樓的「疑難雜症事務所」，從那占據了半個牆面的落地窗望出去，是看到臺北市高矮不一、新舊參雜的樓宇景觀，遠方臺北一〇一的頂樓瞭望臺已籠罩在縹緲的雲霧中，再過去的環臺北盆地山區，看來早已下起滂沱大雨。

張萬春站在窗前好一陣子，才轉過頭對小范說道：「范仔，我不知道你要這種東西幹什麼，還那麼急著要？我今天上午什麼事都沒做，就在跑你這份公文，媽的，你都不知道出一道文要蓋幾個章……不過我說實在的，你硬要這個文真的很沒意思，我們也合作兩三年了，之前請你幫我們查案，我有欠過你一毛錢嗎，幹麼這次硬要出公文？」

小范乾笑一聲，沒有說話。他一手操作著滑鼠，雙眼盯著螢幕上一張張的照片。

張萬春伸個懶腰，走回客廳，一屁股坐進沙發中，說：「怎麼樣？看那麼久，知道謎底了嗎？」

「差不多了。」小范仍是頭也不回地說道。

「什麼！」張萬春跳了起來，大聲說：「搞什麼？你看照片就知道他們玩什麼把戲？你是三太子上身啊？」

小范轉過頭來，笑了笑，說：「這不是什麼太難的把戲，只要用點邏輯推理，再加上點想像力就好。剛好這兩種能力都是你們警方缺少的，所以你們才動不動就要來找我幫忙。」

「媽的，」張萬春咬牙咒罵一聲，「那你告訴我，他們……他們到底是怎麼把楊傳古弄死的？」

「用槍啊，難道用美工刀？」

「媽的，我是說……怎麼用……槍是誰的……媽的，你明明知道我在問什麼的！」

小范端起面前的瓷杯，吹散杯口冒騰的熱煙，呷了口茶，說：「冷靜點，萬春兄，這樣吧，我建議你把整個案情，從頭到尾、仔仔細細地交代一遍，時間、人物、地點，這樣我會有完整一點的情報，否則我只是靠你一封 **e-mail** 和幾張照片，搞不好是我猜錯了。」

張萬春挑了挑眉毛，坐回沙發，半信半疑地說：「你真的有個底就是了？」

小范說：「底是有，不過沒有把握，你也知道，我不會告訴你我沒把握的結論。」

「也有道理，那你認真聽，我已經說太多遍，不想再說一遍。」張萬春說著從手提袋中拿出一份卷宗，翻開第一頁，清了清喉嚨，說：「日期是八月二十九日，地點是潘拓那個狗窩，新店市九雞段一號的天城山莊，時間是下午一點二十三分左右，在山莊周圍監視的員警，聽到山莊內傳出槍響，所以我們就上前要求進屋搜索。」

「監視？」小范舉手打斷了張萬春，「所以你們早就在那邊了？」

張萬春擺了張老臉，說：「我們在一個月前就接到線報，潘拓在八月二十九日擺訂婚喜酒，『青天』所有堂主大老都會出席……你也知道，這種場面隨時會出事，就算不出事，我們也都會到場監控，拍照認臉。」

「那『青天』的人真的都到了?」

「你根本沒認真看我寄給你的東西……」張萬春起身走到小范身後,搶過滑鼠,點開一張照片。那是一張由略高的視點俯拍展覽廳的照片,廳上所有人都看向鏡頭,因此每張臉都十分清楚。張萬春指著照片中的面孔,說:「『青天』的人你都知道的,這個是潘拓,你很熟的,這個是潘拓的兒子潘豐民,這個是楊傳古,這個是日堂堂主賴明輝,信義、大安、中正區是是他管的,這個是月堂的邱泰昌,管雙和和新莊……」張萬春一一介紹了照片上的臉孔,最後指到一個高大的男人,「這個你也很熟,警界敗類吳文泰,警察幹好好的,現在跑去當潘拓的狗,幹他媽的以前吊嘎(背心)隨便穿,現在混在道上就穿得人模人樣,八成噱翻了。」照片裡的吳文泰穿了一套 Zegna 的西裝,沒打領帶,上身深紅色襯衫解開第一顆鈕子,袒露出厚實的胸膛。

小范點點頭,又問:「除了這些大頭,那天天城山莊裡還有多少人?」

「一百二十三人,包括廚師和服務生,我們一個一個點過的,這邊有名單。」張萬春將卷宗的一頁折起來,放到小范面前,「我們在山莊前後門都有人馬,其他外牆也都有人監視,所以我可以確定,最後一個進山莊的是潘豐民,從他之後,一直到槍響,沒有人出入過那棟房子。」

小范將名單從頭到尾看了一遍,將卷宗還給張萬春,說:「看起來就是那些人,請繼續,你說你們在一點二十三分聽到槍響,然後怎麼反應?」

張萬春說:「我們就是馬上敲門……說坦白一點,就是我親自帶隊上去,告訴那兩個看門的年輕人說我們聽到槍聲，懷疑屋內有犯罪發生，要進屋進行搜索。那兩個小鬼當然不肯放，一直在那邊靠北說有沒有搜索票，我也不想浪費時間，直接叫人把那兩個小鬼帶到一邊去，結果這時候，潘豐民來開門了，他說裡面出了事，要我們快點進去。我就叫兩個人守門口，其他一共八個人，包括我自己，跟著潘豐民來到那個展覽廳，上到二樓，然後就看到楊傳古倒在走廊上，胸口炸開一個大洞，槍掉在他旁邊，還有一個木頭紅酒盒。」

「從槍響到你們到現場，這中間過了多久。」

「十二分鐘，我一直有在計時，看到楊傳古屍體的時候是一點三十五分。」

「然後呢？」

「然後我們就照槍擊命案的程序辦事，封鎖現場，拍照蒐證，呼叫支援，叫鑑識組的人進來採樣，其他警員把在場的人分別帶開問話。我親自問潘拓，他說他是親眼看到楊傳古開槍的。」

「那他怎麼說。」

「他說，當時還沒開桌，他因為弄髒了衣服，要上樓換一件。結果楊傳古突然跑上樓來，說他得了絕症，實在不想那麼痛苦地活下去，希望潘拓可以體諒，然後就在他面前，朝自己的胸口開了一槍。」

「聽起來很合理啊。」小范喝了口茶，淡淡地說。

「媽的，范仔，我真想揍你，你明知道那是狗屁。楊傳古身體好得很，哪來個屁絕症。」

「我不知道，」小范聳聳肩：「也有可能不是生理疾病，是心理疾病，像憂鬱症那種，混黑道壓力那麼大，老了精神有點異常也很合理吧……好，你要說潘拓說謊，那拿出證據嘛，你們警察不就是在找證據嗎？證據怎麼說？打死楊傳古的是誰的槍？」

「是，就是那把，你要看嗎？」

「我有看照片了。」

「我這邊有實物，」張萬春從提袋裡拿出一個大號夾鍊袋，裡頭是把短管霰彈槍。

「警察可以帶這種『土炮』到處跑嗎？」

張萬春將槍擺到小范面前。「這是證物，警察辦案，需要證物的嘛。」

小范拿起槍端詳了一回，說：「這是阿瀛師的槍？」

「你也知道。」

「略懂，體積小，威力強，一次能裝兩枚制式子彈，這幾年搶手得很，我知道有兩個人有這玩意兒。」小范將槍還給張萬春，「喔……我突然想到，阿瀛師不就是被你抓的？越界辦案，抄出幾百把槍，還開一個很大的記者會，你自己立了大功，但搞得高雄那邊很不爽？」

「以阿瀛師的關係，高雄警方再一百年都抓不到他，」張萬春搖了搖頭，拿起茶杯呷了一口。「這是題外話。這把槍就掉在楊傳古屍體旁邊，裡頭還有一枚子彈，我們有找到彈殼，也做了裝彈痕和火藥測試，媽的，轟進楊傳古胸口那幾百顆小鋼珠，就是這管『土炮』打出去的。」

小范用食指敲著桌面，說：「那這把槍是楊傳古帶來的嗎？」

「是的，」張萬春嘆了口氣，「關鍵是掉在楊傳古身邊的那個木盒，檢察官要求鑑定得很仔細，包著土炮的餐巾你有看到嗎？我們在木盒裡找到相同的纖維，木盒底部還可以很明顯看到槍口接觸的痕跡，我們比對過，完全相符。因此，百分之九十，槍原本是放在那個盒子裡。」

張萬春頓了頓，繼續說：「關於那個盒子嘛，法國 Latour 酒莊的原裝酒盒，臺灣沒人進這支酒，應該是國外帶回來的，我們昨天才在楊傳古家裡找到那瓶酒。盒子是橡木材質，盒子的頂板已經拆掉，就像照片裡那樣。盒子外層只有楊傳古的指紋，我們問過現場的人，有一半的人作證那木盒是楊傳古帶來的，包括看門的兩個小鬼，這些照片裡面有拍到楊傳古的，也可以看到楊傳古手上拿著那個木盒。所以，『楊傳古用紅酒盒裝著那把槍，帶進房子裡』，然後，『楊傳古是死在那把槍下』，媽的，我超不喜歡這兩個結論，不過我沒辦法推翻它。」

小范想了會兒，說：「好，那我幫你想一個可能性，有可能楊傳古真的帶了一把土炮來天城山莊，不過阿瀛師的土炮也不只一把，那天在天城山莊裡，有另一把一模一樣的土炮，有人用另一把土炮殺了楊傳古，然後將楊傳古的土炮藏起來，留下開過火的土炮，偽裝成楊傳古自殺的樣子。」

張萬春說：「這我當然也想過，不過也不可能。媽的，天城山莊的規矩你也知道，房子裡頭一律不准帶槍，我們全莊徹底找過一遍，媽的真的一把槍也沒有，連空氣槍也沒有。從槍響之後我們就一直盯著天城山莊，沒有人出來，也沒看到有人把東西往外丟……好，以防萬一，我也派了三十個人把天城山莊外圍的坡地、林地都找了一遍，一樣，一把槍都沒有。那天在天城山莊裡，就只有楊傳古帶來的一把槍。」

「那其他鑑定結果呢？彈道距離？火藥反應？」

張萬春將桌上卷宗翻到某一頁，說：「鋼丸在還沒散開前就命中楊傳古的身體，有些還穿透，推論槍口離身體僅有十到十五公分，楊傳古臂長四十五公分左右，土炮大約是二十五公分，如果是用雙手握著槍，倒過來瞄準自己胸口，差不多就是這個距離。」

「火藥反應呢？」

「楊傳古和潘拓身上都有火藥反應，但這根本不能證明什麼，潘拓說當時楊傳古就在他面前不到一公尺的地方。」

「這樣啊，」小范摸了摸自己的鼻梁，「那你要推翻潘拓的說法只剩一個機會。是楊傳古帶的槍，楊傳古也是被這把槍所殺，不過開槍的人不是楊傳古，可能是別人？」

「但是，所有的人都證明，包括我這些他媽的相片，槍響的時候，所有人都在一樓，二樓只有潘拓和楊傳古兩個人而已。」

「所以可能是潘拓開的槍？」

「啊，天啊，」張萬春頭往後一仰，「這是我最想要的答案，可是你告訴我，我要怎麼說服檢察官和法官，坐在輪椅的潘拓有辦法從四肢健全的楊傳古手上搶走那把槍？他們會告訴我，就算楊傳古槍掉在地上，潘拓還不一定撿得起來哩……更何況，槍的握柄和扳機上就只有楊傳古的指紋，換句話說，潘拓有自備手套，所以沒有留下指紋，再進一步就是推論，潘拓早就知道楊傳古有帶槍，所以他先預備了手套，為自己開槍做準備，否則八月大熱天，現場根本沒有人會有手套……媽的，這種推理說出來連我女兒都會笑，潘拓若早知道楊傳古帶槍，不是馬上把楊傳古押起來，而是準備了手套，還什麼人都不帶，要自己表演一套『空手奪火器』的戲碼？這種白痴的劇情連連續劇都編不出來，如果潘拓是這種人，他早就死不知道幾次了，還能走到今天？別開玩笑了！」

小范又喝了口茶，咂咂嘴，說：「那沒有其他可能性了。張警官，你所呈現的證據告訴我，楊傳古那天用紅酒盒裝了那把土炮，帶進了天城山莊，然後趁著潘拓一個人在二樓時，他上了樓，在潘拓面前拿出那把土炮，對準自己胸口，然後扣下扳機……」

「這也是現在檢察官的結論，就算過得了檢察官這邊，我想一百個法官九十九個也會做一樣的結論，不過他媽的這是狗屁結論，」張萬春衝到小范身邊，搶過滑鼠，點開一張照片：「你自己看這張照片，看清楚……楊傳古絕對不是自殺的。」

那是張從展覽廳一樓往二樓拍的照片，在白色走廊護欄的上方，可以清楚看見楊傳古的側面和他平舉的手臂，不過由於距離與角度的關係，他手上的土炮只有模糊的輪廓和顯眼的白色餐巾。

張萬春試著壓抑自己激動的情緒，說：「小范，這張照片是槍響前一秒鐘拍攝的，就在快門喀擦的那一瞬間，槍聲就響起了，楊傳古就在這一聲槍響倒下……就這一聲槍響，沒有第二聲。這張照片告訴我們，在槍響前的一秒，楊傳古還拿著土炮，指著潘拓的腦袋，但下一秒他卻被自己手上的土炮轟破了胸口！」

小范仔細看著那張照片，沒有回話。張萬春深吸口氣，說：「范仔，我說實話，我恨透了潘拓這人渣，我就是要在潘拓頭上安上一個殺人罪，然後把『青天』整個抄掉……我明知道楊傳古是潘拓殺的，但我證據蒐集越多，就離我的結論越遠，他媽的，你告訴我，我應該怎麼做？」

「你為什麼那麼恨潘拓？」小范一邊倒茶一邊問道。

「說來話長，」張萬春搖搖頭，說：「不過我長話短說，那是七年前的事。我剛升上市刑大的小隊長，那時候碰上市政府大力掃黃的時候，偏偏潘拓又不識相，在我的轄區裡開了『青花』酒店，我每兩天就去盤查一次，把他們弄得雞飛狗跳的，他很多次塞錢給我，我都拒絕。媽的，結果不知道他們從哪裡打通了關節，我上頭的竟然把我的轄區變動，讓我管不到那間酒店……媽的……」

張萬春搖搖頭，說：「剛開始我當然只能私底下氣得跳腳，但後來我想通了，既然他來陰的，我也可以，我找上了新店一個角頭叫洪四季，三不五時把潘拓的情報丟給他，讓他去搗潘拓的亂，嘿嘿，那段時間真的把潘拓給整慘了。不過……他媽的……我沒料到，潘拓那邊更狠，他們後來直接把整箱錢放在我車子裡，然後派人在內部告發我收黑錢，結果我被停職調查了三年……我本來有機會升上去分局長或大隊長的，結果這一查，我的人生就毀了一半，媒體把我當老鼠一樣打，我老婆得了憂鬱症，這中間流產兩次，自殺三次；我爸也當了三十幾年的警察，當時在署裡，現在一搞，他面子掛不住，辦退休回家，沒一兩個月就走了。結果呢，潘拓在那三年大張旗鼓，一統臺北縣市，我爸喪禮他還送花圈過來，我他媽的把他們的人揍了一頓。」

張萬春嘆了口氣，繼續：「不管是我個人恩怨，還是我身為警察的職責，媽的，我這次就是要抓潘拓，就算不能槍斃他，我也要把他丟到監獄裡關到死。所以我這次下足苦心，我想辦法蒐集所有證據，我想告訴檢察官和法官，那管土炮是潘拓的、或是槍是潘拓開的、或是潘拓派人開的，隨便哪一種結論都好，只要能讓潘拓背上殺人罪就好。不過，媽的，現在是反效果，我的證據太齊全了，變成我會證明那把土炮從頭到尾都在楊傳古手上，最後只會導向楊傳古自殺的說法……我昨天才跟檢察官談過，他根本不站在我這邊，他們會用自殺簽結，除非我有更好的說法！」

張萬春喘了口氣，瞪著小范一會兒，才又開口：「所以我來找你，范仔，我已經沒有辦法了，也沒有時間了，我們這幾天通宵加班也想不出什麼方法來，現在就靠你了……剛剛你說，你已經知道潘拓在玩什麼把戲，只是沒有把握，現在我都告訴你了，你有把握了嗎，知道是怎麼回事了嗎？」

小范站起身，走到落地窗前，看著窗外開始滴落的豆大雨珠，說：「當然，我們剛剛已經排除了所有的可能性，我現在可以肯定地告訴你，潘拓是用什麼方法殺了楊傳古。」

張萬春衝到小范身邊，激動地說：「媽的，那你快說啊！我兩天沒睡了，就是為了這個案子，你知道就快點告訴我！」

小范微微一笑，慢條斯理地說：「張兄，我當然會告訴你，不過說實話，我覺得這真相可能不是很重要。」

「為什麼？」

「因為已經沒有證據了，現在就算我告訴你潘拓怎麼做的，你也找不到證據來辦他。」

「這你不用擔心，證據這種東西，擠我也會把它擠出來。」

「好，不過在告訴你真相之前，我還有個更重要的問題。」
「沒有更重要的了，快點告訴我你的推理！」
「不，這很重要……………張警官，你的這些照片怎麼來的？」

## 三

窗外大雨滂沱，急驟的雨聲點綴著零星的悶雷，成了這個城市唯一的背景音樂，但這份嘈雜卻將屋裡襯出一種安穩、清淡的氣氛。

「所以說你已經知道，這一切是怎樣布置的？」「神手」吳文泰站在落地窗前，將口中的煙霧噴向遮擋雨水的玻璃。

「差不多，我看過警方的資料，又聽完你的說法，差不多知道你們玩的把戲。」小范同樣吐出一口煙，淡淡地說。

「你不相信楊傳古是自殺的？」

「我沒那麼憨，信你這套。」

「那麼……說來聽看看，楊傳古是怎麼死的？」阿泰熄了菸，回到沙發上坐定，掛在頸項上的鋼鍊子鏗啷作響。

「好，我們從頭開始，」小范又抽了口菸，說：「八月二十九那日，早上八點半左右，楊傳古自己一個人開車到天城山莊，當時他就提著那個紅酒盒子，兩個守門的人都有看到，大門口的監視錄影機也可以證明這一點，楊傳古還交代門口的人，那天門口的檢查要更嚴格，還要求他們搜他的身。」

「老狐狸，」阿泰哼了一聲，「他很清楚，門口那兩個輩份，絕對不敢認真查他的東西，他要求越嚴，就越沒人懷疑他有鬼。」

小范繼續說：「楊傳古進到山莊後先遇到你，你說，他和你在客廳坐了一陣，這期間你有問到那個盒子，他也沒走閃，還把盒子拿給你看？」

「幹，真正是老狐狸，他和我講話時是自然自然，我做這途幾十年，第一次遇到這種人，冷靜得像冰，殺人還能裝成吃喜酒的模樣。」

「楊傳古可是『半面人』啊，你只能看到他的一半臉，」小范將菸屁股捻熄，繼續說：「從那之後，就沒人看到那只盒子了，你說你看了客廳和山莊後段的監視器錄影，有看到楊傳古將盒子帶回他的休息室裡，之後他空手出來去忙喜宴的事。一直到中午十一點四十三分，喜宴開始之前，楊傳古才又回休息室，再出來時他手上就有那個盒子了，在展覽廳的人也都有看到楊傳古拿著那個盒子，是這樣吧？」

阿泰點點頭，說：「就是這樣。」

小范又點起一支菸，同時遞給阿泰一根，阿泰舉手拒絕，只是幫自己斟茶。小范抽了兩口菸，說：「好，要緊的來了，文定差不多一點左右開始，新娘自二樓下來，給大家敬茶，敬到新郎潘拓的時候，不小心打翻茶盤，把潘拓的衣服弄髒了。潘拓於是叫大家先開桌，自己一個人坐電梯回二樓換衣服，楊傳古吩咐開桌之後，也攜著那個盒子，跟著去二樓。」

小范看了阿泰一眼，阿泰沒有回應，自顧自地喝茶，小范繼續：「接下來都是潘拓所講的，他說他的衣服被茶水弄髒，他自己上二樓去換。他到二樓之後，聽到樓下熱鬧的聲音，忽然間想起已經過世的妻子，心裡一下沉了下來，他於是坐著輪椅在房間門口想事情，這個時候他聽到電梯的方向傳來腳步聲，轉頭就看到楊傳古拿著盒子走過來，楊傳古說他已經是癌症末期，沒得救了，他不想再那麼辛苦地活下去，他想先走一步，希望潘拓可以體諒。說完楊傳古就從手中的木盒拿出那管土炮，然後就在潘拓面前一步的地方，對自己的胸口開了一槍。」

「完全正確，」阿泰一口將茶水喝完，呼出一口大氣，說：「聽到開槍的時候，大家都嚇一跳，我趕緊上去二樓，看到楊傳古倒在地上，胸口破一個大洞，準死不活，董事長坐在那，看著楊傳古的屍體一直嘆大氣，說些什麼人世無常的話。那個時候有人報過來，說門口全是警察，要進來調查。原本大家都叫那些警察去呷屎，莫在這種時候來鬥熱鬧，最後還是董事長說話，交代帶那些警察進來，還要大家配合警察辦案。」

阿泰又倒了杯茶。「後來的事都一樣，張萬春帶人進來，拉封鎖線，把整間山莊翻過來搜一遍，把所有人帶開問訊，當然還有對一些人動手動腳，董事長就是叫大家配合，不要惹麻煩。一切就是這樣，幹，我跟警方說過幾百遍了，那個時候發生的事情就是這樣，我不知你們這些人是在不相信什麼。」

「警察告訴我，」小范說：「在開槍前的一秒鐘，楊傳古拿槍指著潘拓。」

阿泰臉色有點變了：「警方說的？」

「是的。」

「他們怎麼知道？」

「你要自己去問警方，」小范說：「他們很肯定這個說法，他們說楊傳古帶那支槍是要殺潘拓，不是自殺，只是最後楊傳古的計畫失敗，反而被潘拓解決掉。」

阿泰笑了，說：「這就是那個張萬春一直想要講的。不過，那管土炮是楊傳古帶來的，你這邊又說，警方也有證據證明，在開槍前最後一秒鐘，土炮一直在楊傳古手中。那我們董事長是有什麼本事，可以讓槍子轉彎，彈進楊傳古身體內？」

「很簡單，」小范清了清喉嚨，「在最後一秒鐘，楊傳古手中的不是那支土炮，真正的土炮在潘拓手中。」

「濠洨，」阿泰嗤了一聲，「警察應該有跟你講，那天天城山莊內外都找過了，根本找沒第二把槍，若是這樣，你說楊傳古手上拿的是什麼東西？熨斗？吹風機？」

小范搖了搖頭，說：「假槍，一支做得很像阿瀛師土炮的假槍，做這種東西對你『神手』來說，應該沒啥困難吧？」

阿泰靜默了一陣，想要辯解，卻被小范搶先說道：「阿瀛師的槍本來就是土製的，不是什麼幼秀物，你只要找一枝相當口徑的鐵管當槍管，槍柄又是木頭的，你用刻的也刻得出來……」

阿泰笑著說：「我手藝沒那麼好，要用手刻一個槍的握把，你以為那麼簡單？而且你說，扳機我怎麼做，撞針我怎麼做，鋁合金的，我去哪裡開模做這款物件？」

「這種東西其實山莊裡有現成的，」小范說，「山莊裡沒槍，但是我知道潘拓收藏了很多古董十字弓，只要找到一枝size差不多的，將上頭弓身拆掉，剩下部分削一削、用砂紙磨一磨，就大功告成了，要扳機有扳機，要撞針有撞針，反正楊傳古不常用槍，細節他分不出來，更何況……」小范抽了一口菸。「……為著將槍固定在盒子裡，楊傳古特別用一條布把槍身裹了起來，結果這反而給了你方便，你的假槍只要也用布包著，頭像尾像，中間差一點沒關係，楊傳古也看不出來。」

阿泰喘了口大氣，嘴角泛起一抹無奈的微笑，隔了半晌，才吐出三個字：「了不起。」

小范站起身來，一面抽菸，一面在屋裡來回踱步，說：「整件事的頭尾就很清楚了，有人發現楊傳古帶槍來天城山莊……應該就是你發現的，楊傳古那麼功夫帶槍上來，意圖不言可知。你們沒有在第一時間將他押起來，反而是做一支假槍，將真槍掉包。你大概也可以猜到楊傳古動手的地點，展覽廳二樓潘拓的房間，那是整個天城山莊裡少數幾個沒有監視器的地方，楊傳古應該明白，在其他監視器照得到的地方，他可能還沒拔槍你就已經把他摺倒………結果一切如你們所料想的，潘拓才剛上二樓，楊傳古就跟了上去，可憐他到最後一秒都還以為他殺得了潘拓，殊不知那把土炮早就在潘拓手中。」

小范頓了頓，繼續說：「開槍之後，你一定第一個搶上樓，將假槍收起來，真槍放在楊傳古身邊適當的位置。因為你們有準備，所以真槍上只會有楊傳古的指紋，至於其他火藥或彈道，因為是近距離開槍，誰也沒辦法推翻楊傳古是自殺的說法。至於那把假槍，你只要在警方來之前將它拆開來，鐵管歸鐵管，十字弓歸十字弓，鍊子歸鍊子，警方自然查不到什麼。」

「鍊子你也看得出來？」阿泰摸了摸頸上的鋼鍊，笑著說。

「那是我唯一的線索，大哥，」小范說，「在警方那些喜宴的照片裡，我注意到你沒有打領帶，也沒有戴這條鍊子，我知道這東西是你的傢俬，很少離身，尤其遇到宴會這種複雜的場合，你怎麼可能會不戴著？我想了很久，這條鋼鍊還能用來幹麼，後來才想到：調整重量，你做的假槍比真槍輕太多，就算楊傳古不懂槍，一拿起來還是會識破真偽，你可能將鍊子拆下一節，塞進鐵管裡面，增加重量。」

「嘿，我換了很多物件，釘子、鋼珠，都無法度乖乖固定在管子裡，我才會拆我這條鍊子，」阿泰將鍊子拿下來，放在手中把玩，「這鍊子後面這幾節是有磁性的，可以吸在鐵管裡，一點小把戲而已。」阿泰將鍊子那一節貼在冰箱上，確實有磁性。

阿泰又斟上一杯茶，說：「董事長本來叫我不要來找你，他說你的歹腦筋比我還多，我動這款腳手，你一定看得出來，果然如此。」

小范微微一笑，說：「其實也沒什麼，你沒看過警方的資料，警方沒聽過你們有監視錄影，我是兩個都知道，所以才能猜到真相。」

「你會告訴警察嗎？」

「會，不過我相信現在說了也沒用，你這方法很高明，死無對證，那些鐵管、十字弓你一定已經處理掉了，警方又不知道你們有監視錄影，所以他們也看不到你跑進楊傳古休息室動手腳這一幕。」

「那早就處理掉了，」阿泰說，「說到這邊我不得不佩服阿古叔的設計，整棟天城山莊裡的監視系統，警方完全不知道，主控房設在另一個山頭真是天才，就算是警方發現，我們也有時間把那些錄影全部銷毀掉……所以你說得沒錯，八月二十九那天的錄影都已經清理掉了，沒有留下證據。」

「那十字弓呢？」

阿泰笑了笑，說：「董事長說，那把十字弓十七萬臺票，歐洲不知道那個牙的國家的東西，董事長說我有夠浪費，專挑貴的來修……」阿泰頓了一頓，說：「不過說實在話，這把弓是這整套手法最大的問題，那天案發後，我先把弓給裝回去，一樣放在庫房裡面，要是警方有想到這一回事，然後用心去檢查一下，那我們就破功了。不過反正警方一向沒有想像力，看到槍擊案只會忙著找槍而已，後來我用我們的焚化爐把弓給燒個乾淨，灰燼也交給環保公司處理了，沒留下東西。」

「乾淨俐落，不愧是『神手』。」

「還有那根鐵管，我把它切成幾段，送去回收場當廢鐵，也不會出問題；沒處理掉的就是那條餐巾布，我只是叫人洗一洗，還可以用哩，莫浪費！」阿泰搖搖頭，「所以照理來說，萬無一失，張萬春手頭的證據只能證明阿古自殺，弄不到我們身上。可是……麻煩就麻煩在張萬春這個人，他對咱公司是恨到骨子裡，不知道會怎麼樣找我們的麻煩，潘公子已經從立委那邊著手，錢灑落，要他們早點結案。」

小范坐回自己的位置上，斜睨著阿泰，半天才說：「你以前真的是維安特勤的？」

「千真萬確。」

「怎麼會去跟潘拓？」

阿泰笑了。「范先生，我以為我今日來，是花錢問你問題，不是來回答問題的？」

小范也笑了，他往椅背一躺，說：「好，不過我還是很好奇，要問一些你不用花錢的問題，例如：你是怎麼發現楊傳古帶槍來的？你不是說他舉止很自然，你都沒看穿？」

阿泰喝了口茶，說：「可能楊傳古對『人』是有一套，但是說到『槍』，他就太淺了。那日他不應該將盒子拿給我，我一拿就知道有問題。」

「怎麼說有問題。」

「我是不懂酒，但是我知道，如果那個盒子裡裝的是酒瓶，那應該是頭輕腳重，但是楊傳古交給我的盒子卻是頂部較重，底部較輕，而且我輕輕搖一下，又沒有酒水的感覺。那時候我只覺得奇怪，不知裡面裝什麼物件，後來我才知道，楊傳古是將土炮正插進盒子裡，槍管較輕，膛機和握把較重，所以拿起來是頭重腳輕。」阿泰嘆了一口氣，「我不喝酒，也不懂酒，楊傳古都知道，他之前有酒從來不會叫我看，這次是做戲做過頭，扮鬼扮多遇到真閻羅。」

「原來如此，『半面人』遇到『神手』，還是你技高一籌。」小范點頭，「還有一個問題，當時你發現楊傳古帶槍，為什麼不直接把他押起來，還要玩這款把戲？」

「這就是整齣戲最悲哀的部分。」阿泰嘆了口氣，說：「我發現那管土炮之後，馬上就去向董事長報告，我從來沒有看過董事長那種被嚇到慌的表情，他只是一直說不可能不可能，說什麼都不相信楊傳古要殺他。」

阿泰點了根菸，繼續說：「後來稍微冷靜一點，董事長才開始去想，他說他也知道為了公司，他有時候對楊傳古有些超過，但是他都有另外給他補償。像說兩年前為了錢，他在大家面頭前搧了楊傳古一巴掌，事後他馬上在臺北市買一間新屋給楊傳古，連裝潢也不必費楊傳古一角銀；楊傳古就算當時不爽，後來兩個人坐下來喝一杯，聊一聊，一切就是煙消雲散，大家都是為了『青天』，沒啥好計較。最近一切都很順利，他想不透，有什麼事情會讓楊傳古動殺意，尤其……你要知道，楊傳古平常時是不拿槍的，就算是要對付人，也是出錢請人較多，這次他自己帶槍上來，一定是這個怨仇深到別人無法替代。董事長說，他就是想沒，他和阿古三十幾年的兄弟，楊傳古有什麼理由要親自動手殺他？」

「叫來問清楚不就知道了？」

「我也是這麼說，」阿泰雙手一拍，說：「不過我們會這樣想，就代表我們不瞭解他們兩個老仔之間的關係，表面上潘拓是大仔，但似乎他對楊傳古又有點敬畏，不是說楊傳古多有本事，可以是董事長覺得楊傳古為他和『青天』犧牲太多，所以到老來就很難面對楊傳古真的做錯事情……當時我建議把楊傳古叫來問清楚，董事長又龜毛半天，說什麼這樣場面會變得很難收拾，大家臉上都不好看……」

小范笑了。「我不知道潘董是這種人，我記得他做事情很少想第二次的。」

阿泰抽了口菸，繼續說：「這是被人掐到七吋了，咱潘董平日處理事情多有魄力，現在遇到楊傳古要殺他，卻變成比我老母還要龜毛，董事長就開始為楊傳古找藉口了，先說什麼阿古一定是被人陷害，有人拿這支槍放到他的酒盒子裡面……幹，一點也不顧著我的面子；一下子又說，阿古可能是一時氣憤，他帶槍過來也不會真拿出來，可能整個盒子就這樣帶回去了。」

阿泰笑了笑，說：「我跟他說了整半晡，他才下了一個結論，他說，除非阿古真拿槍指著他，否則他都不會相信阿古真的要殺他；若是楊傳古真的要殺他，他希望由他自己私底下處理，他要給楊傳古身後留一個比較清白的名聲，也不要讓外人看『青天』的笑話。」

「所以你就想出了這個方法。」

「沒錯，」阿泰說：「他要楊傳古拿槍指著他，我就讓楊傳古有槍；他要自己私下處理楊傳古，我也讓他自己處理，而且這樣警察還什麼都查不到……我盡力了，潘拓要為他的兄弟哀悼，和我沒有關係。」

「Perfect，」小范笑著熄了菸，又點起一支，說：「了不起，你『神手』辦事果然是面面俱到，這是我看過處理尚漂亮的，潘拓花那麼多錢請你，有他的價值。」

「過獎。」阿泰站起身來，又走到落地窗前，窗外雨勢似乎更大了，完全蓋過了下班時間街道上的喧囂。阿泰說：「這邊說煞……范先生，咱可以說正事了吧。」

「什麼正事？」

「你不是以為，我今日來，是專程聽你怎麼看破我的手法的吧？」

「嘿，你不說，我還真這樣以為，要不，還有何貴幹？」

「同一件事情，一樣是八月二十九那天的事情。」

「不是處理完了嗎？」

「不，還沒，董事長要你找一個人。」

「誰？」

忽然間一聲爆雷響起，震得桌上茶杯不住晃動。阿泰嘴角泛起一抹微笑，說：「你那麼天才，應該已經知道了吧？」

# 四

窗外雨水漸漸滴落，風切過大樓窗邊，一聲急過一聲。

「照片關你什麼事？」張萬春的臉色有點變了。

「是不關我的事，但要我幫你解開潘拓的手法，交換這點資訊……不過分吧？」小范手攤向他的客人。

張萬春沉默了一陣，才低聲說：「還能有什麼？」

「你在『青天』裡面有安排人？」

「不、不，這我一定要澄清一下，不是『我』在『青天』裡面有臥底，」張萬春誇張地搖了搖手，「我告訴你，全臺灣各地警局，有掛上潘拓或他身邊那票人渣名字的案子，沒有一百也有幾十件，從南到北所有刑警隊，有點良心的，都想把『青天』給掀過來。所以，潘拓那邊有臥底很正常，不要特別強調是我，就算我有排臥底，也是為了臺灣的司法正義，ＯＫ？」

「好，你不用那麼緊張……張警官，你為了臺灣的司法正義，在全臺灣各地刑警可能有安排的臥底之中，也在『青天』裡面安插了一個臥底，這個臥底有資格出席那天的文定，他不就是潘拓身邊的人，要不就是『青天』裡的大老，對吧？」

張萬春沉默了一陣，點頭說：「那又怎麼樣，警察抓賊，很正常不是嗎？」

小范說：「不過你做的過分了點，不是嗎？」

「哪裡，正常警察辦案程序而已。」

「是這樣嗎？」小范回到自己位置上，說：「但你的人顯然不只是蒐集情報……你會告訴我那個臥底是誰嗎？」

「你知道規矩的，恕難奉告，」張萬春歪了歪嘴，站起身，雙手撐在小范的桌上，緩緩地說：「你要知道這些幹什麼？」

小范嘿然一笑。「我知道你在想什麼，你在想我有幫潘拓做過事，還欠過他一些人情……不過那是一回事，你也知道我給自己的規矩，今天你和我說的話，我一個字也不會透露出去，我只是想知道這件事的真相而已。」

「我還在等你告訴我真相咧……我能講的剛剛都講了，其他都只是例行公事，沒什麼好說的。」

「是這樣嗎？」小范緩緩地說：「我只是覺得，剛剛你說的部分，有一點很不對勁。」

「是潘拓不對勁還是我不對對勁？」

「你不對勁，」小范起身提過不鏽鋼壺，將滾水沖入瓷杯中，「是關於鑑識科的人，你說當你發現楊傳古屍體的時候，叫鑑識科的人來做鑑識工作……不過，我看卷宗裡的鑑識報告，上頭註明開始進行鑑識的時間是一點五十二分，那是命案發現後的十七分鐘。在新店山區，不管從哪一個單位叫人，都不可能在十七分鐘內到達現場。換句話說，那些鑑識人員和你們一樣，一開始就埋伏在天城山莊外面。」

「這又怎麼樣？」

小范說：「你們知道潘拓訂婚，派人去現場監控蒐證，這很正常，但帶鑑識科的人去就不對了，你要他們做什麼，去撈大便，看看那天的菜色怎麼樣嗎？」小范捏著杯蓋輕輕繞著杯口，雙眼緊盯著張萬春：「萬春兄，你打從一開始就知道那天天城山莊裡會有命案。」

張萬春沉默一陣，最後「哼」了一聲，說：「姓范的，你真是聰明得相當討人厭。」

小范搖了搖頭，說：「這不是我有多聰明，你這邊四十幾張訂婚喜宴的照片，幾乎所有人都入鏡，但最重要的新娘卻一張照片也沒有，任何人看完這些照片，都會得到和我一樣的結論。」

張萬春沒有說話。小范再問：「你開始就鎖定潘拓嗎？」

「呼，」張萬春喘了一口氣，似乎決定妥協，他說：「一開始是楊傳古，我們安排她在楊傳古旗下當小姐，這是比較簡單切入的點。」

「這條線你鋪多久了？」

「兩年，或是更久，反正開始搭上線是兩年。」

「她真正身分是什麼？」

張萬春笑了笑，說：「對岸嫁過來的，老公死了之後出來賣，結果被偵二掃到。他們知道我在找這樣的人，就叫我過去聊聊，我知道她是我要的人，模樣普通，但很柔很有女人味，見過世面，聰明、冷靜、戲演得一流，專剋老男人。重點是她也沒別的地方可去的，得乖乖為我們做事。」

「上面的知道你這樣搞嗎？」

「你這是什麼意思？當然，這種案子都會上到大隊長那邊。」

「那開槍這段呢？」

張萬春又沉默一陣，他喝了口茶，說：「一開始並沒有規畫到這種程度。最初安排她的目的，和其他臥底一樣，只是蒐證，但是後來發現效果出奇的好，楊傳古和潘拓都被她迷得神魂顛倒的，所以我們才會想進一步，利用這件事分化他們兩個，我想至少有機會讓楊傳古『叛逃』，和警方合作；只要這個『青天』的參謀總長願意合作，把『青天』連根拔起，應該不是什麼問題……」

「只是事情後來失控了？」

「我不知道這樣是不是叫『失控』，」張萬春說：「當我知道楊傳古想要殺潘拓時，我是有過一秒鐘的猶豫，我在想，身為一個警察，我的責任是將潘拓送進法院，用蒐集的證據釘死他，當我知道有人要殺他，就算不阻止，也不應該插手，只是……」張萬春聳了聳肩，「你也知道法院是怎麼一回事，潘拓太神通廣大了，變數太多，就算再派一打的臥底，我也沒信心可以定他罪……現在有一個機會，一勞永逸，又不會弄髒我們的手，你說說看，你要我怎麼選？」

「這部分你的上級就不知道了吧？」

張萬春笑了笑：「他們不會擔這種責任的，他們沒那個肩膀……我也不想和他們瞎扯，這種事情要幹就要果斷、要快……」張萬春又喝了口茶，「倒是那個女人看得很清楚，她說楊傳古一定會幹，就欠臨門一腳，只要有一把槍，她有把握一定讓楊傳古動手。」

「所以你用了那管土炮。」

張萬春把玩著桌上的霰彈槍，笑說：「這東西很完美不是嗎？輕薄短小，威力又強，給楊傳古這種槍械白痴用剛好，而且道上很多人都有，追不到源頭……那個女人前一晚還打電話給我，保證楊傳古一定會動手，不過，唉，」張萬春嘆了口氣，說：「花了那麼多功夫，到頭來死的竟然不是潘拓，這要怎麼說呢？是老天瞎了眼嗎？」

小范沒有答腔。張萬春盯著小范，緩緩說道：「不過也差不多了，范仔，楊傳古死在天城山莊裡面，潘拓一定脫不了關係，我絕對不能放著這條大魚從我的鉤子上逃走……只要你告訴我，潘拓是用什麼方法殺了楊傳古，我一定會逮到他的小辮子，告死他，把他關到死。」

「慢點，張警官，慢點……」小范摸著自己的下巴，慢條斯理地說：「我剛剛說過，以潘拓的能耐，現在就算你知道他的把戲，恐怕也不能在法庭上贏他，更重要的是……我想知道，你那位臥底小姐現在在哪裡？」

「你問這個幹什麼？」

「你知道我為什麼要跟你要這紙公文嗎？」小范拿起桌上那一紙文書，說：「萬春兄，他們會找她，一定會。」

# 五

窗外雨勢越來越大，電光與雷聲交雜，像是宗教儀典上贊頌末日的交響曲。

「董事長說，在開槍之前，他還是問了楊傳古那三個字：『為什麼』，楊傳古沒回答，只是往樓下指了一下，然後說：『你心內知知。』。董事長說，當下他還是什麼都不知道，事後他想了很久，最後才瞭解，是那個女人，阿妙。」

阿泰雙手插在口袋中，在小范面前緩緩踱著步，「但是這款答案不是答案，董事長說，阿古這樣說只是讓他更糊塗，他知道阿妙是楊傳古旗下的小姐，但是就是這樣而已，他根本不知道他們兩人之間有關係。」

「那你自己怎麼看？」小范翹起二郎腿問道。

阿泰停住腳步，看著小范，說：「之前董事長去『青花』就談生意，我有留意到，不知道從什麼時候開始，我們每次去，不管什麼時段，那個女人一定會來陪，而且每回都會留到最後，等客人走了之後，留下來和董事長聊一聊、抓抓龍啊，還會自己炒兩盤小菜過來……」阿泰曖昧地笑了笑，說：「做一個男人，坦白說，這個女人真的有迷人，說話是輕輕柔柔，撒嬌又剛剛好，而且聽得出來是見過世面的，對很多人情世事、江湖恩怨，都可以說上一點。我想是這一點煞到董事長……到他那種年紀，要說什麼美女也都遇過了，反倒是一個溫柔體貼、又可以講正經事的女人，是最理想的老伴的選擇……董事長是真的愛到，說他很久沒有遇得那麼有女人味的女人，後來不談生意也去『青花』，就是要和那女人聊一聊。」

小范點點頭，微笑說：「老來入花叢，這款代誌也是正常。」

阿泰抽了口菸，笑道：「差不多六月左右，董事長把我叫進辦公室，潘豐民也在那邊，我還以為是什麼重要事情，結果他是要問我們對那個女人有沒有什麼想法，又問說他娶一個大陸妻，對公司會不會有什麼不好的影響……這根本是多問的，潘董要娶妻，我們誰敢多說一句，最後還是潘豐民說話，說爸爸找一個老伴大家都歡喜，還說現在兩岸都要三通了，娶大陸妻很正常，公司裡面不會有人有意見。

「董事長看大家都沒意見就很歡喜，那天就要我去把阿妙接來山莊，也順便幫她辭了工作、退掉原本租的公寓。這個女人來山莊沒一個星期，就變得很像這個家女主人了，不是說她有板勢、喊東喊西，她就是將天城山莊當成自己家，平常她推著董事長在院子裡面散步聊天，董事長沒空時，她就自己開車出去，買一堆好料的回來，自己下廚給大家做晚餐。沒一兩個禮拜，我們在山莊裡面叫她『夫人』就叫得很自然……」

阿泰停下來抽了口菸，吸吸鼻子，又說：「自頭到尾，她都沒提過她和楊傳古有什麼關係，董事長說要等楊傳古從歐洲回來再由他安排婚禮，阿妙也是歡歡喜喜答應，當時我在場，她什麼也沒說，面上一點為難都沒有。

「八月二十九那天出事之後，董事長才知道事情不單純，要我查清楚，我才回到『青花』去，把裡面小姐、少爺、歐巴桑叫來，一個一個地問，這才開始有人說，阿妙之前和楊傳古走得很近，兩個人下班後常常會關在辦公室裡面：另外又有人說，最開始好像也是阿妙主動貼上楊傳古的，後來店裡的人看到阿妙和董事長的關係，當然是能裝傻就裝傻，誰敢多吭一聲自找麻煩。」阿泰又抽了口菸，搖搖頭，說：「……你說這事有沒有問題，那個女人先和阿古叔有一腿，又主動找上董事長，這是為什麼？」

小范笑了笑，說：「沒什麼，可能她比較水性，要找到最有錢的。」

「若是沒出人命，我也會這樣想，但現在這種情形，我感覺沒那麼簡單。」阿泰在小范面前停了下來，在菸灰缸中捻熄手上的菸頭，緩緩地說：「八月二十九那天後，阿妙就不見了，手機不通，人也找不到。所有人都說，那天警察把人帶開做筆錄之後，就沒有人再看見阿妙。後來我把幾段監視錄影調出來，從頭仔細看了一回，才看到一個好像是阿妙的女人，那天下午搭警方的車離開了。那個女人穿普通的便服，又壓低帽子，錄影裡面看不清楚。」

「所以你來找，是要我去查阿妙的下落？」

「本來是這樣。」阿泰拿起桌上半涼的茶水一飲而盡。

「什麼叫『本來』是這樣，那『後來』怎麼樣？」

「『後來』……嘿，」阿泰冷笑一聲，他的聲音幾乎被一陣爆雷掩去，「後來我才知道，那女人是警方的人。」

小范靜了一會兒，等著殘餘的雷聲退了，才又開口說：「我不大懂你的意思。」

「我的意思是，來你這邊之前，董事長確實是交代我委託你調查，那些死條子到底對阿妙做了什麼。不過現在情況有點不一樣，那女人是警方的人，所以……雖然我們還是要請你幫忙尋人，只是內容有點不一樣。」

「你怎麼知道她是警方的人。」

「放心，不是你，」阿泰笑著說：「是我自己找到的。」

小范沒有說話，他看著阿泰再點起一支菸，慢慢地說：「我之前花了點功夫去找那個女人，反正如果我自己能找到，就用不著開大錢來請你這個大偵探。我回頭去找阿菊嬸，她是當年林森北路最嗆的媽媽桑，現在退休在家帶孫子，『青花』裡的人說，當初就是她帶阿妙來找楊傳古的。不過阿菊嬸說不上什麼，她說，阿妙是一個人來找她的，挾給了她十萬元，說她從大陸嫁過來，丈夫死了，她被婆家趕出來，希望阿菊嬸可以牽個線，讓她在『青花』下面混口飯吃。阿菊嬸有錢拿就好，也沒想太多，就照樣跟楊傳古說，楊傳古也就收了阿妙。之後阿菊嫂完全沒再見過阿妙，也沒聽說她和楊傳古或是潘董的任何事情。」

「聽起來沒有不合理的地方。」

阿泰冷笑一聲，繼續說：「我又另外去了阿妙之前住的地方，她原本一個人租一層小公寓，那時候是我去幫她退掉的，大部分的物件都丟掉了，其他一些都搬進山莊裡……也是我帶人搬的，完全找不到一點不尋常的地方。後來我把房東找來，他說是阿妙親自來洽租的，押金和每個月的租金都是用現金付，藏得很好……不過我還有最後一個線索，這也要拜我們阿古叔之賜。」

「什麼東西？」

「手機號碼，」阿泰說：「天城山莊保全系統還有一個特色，就是收不到手機訊號。山莊所在原本訊號就很弱，四周還加裝了干擾器，因此只要一進山莊，手機就只能拿來打電動，對外只能用室內電話。」

小范點點頭。阿泰繼續說：「那女人有一支獨立的分機，事情發生後，我將這兩個月裡面進出的電話都篩出來，只有五通，都是打給市場的一間海產店，他們說有時候『潘太太』會先用電話訂貨，再開車來拿，我查過這些攤販，看不出有什麼問題。」

「我想也是，」小范再點起一支菸，說：「既然她可以自由出門，就沒必要在山莊裡打電話，不管是打給楊傳古或是打給警察。」

「嘿，這有道理，但我沒有放棄，我想……總是有什麼急事需要臨時聯絡，因此我將山莊裡面所有分機的紀錄都調出來，從幾百個電話號碼中一個一個篩選，最後在三樓書房的那支分機裡面，找到事情發生前一晚，八月二十八日兩通撥出去的電話，第一通給楊傳古，講了三分多鐘，另一通給一支０９８７的手機，講了三十秒，兩通電話之間相差只有二十秒……我查了很久，但怎麼都查不到０９８７那個號碼的主人。」

「你沒有打過去看看？」

「我不想打草驚蛇，」阿泰說，「本來這個號碼是要給你去查的，不過我在上來之前，看到那輛車，我才知道這個號碼是誰的。」

小范默默地抽著菸，阿泰繼續說：「我剛剛打給董事長，他氣得差點中風，他說他現在安分守己，做乾淨的生意，警方就是不肯放他煞，還用這種骯髒的手段，來撥弄他和楊傳古的關係，害他要對自己的老兄弟動手。他告訴我，如果警察要搞成這樣，那他也不會客氣，他要找到那個女人……管她叫阿妙或是什麼，找出來，不管多少錢，也不管死活，找到她，後面我們會處理。」

阿泰從外套口袋裡拿出一只飽滿的牛皮紙袋，放在小范面前，「這裡面是五十萬，你點一下，當作是前金，找到人帶回來，活的一百，死的七十，帶不回來但能提供地點，五十，其他花費實報實銷。當然，絕對保密，否則委任無效。」

小范沒有去碰那個紙袋，他旋轉座椅，望著窗外的雨勢，好一陣子才說：「我不能接。」

阿泰冷笑說：「怎麼，嫌錢少？一百萬找一個人嫌少？你胃口是越來越大了。」

小范搖搖頭，說：「不是錢的問題，你當過警察你應該知道，幹我這途，受人家委任的工作，得避免一些利害關係的衝突，」小范從抽屜中拿出一紙文書，遞給阿泰，「這東西比你早到，我已經答應了。」

那是一紙公文，發文機關是臺北市刑事警察大隊，主旨是約聘小范前往中國大陸尋找八月二十九日天城山莊槍擊案的嫌疑人高妙，說明欄位中說到根據研判，高妙在案發隔天，已離開臺灣，極可能是在檢察官限制出境命令生效前，先離境前往大陸，因此約聘小范以民間身分前往大陸地區，協助尋查。公文下方蓋有市刑大的大印。

小范說：「我這行雖然不是什麼專業，但是基本利害衝突還是要顧的，他們很早就來問我，我也答應了，現在公文在這邊，官方文件，我愛莫能助。」

阿泰盯著公文好一會兒，冷笑說：「你故意的？」

小范手一攤。「生意而已，你以為我會跟錢過不去？」

阿泰將公文丟在桌上，坐回沙發中，說：「我瞭解，范桑，這和錢和倫理無關，這是你正義感的選擇。」

小范笑著說：「你說話真有學問，當過維安特勤的都這樣嗎？」

阿泰沒有理會小范的玩笑，他又點上一支菸，緩緩地說：「你剛剛問我為什麼從警察變成黑道。」

「我沒有很想知道，但是多知道一些，總是對我比較有利。」

「范先生，你知道維安特勤的薪水是多少嗎？」

「聽說有十萬吧。」

「那是後來有了危險津貼，」阿泰吐出一個煙圈，笑說：「維安特勤是依隊員原本的職等敘薪，只多兩千多的訓練費而已。當年我警專一畢業就考上特勤，也不過是個一毛三的小鬼，底薪一萬八，專業加給二萬一，加上加班費和一些零零總總的加給，實領大概五萬出頭。」

「這樣不夠嗎？」

「不，很夠，」阿泰叼著菸的嘴抽動了一下，「我不是那麼貪的人，我是個孤兒，從小領政府的救濟金長大，第一次拿到五萬元的月薪時，我目屎都要掉下來。我很快就結了婚，生一個兒子，貸款買了房子和車子，當時的我很滿足，有家庭、有收入，而且我相信我是做對的事情。

「我就這樣活在自己滿意的世界裡十幾年，那一年我已經接近特勤的年紀上限，準備要退休轉教官，結果發生那件事……你大概也知道，有兩個青少年假扮清潔工潛進天城山莊，開槍打死了五個人，包括潘拓的老婆。」

「這個案子有用到維安特勤？」

「沒有，」阿泰說：「但那其中一個槍手是我兒子。」

屋子裡突然陷入一片沉默，只有雨聲，以及兩人吐煙時的輕微呼吸。

阿泰又開口說：「我到場時他已經死了，中了六槍，全是警方開的。法醫說他血裡面的海洛因濃度是一般吸毒者的兩倍，他帶了四把槍，另一個帶了六把，他們在屋裡打了至少五十發子彈，最後衝出屋外，對警方開槍。

「當時我在停屍間看著他的臉，發現好陌生。這十六年來，我好像從來沒有好好認識我的兒子，我還當他是當年那個小孩子，但其實他已經是一個男人，學會吸毒、學會拿槍，我竟然一點都不知道……後來他們告訴我，我兒子剛上高中就被一個新店的角頭給吸收，他們給他毒品，給他槍，告訴他他很勇敢，然後讓他去送死……」

阿泰深吸口氣：「後來我花了很多力氣在辦那個角頭，我請調進臺北市刑大被拒絕，私下蒐集證據報過去的案子，全都沒有下文。後來我才知道，那傢伙是市刑大的人，有一半的案子是靠他破案，刑警們都得罩著這個金雞母……他的聯絡人就是……」阿泰用大拇指比了比窗外，示意外面的停車位。

「所以你就加入了『青天』。」

阿泰點頭，說：「我原先一直以為，我正義感的選擇是對的，在體制裡面，在法律裡面，但我兒子的死讓我發現，我選擇的這個體制，根本和正義沒有關係，我自以為我選擇的是正義，但其實我也只是選擇一種安穩的生活而已。現在既然安穩沒了，我就要讓我的正義說話，所以我找了楊傳古，變成今天這樣。」

小范長長呼了口氣，說：「你想要告訴我，我現在的這一套，不能實現正義。」

阿泰只是抽菸，沒有說話。小范說：「吳先生，我在這行打滾那麼久，很早就知道我做的事情和正義無關，但是和生意有關；我的環境比你想的更複雜，所以我要更小心，要是今天我接了你的案子，我的招牌就砸了。我坦白跟你說，為了一百萬，讓我丟掉未來二十年的生意，我只能說划不來啊！」

「以後你會有更多『青天』的生意做，我保證。」

「不了，」小范笑道：「你那麼能幹，我哪有什麼生意可做？」

阿泰熄了菸，雙眼盯著小范，緩緩地說：「我剛跟你說洪四季的事，你應該心內知知，當時你也惹上了洪四季，你不要以為我們不知道，要不是我和董事長動作快，你現在還有菸可以抽、還有舌頭可以講話？我想你不會知道這中間有欠我一份，但你欠董事長的，總有一天要還。」

小范同樣熄了菸，起身走到門口，打開辦公室的大門，說：「董事長會瞭解的，這件事到現在這種地步，已經是雙輸，再幹下去沒有人有好處……四季君死後，臺北已經沒有董事長管不了的生意，他現在好不容易收手了，不要又撩下去，像洪四季一樣，和警方對幹，絕對沒好處。」

阿泰挺直了背脊，冷冷地說：「有一套，難怪你的招牌有名聲又撐那麼久……不過，」阿泰拿起桌上的牛皮紙袋，塞回外套口袋中，「……不過我希望你可以一直好下去，也希望下一次，我們還可以這樣平靜地抬槓。」

「雨也快停了，慢走，不送了。」

## 六

張萬春聽著小范的說明，雙眉越來越緊。「媽的，會沒有證據嗎？」

「我想不到他們會留下什麼讓你查的，十字弓、鐵管、餐巾……一定早都清理掉了。」

「潘拓要弄博物館，一定有收藏品清單，我可以去看看是不是少了一把十字弓……」

「這有什麼用？」小范搖頭說：「要改清單有很難嗎？更何況，就算真的少一把十字弓，他們只要說弄丟就好，你能拿他們怎麼樣？」

張萬春在屋子來回踱步，口中半交談、半自言自語地說個不停：「再搜索一遍，就算燒掉也要找到十字弓的殘渣，可是，媽的……檢察官不會肯，他只想結案……子彈、要鑑識科再鑑識細一點……自殺和他殺的彈道總是會不一樣……媽的，霰彈槍又沒來福線，那麼短距離哪來彈道……測謊，抓潘拓來測謊，這應該有用，但他這隻老狐狸……」

小范為張萬春斟上一杯新茶，說：「萬春兄，我自己以為是沒有可能了，這是一件『完全犯罪』，『完全犯罪』不是說像小說上那種不會被揭穿的犯罪，而是讓你揭穿，但卻不留下任何可以定罪的證據的犯罪，就像這件。」

張萬春在小范面前停下腳步，冷冷地說：「你放心吧，只要有方向，就一定有線索，只要有線索，就一定有證據……多謝你的說明，我沒時間瞎耗了，我要想辦法去天城山莊再蒐一次，先告辭。」

「外面雨很大，小心一點。」

張萬春離開「疑難雜症事務所」辦公室，沿著走廊右轉便來到了電梯間，他按下下樓鈕，A座電梯正從八樓往上爬，B座則從十一樓下來。當B座電梯先開門時，他很自然地走進電梯，按下一樓按鈕，然後按下關門鈕，與此同時，他聽到A座電梯開門的聲音。

「叮、叮、叮……」一陣手機鈴聲響起，張萬春心底不禁震了一下，他從公事包的側袋中拿出一支舊款的Nokia手機，傳統的鈴聲一下子充滿了有限的電梯空間，相當刺耳。手機螢幕上沒有顯示來電。

「喂，」張萬春接起來。「什麼事？」

# 解說／左手歷史，右手推理，講究公平對決的二刀流小說家

喬齊安（Heero）

（本文涉及《最後一班慢車》之故事謎底，建議讀完全書後再行閱讀）

自大學開始踏入臺灣推理的世界後，李柏青算是我相當晚才正式接觸的一位作家，但對他的作品水準是早有耳聞、慕名已久。與其他臺灣推理作家協會的名家相比，李柏青的最大不同之處便在於其「左手歷史、右手推理」的二刀流文風，第一本正式出版的作品是以三國時代末期為背景撰寫的《滅蜀記》（二〇〇八），此後也再度發表了《横走波瀾—劉備傳》（二〇一二），以專寫歷史小說聞名的「李柏」於江湖上赫赫有名，但身為推理小說作家的「李柏青」直至二〇一四年五月才出版了第一本長篇推理小說《親愛的你》，儼然彼此之間有所差距嗎？不，其實他早已擁有豐富的創作與得獎資歷。這一本收錄了七個短篇推理小說的《最後一班慢車》正是集結了李柏青創作生涯至今為止的精華，包含了連續兩屆尖端浮文字新人獎得獎作品，以及曾刊載於臺灣《推理雜誌》、中國歲月《推理》雜誌的數篇作品。在前面的作者自序中，已經對這些作品創作由來有過詳盡的介紹。原創年代横跨二〇〇四年至二〇一一年，本作是一睹臺灣推理作家李柏青的創作全貌、特徵的最佳管道。

表題作《最後一班慢車》是一篇優秀的犯罪小說，曾被臺灣推理作家林斯諺讚譽為「臺灣短篇犯罪小說中最成熟的一作！」（二〇〇八．《推理》雜誌）另外日本推理評論家玉田誠、中國知名作家兼評論家不系舟，皆曾在自己的部落格中大力稱讚此作「不在乎是否本格，對圈套樂在其中」、「今年所讀到最好的短篇小說！」不僅在推理界全面獲得好評，本作也在國內的臺大文學獎中殺入決選，展現出李柏青對於強化小說「文學價值」的努力是受到專業人士肯定的。即便作者本人自謙不是刻意而為，然則這種「有意無意之間」達臻之境，更令人感到佩服。《最後一班慢車》的構想來自於湯姆．克魯斯《關鍵報告》（二〇〇二）中的「失蹤的兒子」，在空無他人的火車車廂中，承載著意興闌珊的主角、意氣風發的胖子。茫茫人海中，這兩個連彼此姓名都不知道的陌生人，一生中唯二的兩次相遇，都徹底地改變了對方往後的命運……人生無常，不見得善惡終有報，但往往你在最得意的時刻，下一步可能就將踏入深淵。超脫本格推理的劇情、險惡逼真的人性、成熟筆法與技巧，欲認識李柏青的推理世界，本作確實是最佳入門。

《赤雲迷情》的表現令我驚豔，這個詭計相信本格推理迷並不陌生，在經典電影《奪魂鋸》（二〇〇四）、小說家克莉絲蒂、東野圭吾等人皆曾使用過，是常見的暴風雨山莊犯罪手法。然而柏青藉由塑造氛圍有成，讓男女主角與突如其來的闖入者那種尷尬又富戲劇性的氣氛瀰漫在故事中，也順利提升了詭計不被提前拆穿的意外性，這是好的小說所具備的素質。至於這種「假死」的戲碼其中最大的破綻，柏青在一開始就巧妙地將提示全數寫入，包含曼莉的職業，以及「桌面鐵皮發出折動的聲音，在暗夜裡格外刺耳」的描述。接下來這樣的公平提示，也會持續地出現在其他作品中。本作比較可惜之處，在於如果加入洛傑的心理狀態，不只讓單一敘事者來說話，能夠營造出更高明的懸疑與猜忌感。

在兩篇獨立作品後，我們接下來進入「疑難雜症事務所」的世界。對於推理作家而言，創造一位名偵探，幾乎就與挑戰密室題材一樣地是件入行必備作業。有趣的是，本土幾位有名的偵探張鈞見、林若平大多是單槍匹馬，罕有典型的偵探與助手搭檔存在。助手的定義需注意該是嚴格的，不能太過聰明到成為兩人偵探組、警察組；也不能存在感太低、對案件沒有影響力。基於這樣的要求，我們看到了小范與胖子這對趣緻又互補的組合，在本書收錄的五個故事中是如何相輔相成、發揮彼此擅長之處，合力解決事件。長期以來的缺憾，終於由李柏青所補上。

作者曾經表示，「每天翻開報紙就會有一大堆光怪陸離的社會新聞，每一則都可以發展成很好的推理故事」，我們在這個系列可以看到他想法的實踐。首作《聖光中的真相》引用了自二〇〇一年璩美鳳事件後社會開始陸續引發的色情偷拍外流議題。在創造了鮮明偵探助手形象之外，讀者看到最後會發現，柏青的布局縝密地讓人鼓掌叫好。小范對於委託人手傷由來的「錯誤推理」，其實才是解謎的正確資訊。而畫面模糊的光碟，竟然能夠結合時事「二〇〇四年總統大選後抗議事件」，查出事發地點。這部作品一舉達到了臺灣推理小說的在地價值、故事內涵、推理主軸，充分顯現作者之能耐，以及同樣身為歷史作家的考據精神活用，是本土有志創作者應該多加參考的佳作。

至於系列第二作《十二字批言》走的是另一脈常見的「字謎」遊戲，文字會隨著不同的長相而出現不同的涵義，讓所謂的「文字遊戲」其實在各國的不同類型作品中皆使用過，《名偵探柯南》中的阿笠博士就時常提出這類問題。我國古代文人也常運用文字的拆解玩詩詞、燈謎。將中文字的奧祕轉化成為近十年來大為盛行的日常推理類型，與「疑難雜症事務所」系列出發主旨是「幽默推理」風格來看，對照現在的市面流行作品，也自然地發覺李柏青的先知灼見。同一句話要怎麼出現完全不同的解釋？這篇作品也值得推薦給喜歡猜謎的讀者。開頭一段看似沒有特別意義的「Infinity」獎座，也漂亮地直接道出了謎底。

《紅花樓之謎》與《空手而歸的賊》這兩篇第一、二屆尖端浮文字新人獎作品，都是福爾摩斯系列小說的「練習題」創作，對推理作家而言是相當有趣的挑戰。臺灣目前出版了不少各國的福氏仿作（Pastiche，或稱為贋作），都是使用福爾摩斯與華生來撰寫故事，更極力呈現出原作的樣貌神韻。相較於此，將原作小說的事件搬動到臺灣，人物也不相同，只取用核心的謎題與構想來改寫成另一起事件，對作家、讀者本身都極富樂趣。柏青與我相若，都是從黑色封面的注音版本福爾摩斯來進入這套經典的。（他是世一書局，我是大眾書局）在該版本中收錄的《櫸屋之謎》（現譯：紅樺莊探案，一八九〇）便是《紅花樓之謎》的原型。不同於前述兩作，本作改採以助手胖子為第一人稱視角描述劇情。缺陷則如作者所言，與福氏原著太過接近，讀者很容易判斷出是在仿寫該作。為了彌補這個問題，柏青嘗試在開頭融入另一個新聞事件，將小范的破案理論／法門運用於助手身上來破案，達成了他所期許的名探特質：「小范善於用啟發示推理，將線索點明，由當事人自己想出答案，這樣會讓當事人有種解謎的滿足感，也可以吸引當事人下次再來光顧。」眼尖的讀者們想必也會發現，《紅花樓之謎》中幫了小范一個忙的是位住在倫敦貝克街的朋友，細節的致敬不免令人會心一笑，也或許未來有機會出現兩地名偵探跨國協力破案的精彩事件呢。

《空手而歸的賊》在模仿的部分明顯有了進步，我在閱讀時藉由消失的物品之共同點推測出是《六個拿破崙半身像》案（一九〇〇），但確實沒有那樣好猜透。本作繼承福爾摩斯、傑克・福翠爾《百萬美元藏哪裡》（一九〇八）的古典謎題構思，文章在描寫、對話上則參考了金庸《連城訣》（一九六三）的精神而呈現出傳統武俠與傳奇野史的風味，是篇中西同體的絕妙之作。擅長開鎖的犯罪天才劉步登也是亞森・羅蘋一脈的重要「怪盜型」角色，將來是否會以名偵探宿敵一類的形象再現，或賦予更多有別主流的作用，也值得繼續觀察。至於柏青希望完成的六篇「福爾摩斯練習題」，目前也有在二〇一四年新近完成的《烏溜師做壽》。

《一聲槍響》的創作年分是二〇一一年，在比起其他六篇作品年代都晚了三年以上的情況下，我們可以看到柏青的改變與進化。謎題是刺激的「不可能犯罪」，最後也成為無法找到證據的完全犯罪。在本格的核心謎題、倒敘推理的新鮮開場之外，作者使用了冷硬派的敘事方式鋪陳設定、動機，與進展故事。最後還留下一個有懸念的開放式結局。小范的人格特質、神祕經歷也有了進一步的厚實刻劃。本作的完成度極高，具備想重讀第二遍的魅力，以及跟著思考起正義手段、黑道價值觀等議題的吸引力。至此，李柏青的寫作實力已然鍛鍊至不同的層級，得以讓他在隨後幾年耕耘的長篇處女作《親愛的你》締造評論全面叫好的成績。

「疑難雜症事務所」這對搭檔有另一個顯著的特色，就是他們至今仍未有名字。小范與胖子都是外號，「卡羅特」也是個綽號。李柏青當時受到冷硬派始祖達許・漢密特的《大陸偵探社》（一九九八・臉譜）影響，因而創造出了沒有名字的帥氣型偵探。至於偵探姓范的原因，則是形象的設想來自於演員范植偉。這也為系列埋下精彩的伏筆，未來揭曉兩人本名的時刻，勢必伴隨全系列的重大爆點。他們不再提起的過去、不願掛齒的名字，就看看作者如何華麗解開神祕面紗。也因篇幅所限，關於這對組合的更多分析，就待下一本作品出版時再談。

閱讀李柏青的作品，詭計謎題不在首選，在他律師正職、歷史經驗的多重身分淬鍊下，小說中樸實無華、卻蘊藏著多重層次的豐富感，正是他最獨到之處。偏好樸實作品如Ｆ・Ｗ・克勞夫茲《桶子》（一九二〇）的作者，曾在訪談中表示期望提升的是作品中的文學性，曾經為了改善此點長達半年不去碰觸翻譯小說，而著力研讀黃春明、吳濁流、蕭麗紅等本土文學創作，侯文詠、張愛玲、吳明益等名作家也對他的影響創作甚大。無須堆砌華而不實的罕見詞藻，在成功吸取前人養分，強化了作品中的文學性與本土化力道後，節奏通順、敘事流暢，往往不知不覺間讓人就把整本書給讀完，這就是柏青苦心鑽研後自成一派並發揚光大的優勢。而他在本作中最讓我讚賞的「公平對決」，將謎底的重要提示全數埋藏在故事開頭的平實敘述中，使推理迷恍然大悟後回去重翻能夠立即得到解釋與滿足，無疑是兼顧了推理小說的精華本質與遊戲性。這位實力已經無庸置疑，只有創作時間是最大之敵的二刀流作家，就讓我們為其打氣，並拭目以待日後的新作吧！

**作者簡介／喬齊安（Heero）：**臺灣推理作家協會成員、推理評論家、百萬部落客、電視臺特約球評、運動專欄作家。掛名推薦與推薦文散見於各類型出版書籍中。家中藏書破千本，長年經營小說、戲劇、運動評論部落格：http://heero.pixnet.net/blog。

逆思流

# 最後一班慢車


作者／李柏青
發行人／黃鎮隆
副理／洪琇菁
執行編輯／呂尚燁
企劃宣傳／邱小祐
副總經理／陳君平
國際版權／黃令歡
美術主編／陳又荻
出版／城邦文化事業股份有限公司 尖端出版
台北市中山區民生東路二段一四一號十樓
電話：(〇二)二五〇〇七六〇〇 傳真：(〇二)二五〇〇二六八三
E-mail：7novels@mail2.spp.com.tw
發行／英屬蓋曼群島商家庭傳媒股份有限公司城邦分公司 尖端出版
台北市中山區民生東路二段一四一號十樓
電話：（〇二）二五〇〇—七六〇〇（代表號）
傳真：（〇二）二五〇〇—一九七九
中彰投以北經銷（含宜花東）／楨彥有限公司
電話：（〇二）八九一九—三三六九
傳真：（〇二）八九一四—五五二四
雲嘉經銷／威信圖書有限公司 嘉義公司
電話：（〇五）二三三—三八五二
傳真：（〇五）二三三—三八六三
客服專線：〇八〇〇—〇二八—〇二八
南部經銷／威信圖書有限公司 高雄公司
電話：（〇七）三七三—〇〇七九
傳真：（〇七）三七三—〇〇八七
香港總經銷／城邦（香港）出版集團有限公司
香港灣仔駱克道193號東超商業中心1樓
電話：（八五二）二五〇八—六二三一
傳真：（八五二）二五七八—九三三七
E-mail：hkcite@biznetvigator.com
馬新經銷／城邦（馬新）出版集團 Cite(M)Sdn.Bhd.
E-mail：Cite@cite.com.my
法律顧問／王子文律師 元禾法律事務所
台北市羅斯福路三段三十七號十五樓
二〇一四年十二月一版一刷
二〇二一年三月一版二刷




■中文版■


郵購注意事項：
1. 填妥劃撥單資料：帳號：50003021戶名：英屬蓋曼群島商家庭傳媒(股)公司城邦分公司。2. 通信欄內註明訂購書名與冊數。3. 劃撥金額低於500元，請加附掛號郵資50元。如劃撥日起 10～14日，仍未收到書時，請洽劃撥組。劃撥專線TEL：(03) 312-4212 ・ FAX：(03) 322-4621。E-mail：marketing@spp.com.tw

**國家圖書館出版品預行編目資料**

最後一班慢車 / 李柏青 著 ; .
--1版.--臺北市：尖端出版, 2014.12 面 ; 公分.--
譯自:
ISBN 978-957-10-5760-6(平裝)

857.7　　103018714